故译新编

许钧　谢天振　主编

伍光建译作选

伍光建 译

张旭 编

商务印书馆

主编的话

2019年，是五四运动一百周年。最近一段时间，我们一直在思考与翻译有关的一些问题：在五四运动前后，为什么翻译活动那么活跃？为什么那么多学者、文人重视翻译、从事翻译？为什么围绕翻译，有那么多的争论或者讨论？

五四运动涉及面广，与白话文运动、新文学运动乃至新文化运动之间有着深刻的互动性和内在一致性。考察翻译活动对于五四运动的直接与间接的影响，首先引起我们关注的，是一个"新"字。新文学运动与新文化运动自不必说，"新"是其追求与灵魂。而白话文运动，虽然没有一个明确的"新"字，但相对于文言文，白话文蕴涵的就是一种"新"的生命——语言与文字的崭新统一，为新文体、新表达、新思维的产生拓展了新的可能性。

"新"首先意味着与"旧"的决裂，在这个意义上，五四运动所孕育的启蒙与革命精神体现在语言、文学、文化等各个层面。追求新，有多重途径。推陈出新，是其一，著名的文艺复兴运动具有这样的特征，拿鲁迅的话说，"在意大利文艺复兴的意义，是把古时好的东西复活，将现存坏的东西压倒"。但是，五四运动不能走这条路，鲁迅最反对的就是把旧时代的"孔子礼教"拉出来。此路不通，便只有开辟另一条道路，那就是在与孔孟之道决裂，与旧思想、旧道德决裂的同时，向域外寻求新的东西，寻求新的思想、新的道德。这样一来，翻译便成了必经之路。

如果聚焦五四运动前后的翻译，我们可以发现以下事实：一是翻译受到了前所未有的重视；二是众多学者做起了翻译工作；三是刊物登载的很多是翻译作品；四是西方的各种重要思潮通过翻译涌入了中国。就文学而言，梁启超的"欲新一国之民，不可不先新一国之小说"之思想受到了普遍认同。而要"新"中国之小说，翻译则为先导，其影响深刻而广泛。首先，借助翻译之道，中国的文人与学者有了观念的革新；其次，在不同的文学体裁的内在结构与形式方面，翻译为投身新文学运动的作家提供了可资借鉴的新路径；最后，翻译在为新文学运动注入了具有差异性的外国文学因子的同时，也给新文学运动的积极参与者开拓了进一步认识中国文学传统、反思自身，在借鉴与批判中确立自身的可能性。

一谈到五四运动前后的翻译，我们会想到梁启超、鲁迅、陈望道，还会想到戴望舒、徐志摩、郭沫若……这一个个名字，一想到他们，我们就会感觉到中外文学与文化交流史仿佛拥有了生命，是鲜活的，是涌动的。五四运动前后的这些翻译家就像是一个个重要的精神坐标，闪烁着启蒙之光，引发我们对中华文明的发展与中华民族的伟大复兴作深层次的思考。

创立于维新变法之际的商务印书馆，素有翻译之传统，是译介域外新思潮、新观念、新思想的先行者，一直起着引领的作用。在纪念五四运动一百周年之际，商务印书馆决定有选择地推出五四运动前后翻译家独具个性的"故译"，在新的时期赋予其新的生命、新的价值，于是便有了这套"故译新编"。

"故译新编"，注重翻译的开放与创造精神，收录开风气之先、勇于创造的翻译家之作。

"故译新编"，注重翻译的个性与生命，收录对文学有着独特的理解与阐释、赋予原作以新生命的翻译家之作。

"故译新编"，注重翻译的思想性，收录"敞开自身"，开辟思想解放之路的翻译家之作。

阅读参与创造，翻译成就经典，我们热切地希望，通过读者朋友具有创造性的阅读，先辈翻译家的"故译"，能在新的时期拥有新的生命，绽放新的生命之花。

许　钧　谢天振

2019 年 3 月 18 日

编辑说明

1. 本丛书所收篇目多为20世纪上半叶刊布,其语言习惯有较明显的时代印痕,且译者自有其文字风格,故不按现行用法、写法及表现手法改动原文。
2. 原书专名(人名、地名、术语等)及译名与今不统一者,亦不作改动;若同一专名在同书、同文内译法不一,则加以统一。如确系笔误、排印舛误、外文拼写错误等,则予径改。
3. 数字、标点符号的用法,在不损害原义的情况下,从现行规范校订。
4. 原书因年代久远而字迹模糊或残缺者,据所缺字数以"□"表示。
5. 编校过程中对前人整理成果多有借鉴,谨表谢意。

目录

前言/ 001

英国

一个舍不得死的国王 [英] 玛丽·柯勒律治/ 010

同母异父兄弟 [英] 盖斯凯尔夫人/ 021

素第的新娘子 [英] 格伦维尔·默里/ 039

好贵的一吻 [英] 格伦维尔·默里/ 050

维提克尔归隐 [英] 威廉·黑尔·怀特/ 060

夺夫 [英] 托马斯·哈代/ 076

买旧书 [英] 乔治·吉辛/ 099

订婚 [英] 夏洛蒂·勃朗特/ 122

美国

蒙面牧师 [美] 纳撒尼尔·霍桑 / 138

新年旧年 [美] 纳撒尼尔·霍桑 / 157

梦外缘 [美] 纳撒尼尔·霍桑 / 167

会揭露秘密的心脏 [美] 爱伦·坡 / 176

深坑与钟摆 [美] 爱伦·坡 / 184

失窃的信 [美] 爱伦·坡 / 205

法国

隐士 [法] 莫泊桑 / 232

暴发户 [法] 莫泊桑 / 242

不祥的马夫 [法] 莫泊桑 / 248

丹麦、荷兰、俄罗斯

野天鹅 [丹麦] 安徒生 / 258

影子 [丹麦] 安徒生 / 279

点头 [荷兰] 玛尔登 / 297

拉柯尼柯杀人 [俄] 陀思妥耶夫斯基 / 320

前言

康有为曾言"译才并世数严林",那严复和林纾之外,谁是近代中国第三伟大的翻译家呢?严复最得意的弟子伍光建(1867—1943)可当此美誉。[1] 伍光建是"一代宗师""文坛巨子",一生著译130多部作品,被誉为"翻译界之圣手"[2],伍光建从事翻译50余年,"圣手"与"译手"的区别在于圣手用与凡人相似的生命容量为这个世界创造了奇迹[3]。毫无疑问,伍光建"实为中国翻译界之巨星,文化界之功臣"[4]。

伍光建生于1867年2月4日,广东新会麦园村(今江门市江海区东南村)人,原名光鉴,字昭扆,笔名君朔、于晋;因平生最爱石榴花,室名爱榴居。幼年就读于麦园村乡塾,成绩冠县郡。1881年,入北洋水师学堂,被录为第一届驾驶科学员。1886年毕业后,以清政府第三届派遣出洋学生身份赴英国格林威治皇家海军学院深造。1887年,因近视,转入伦敦大学研究院研习物理和数学。1892年,学成回国,在北洋水师学堂任教习。1895年甲午战争后,随驻日使馆参赞吕增祥襄理洋务,获吕赏识,后娶吕长女吕韫玉(字慎宜)为妻。1899年4月至1902年11月,入南洋公学任教并参与教材编写和翻译工作。1905年,随载泽等五大臣赴欧美考察宪政,任一等参赞,兼事口、笔译。归国后入学部，并与老师严复同榜获赐文科进士出身，一时传为佳话。1909年，参与严复主持的"编订名词馆"计划。1911年，与张元济、张謇发起"中国教育会"，任副会长，受张元济之托编写理科和英语教材。民国成立后，任职财政部盐务署。1928年，任国民政府行政院顾问等职，并迁居上海。1929年，任驻美公使伍朝枢秘书。1931年，退休，专事翻译。1943年6月12日，在上海杜美路杜美新村十一号寓所因心脏病突发去世，享寿77岁。亲友挽曰："学术贯中西，健笔凌云称大老；沤思满江国，芳声济美有传贤。"商务印书馆董事长张元济挽曰："天既生才胡不用；士唯有品遁能贫。"

伍光建与严复有戚谊。[5] 就人生历程而言，伍光建和严复有很多相似之处，师徒二人都曾先后留学格林威治皇家海军学院，均是学非所用，用非所学。他们两人的人生轨迹多有交叉，都以翻译名世，都献身于教育启蒙和文化传播事业。严复的翻译实践具有开创性，他提出的译事三难"信、达、雅"成了评价翻译的标准。伍光建则在翻译数量和持续时间上远远超过了严复。1937年，上海沦陷，商务印书馆内迁，伍光建坚持不在沦陷区出版译作，因此，他后期的译作大多并未出版。

伍光建的译笔素以谨慎细腻、流利酣畅闻名。他用一种朴素风趣、简洁明快、让人着迷的书面白话进行翻译。[6]他的另一特色是开创了独特的删节法。正因如此，伍光建才得以在两年之内译出41种英汉对照的名家小说。伍光建翻译外国文学作品，最鲜明的特点就是节译和转译，这与当年的时代风潮有关，属于普遍现象。伍光建的译文当然也有被人诟病的地方，如他删节原文时，常把难点或精彩部分给删了，"不免潦草塞责"[7]。也有人批评他译得太快，删得太多，他只是在"嚼渣与人"，"焚琴煮鹤"。[8]如原文本不流利，译文反而变得流利就失了原样。[9]

伍光建的译著中影响最大、流传最广的当属法国大仲马的《侠隐记》（今译《三个火枪手》）、《续侠隐记》（今译《二十年后》）与《法宫秘史》。陈寒光认为伍光建的《侠隐记》和《法宫秘史》，"都是百炼的精钢，胜过林译千万倍！"[10]伍光建实为白话翻译小说的拓荒者之一，他用略带文言腔的白话翻译小说，与林纾的文言译本完全不同，令读者耳目一新，在当时产生过很大的影响。至五四白话文运动时期，伍光建的译本更是销路大涨，被誉为"语体新范"，这与新文化运动主将胡适的推荐密不可分。胡适曾在北京大学的演讲中公开称许，"我以为近年译西洋小说当以君朔所译诸书为第一。君朔所用白话，全非抄袭旧小说的白话，乃是一种特创的白话，最能传达原书的神气。其价值高出林纾百倍，可惜世人不会赏识"[11]。1928年，胡适重提自己的观点，"近几十年中译小说的人，我以为伍昭扆先生最不可及。他译大仲马的《侠隐记》十二册（从英文译本的），用的白话最流畅明白，于原文最精警之句，他皆用气力炼字炼句，谨严而不失为好文章，故我最佩服他"[12]。

伍光建的译作涉及文学、历史、哲学、政治、经济等领域，体裁有论说、批评、史传、小说、戏剧、童话、随笔等，大都由商务印书馆出版。他选译过相当数量的世界名著，如梅尔茨《十九世纪欧洲思想史》、马基雅维利的《霸术》（即《君主论》）、斯宾诺莎的《伦理学》、狄更斯的《劳苦世界》、夏洛蒂·勃朗特的《孤女飘零记》（即《简·爱》）等。1934年5月至1936年3月间，伍光建特地为商务印书馆选译一套"英汉对照名家小说选"。该丛书总计40余部，包含英美法俄德多个国家。这些作品均为选译，非英语作品则从英译本转译。该丛书是一套学习英语的中级读物，汉英对照，前有作者传略，文下适当加注，颇受读者欢迎。伍光建同时也是教育家，他先后为南洋公学和商务印书馆编辑教材和工具书，如《格致读本》《物理学教科书》《英文范纲要》《英文成语辞典》等。

伍光建认为翻译无非两个要点：理解原著和用中文表达。他认为"信、达、雅"这三字不能等量齐观，"信"或者忠实于原文的内容和风格，似应奉为译事圭臬。译文是否达、雅，必须看原文是否达、雅，不能缘木求鱼。[13]简言之，伍光建的译书之道就是："我译书是先把一句话的意思明白了以后，然后再融会贯通，颠倒排列，用中国语气写出来。"[14]即译文须符合中文的表达方式，注重读者阅读体验，使读者易于接受。

本书所辑的19个短篇小说，分别来自三个集子。托马斯·哈代的短篇《夺夫》选自《夺夫及其他》（黎明书局，1929年）一书。该集子收有5个短篇（《旧欢》《离婚》《心狱》《夺夫》《圣水》），是伍光建为数不多的短篇小说集子之一，与伍译长篇小说相比，有另一种轻快的风味。爱伦·坡的3个短篇（《会揭露秘密的心脏》《深坑与钟摆》《失窃的信》）选自《普的短篇小说》（商务印书馆，1934年）。该书系"英汉对照名家小说选"的一种，是伍光建专为当时的英语学习者编译的。爱伦·坡的小说最能令读者感到恐怖，尤其是《会揭露秘密的心脏》。伍光建在翻译时，对原文中的紧张感传达得比较到位，读起来让人毛骨悚然。其余的15

个短篇均来自《伍光建翻译遗稿》(人民文学出版社,1980年)。1978年,伍光建的一批遗稿被家属们发现,字数达300多万,大部分为历史和传记,也有一部分文学作品。这些出版的短篇小说均从英语译出,除了修改笔误之外,译文保持了原来的面目,译文风格和习惯用语均没有修润。该集跨度大,题材多,全面展现了伍光建的翻译特色。此外尚有两种长篇小说节选:一为夏洛蒂·勃朗特《孤女飘零记》(《简·爱》)第二十五章"订婚",该章有简·爱和罗切斯特的经典对话片段;一为陀思妥耶夫斯基《罪恶与刑罚》(《罪与罚》)第一部第七回,该章系犯罪心理描写的典范。以上这些小说均是精品,请读者们细细品味伍光建这位从译50多年的翻译大家的流畅译文。最后且容赘述一句:伍家其实是翻译之家。伍光建的儿子伍周甫、伍况甫、伍蠡甫,小女伍季真,都有译作传世。[15]三子伍蠡甫还曾到伍光建留过学的伦敦大学攻读西洋文学,翻译成就最大,父子二人被誉为"中国译坛双子星"。这样的家庭,这样的父子,中国翻译史上绝无仅有。

张 旭

2019年7月11日

注释:

1　知名文史掌故大家郑逸梅在《翻译权威伍光建》一文中认为,虽说我国翻译家众多,"然以代表性来谈,还得推崇严复和林琴南、伍光建鼎足而三了"。参见《郑逸梅选集》第4卷,黑龙江人民出版社,2001年,第313页。

2　王哲甫:《中国新文学运动史》,上海书店出版社,1933年,第337页。

3　邹振环:《译林旧踪》,江西教育出版社,2000年,第134页。

4　江炎阶:《伍光建之死》,《大公报·上海版》1947年10月12日。

5　吕增祥长女吕韫玉嫁与伍光建;吕增祥次女吕静宜嫁与严复长子严璩;吕增祥长子吕彦深娶严复侄女严琦为妻;吕增祥次子吕彦直与严复的次女严璆相好,并订为未婚妻。

6　邹振环:《译林旧踪》,江西教育出版社,2000年,第133页。

7　梁绣琴:《伍光建译洛云小姐游学记》,《图书评论》1933年第1卷第11期。

8　叶维:《再评伍光建译洛云小姐游学记》,《图书评论》1933年第2卷第3期。

9　林徽因:《伍光建的译笔》,《人言周刊》1934年第1卷第38期。

10　寒光:《林琴南》,中华书局,1935年,第28页。

11　胡适:《胡适古典文学研究论集》,上海古籍出版社,2013年,第560页。

12　胡适:《胡适全集》第3卷,安徽教育出版社,2003年,第840页。

13　伍光建:《伍光建翻译遗稿》,人民文学出版社,1980年,第3页。

14　赵景深:《文人剪影 文人印象》,三晋出版社,2015年,第226页。

15　邹振环:《20世纪中国翻译史学史》,中西书局,2017年,第385页。

英国

一个舍不得死的国王

———————————————— [英] 玛丽·柯勒律治[1]

国王躺在一间屋里，快要死啦。屋里很不安静，有许多人出出进进，带着不响的脚步索索地出来进去，很热烈地彼此附耳说话；有许多人忙于尽各人的所能作最少的声响，结果却易于变成一种慌忙，神经不强的人是几乎不能忍受的。

但是慌忙有什么要紧呀？医生们说，现在他不能听见什么啦。他并不表示他能听见。他的美貌少年王后跪在病榻旁边哭，他若能听见，必定会为所动的。

有了好几天很小心把亮光遮掩着。现时正在匆忙、慌乱与愁苦的时候，无人记得把帘子拉密些，免致眩了病人的昏花眼。但是这有什么要紧呀？医生们说过，现在他不能看见什么了。

有好几天不许人走近他，只许他的仆役走近他。现在不然啦，凡是想进去的人都可以自由走进去啦。这有什么要紧呀？医生们说过他不认得人了。

他就是这样躺了许久，一手摔在被上，好像要找什么东西。王后轻轻地把这只手放在她的两手里，那一只手却无压力表示还敬。后来他闭了眼、闭了口,心脏不跳动啦。

他们彼此附耳低声说道:"他的面貌有多么好看呀!"

当国王醒转过来的时候,很是一片寂静,他想这是奇异的与快乐的寂静,奇异的及快乐的黑暗。他躺在那里如同在天上一般,他觉得是奇异的及说不出来的解放。满屋里是花香,还有冷的夜气从一个打开的窗子很悦人地吹进来。他所躺的床脚有一排蜡烛,发出温和的亮光,有一床天鹅绒棺罩盖在他身上,只露出他的头与他的脸。有四五个人守护他,他们却全睡着了。

他觉得很满意,就懒得动。等到宫里的大钟打十一下,他才动。他随即轻轻地一笑坐起来。

他记得当他的心力已瘁的时候,他聚集全数他的力量作最后的激烈抵抗,因为世界最要他治理的时候,反把他拖走,他要抵抗这样的不公,他就听见有声音说道:"你死后我还给你一点钟。你若是在这一点钟里头能够找着三个愿意你活的人,你就活了!"

这是他的一点钟,这是他从死里抢来的一点钟。他已经丢失了多少时候啦?他当过一个好君主;他曾日夜为他的人民做事;他没有害怕的事,他晓得活在世上是很快乐的,他从前不晓得活在世上有多快乐,因为我们要说一句公道话，他不是一个自顾自的人；当天命反对他要他死的时候，他所舍不得的原是他的未了的事情。但是，当他走出屋子的时候（看守的人们在这里酣睡），他看见诸事有多少改变了。他方才心热如火地觉得不公道，现在这种感觉消灭了。现在他回头一想，他不过做了很少的事。这诚然是他尽他的所能做的，但是世界上有许多比他更好的人，世界原是广大的，他现在觉得世界是很广大的。无论什么全变作更大啦。他还是同向来一样爱他的国，爱他的家，但是，在晚上好像国与家必定与他同消灭了，现在他却晓得国家仍然未改变。

他在门外站了一会，在那里迟疑，不晓得先往哪里去。不去王后那里。他一想起她的悲痛，他就不敢去。他要等到他又能够两手抱住她，叫她因为他又活过来滴欢乐眼泪，他才去见她。他不过要等一点钟。在堡砦的钟打十二下之先，他就会再活过来，追忆往事如同一场噩梦。他一想到这里就稍微叹了一口气。

当他追记他死时的情形，他就说道："将来有一天再做一场。"他几乎又回头看他方才离开的病榻。

君主说道："但是我向来未曾因害怕而做无论什么事。"

当他想及他的合同的条件时，他就微笑。在他眼前的城邑全在月亮中。

他说道:"我能够找着三千人与找着三个人一般容易,他们不全是我的朋友么?"

当他走出闸门的时候,他看见一个小孩子坐在台阶上痛哭。

守门的守站着一会,问道:"小孩子,你为什么哭呀?"

孩子呜呜咽咽地说道:"父亲与母亲往王宫去了,因为国王死了,他们永远不回来;我很倦很饿了!我不曾吃晚饭,我的木偶又打破了。哎,我但愿君主再活过来!"

她又大哭一场。君主听了有点好笑。

他说道:"在我的子民里头这是第一个想我复活的!"

他自己并无儿女。他很想尝试安慰这个小姑娘,但是现时还有别的事体要到别处去。他往他的最要紧朋友的家,他所最爱的就是这个朋友。当他对他自己描画他会看见他的朋友极其失意时,他就觉得有一种怀恶意的快乐。

他说道:"可怜的阿米亚,我晓得我处他的地位应该怎样感觉。我很高兴无人拘捕他。若是失了他,我是受不了的。"

当他走进他的朋友的房子院子时,他看见有许多人拿灯往来地走,备好几匹马,这个地方全是一片闹忙和纷扰。无论他看哪里,他不能看见他所熟识的脸。他从打开的门进去。他的朋友不在堂屋里。他走过几间屋子还是看不见他——屋子全是空的。他忽然害怕起来。阿米亚不是忧伤而死么？

后来他走入一间小的密室，他同他的这个好朋友在这里同过了好几个欢乐的及忙碌的钟点；但是他的朋友不在这里，可是据外表看来，他不过是才离开这里的。书本及信件乱摔，地板上还有几片碎玻璃。

地下有一张小相片。君主拿起来，认得是他自己的小像，像架丢在地下打碎了。他觉得相片好像烧他的手，他又让相片落在地下。炉子里的火烧得很亮，还有几片撕破的信在炉围里未曾烧完。这是他自己亲手写的信。他拾起来，看见是他最后所写的一封信，信里说的是他心里所最想办的一个细密计划的详情。他才把碎纸摔入火炉里，就有两个人进来，说着话，一个是女人，一个是男人，这个人穿了靴，戴上靴刺，好像是从远处来的。

他问道："阿米亚在哪里？"女人说道："他自然是去见新君，特地去投效。你是可以想得到的，我们很着急。他并无他的前任的无理取闹的见解，他的前任很恨他。阿米亚从前所享受的恩宠在新朝里就变作窒碍。我但望他可以及时说通了。他其实能够说他完全不赞成先王所必定要办的糊涂改革。他自然有点喜欢他；但是我们必得为我们自己打算。处于我们地位的人们没有时候讲感情。君主一死他立刻动身。我正在打发他的随从去。"

那个男人说道："办得很对。"君主现在认得他是他的一个大使。"我立刻赶去。我们说句私话，这件事有利于国。那个可怜的孩子毫无治国才具，他逼我与某国立和约，这会有害于全数我们最要紧的利益。幸而现在我们立刻要打仗。假使他得行所欲，陆军的升擢会停顿下来啦。"

君主不逗留多听他们再说些什么。

他说道："我去找我的人民。他们至少不利于同我的继位人言和。我给人民的，他要从人民手中拿回来。"

当他一面走的时候他听见钟打一刻啦。他其实是一个异常的国君，因为他晓得从哪里走到国里最贫穷的地方。他从前到过这里，到过好几次，并无人晓得；他在这些地方所看见的愁苦情状，激动他使他很坚决地要尝试做从前所绝不曾尝试过的事。

宫里无人晓得他犯了很凶恶的热病而死，是从哪里染来的。他自己却是很聪明地曾疑心是哪里得来的，他就一直往哪里去。

他大笑说道："热病现在不能害我啦。"那些房子还是同向来一样的困苦可怜，人民仍然是一样的多病与污秽。他们三五成群地站在街上，虽然天色已晚，他们还在那里谈他。人人嘴里都说他的名字。他们很注意于他的病状与大约几时殡葬，多过注意于无论什么别的事。

有五六个人在名誉不好的酒店里，围着一张圆桌子吃酒，他立住脚听他们说些什么。

有一个是他所深知的，说道："他还是死了的好。一个君主，多一个铜钱都不肯花，有什么用处。这是不会鼓励贸易的。新的君主是很不同的，我们不久就有好事啦。"

又有一个插嘴说道："是呀！死了的君主是一个好管闲事、拘谨不过的人，他常麻烦我们，要我们把房屋打扫干净等事。我要晓得他有什么权利干预我们呀！"

第三个插嘴说道："打倒全数君主，这是我说的。假使我们必定要有君主，我却要他们一言一动像个君主，我喜欢一个不怕老婆的少年，我又要他晓得播打酒与薛利酒有分别。"

第四个喊道："他要废死刑。我猜他要坐监的可怜的犯人们多做工，是不是？我看骨子里是有如这种的理由。我们这样特别爱惜我们人民的性命不是无因的。"全数的人都很真诚地赞成他所发表的意见。当君主掉转身子走开的时候，钟又打啦；这个时候，倘有一阵狂骂他的风潮从他所最憎恶的人煽动出来，他会觉得就是一服宝贵的药。他走入囚大臣的监狱，往死囚牢走，死刑还未废，以这次的特别情形而论，他的确觉得很高兴。

牢里只有一个身材短小面目憔悴的人，忙于在膝上写字。君主从前只见过他一次，他很好奇地看他。

过了一会狱卒进来，第一位参政与他同来，这是先君所最爱的、最看重的。犯人赶快抬头。

他说道："要等到明天才执行。"他随即好像唯恐他流露胆怯，接着说道："但是我无论什么时候都预备好了。你肯替我把这封信交与我的女人么？"

第一位参政很郑重地说道："君主已死，不执行你所犯的刑罚啦。新君另有见解。大约到了明天就可放你出狱啦。"

这个人带着吓糊涂的神色说道："死了么？"

第一参政说道："死啦！"说得郑重，像同全个衙署说的一般。

犯人站起来，以手加额。他很热烈地说道："先生，我尊重他。他自己虽然是有君主之尊，他却以君子待我。他也有一个少年夫人。可怜的人呀，我愿他再活过来！"

这个犯人一面说话一面两眼流泪。

当君主离开监牢的时候，钟打三刻啦。他觉得说不出那样难为情。他的仇人可怜他比他的朋友轻视他更难受。他宁愿死一千次也不愿仰赖此人而生。虽是这样说，因为他自己是高贵的，就不欢喜另有一人也是高贵的。他很严厉地对自己说道，他不值得经过这一番麻烦。他检阅他自己的地位觉得殊不满意。他自己深信，能够依赖的爱戴，不过是一场大梦。他喜欢替人民做事，可惜他们的程度不够，不能为自己求进步。他只有两个朋友，一个是糊涂小孩子，一个是不念旧恶的仇人。既是这样，还值得活在世上么？他不如安安静静走回去，甘心死了，不必再努力求生啦，是不是？他领教够啦；他能够安安静静地躺下来，睡睡，歇歇。永恒的权力证实他们是公道的。虽人人都被证实是一个说谎人，这又算得什么？痛恨已经成为往事了，他好像见得清楚啦。

浓云已经遮住月亮，他觉得凉风刺骨。他忽然觉得说不出那样孤寒，他的心就沉下去。难道当真无一个人要他么——没有一个人么？这个时候他肯牺牲一切，只要他能得单独一句怜爱他的话。他渴想真实可靠的爱情，想得病啦。

现在还剩下几分钟。他怎样忍受等候这许久？他姑且勿论，这一件至少是可靠的，这就是他的全个世界。他一想到这一层就起首得了慰藉，他赦了——他其实是几乎忘记了——其余。但是他已经很堕落了,因为当他站在他的夫人的房门外的时候,他迟疑进去不进去。假使这次,这次也是幻见,怎么样好?他倒不如在不晓得之前走回头,是不是?

君主说道:"但是我一生绝不曾因害怕而做事。"

原来他的夫人独自一人坐在火炉旁,看不见她的脸,她的长头发四围垂下来,好像一片面纱。他一见她,忽然心疼,自己很责自己。他怎样会疑她呀!

她戴了他给她的一枚戒指——她常戴这枚戒指,这个珍宝闪光。除了这样的光外,屋里无别的光。

他很热烈地想安慰她。他诧异为什么全数她的女侍全走开了。这是她第一夜丧夫,为什么不留一个人陪她?她好像想到失神啦。他只要她说话,或喊他的名字!她却是缄默不言。一阵轻微声音使君主惊了一跳。墙上的一道秘密门开了,就有一个男人站在她面前;他以为只有他夫妇两人晓得这个秘密。

她把手指放在嘴唇,好像请他不要响,她随即滚在他的怀里。

她说道:"你来了呀,我很欢喜!当他快死的时候我得抓住他的手。我一个人坐在这里,怕得要死,我以为他的鬼魂会回来,但是他永远不会回来的了。现在我们可以常时欢乐啦。"她从指上取下戒指,吻了戒指,哭着,把戒指给他。

……等到打十二点钟的时候,守夜的人们惊醒,看见君主同从前一样躺在那里,身子是硬的,但是他的面貌很改变了。

他们说道:"我们必不可以让王后再看他。"

注释:

1 玛丽·柯勒律治(Mary E. Coleridge,1861—1907),英国女诗人、小说家、评论家,深受勃朗宁及托尔斯泰的影响。诗作有《范茜的随从》《范茜的奖赏》,小说《以弗所人的七个睡眠者》《双面国王》《如火的黎明》及《墙上的影子》等。——编者注(本书未注明者,均为译者注)

同母异父兄弟

[英]盖斯凯尔夫人[1]

我的母亲嫁过两次。她绝不提及她的第一个丈夫,我稍微晓得他,却是听别人说的。我相信她嫁他的时候几乎不曾到十七岁;他却不曾到二十一岁。他在坎巴兰租了一个小田舍,多少近着海边,但是他许是年纪太轻太无阅历,不会管理田地牲畜。无论怎样,他的事业并不发达,他又患病,他们做夫妇不满三年,他患肺痨病死了,撇下我的母亲,一个二十岁的少年寡妇,还有一个才会走的小孩子,还有再过四年才满租的田地,有半数牲畜是已经死了,不然就是逐头变卖还急债,无钱再买牲畜,不然就是不够买每日所要的不多的草料。又有一个孩子快要出世啦;我相信她一想起来就是愁苦的,恼悔的。她在她的寂寞房舍里必定过了一个很荒凉的冬天,周围离好几里路才有别的人家;她的姊姊来陪她,她们两人设法与定计怎样使她们所能筹的每个铜钱做极多的事。我不能告诉你,我的小姊姊(我始终不曾见过她)怎样得病又怎样死的;不幸我的母亲好像还不够受苦。格列哥里快出世的两星期前那个小女孩得了红痧病,一个星期就死了。我相信我的母亲被这最后一个打击打倒了。我的姨母告诉我她不曾哭；她若哭范尼姨母会感谢的；她只是看她的好看的灰白色的死脸，坐在那里抓住她的手，并不滴一滴眼泪。当他们抬她出去埋葬的时候她还是不滴泪。她吻那个孩子，自己坐在窗口，看那一串穿黑衣服的人（邻居们，我的姨母，还有一个疏远的老表，她们所能召集的就是这几个朋友）在雪地曲折的路上走去，薄薄的一层雪是前天晚上下的。当我的姨母送殡回来的时候，她看见我的母亲还坐在那里，两眼是干的。她还是不滴泪，一直等到格列哥里出世；他一出世好像把眼泪放松，她就日夜地哭，日夜地哭，等到我的姨母和那个看护的人彼此很惊惶地面面相向，她们若晓得怎样止住她的眼泪，她们会止住她的。她却告诉她们随她去，不必过于着急，因为她所流的眼泪，无一滴不安慰她的脑海，从前她的情景很可怕，因为要哭也哭不出来。

此后她无论什么都不想，只想她所新生出来的小婴孩；她好像几乎不记得她的丈夫或埋在坟地里她的小女儿——范尼姨母至少是这样说的；姨母好说话，我的母亲天生是寡言的，姨母因为我的母亲绝口不提及她的丈夫与她的小女儿，就相信我的母亲绝不想他们，我看姨母也许是错了。姨母比我的母亲大，当妹妹是个小孩子，虽是这样，姨母却是和蔼热心的人，她照应她的妹妹比照应她自己上心得多；她们的最大部分的生活靠姨母的一点钱，还靠她替格拉斯哥的缝衣商人做活所能得到的收入。过了不多几时，我母亲的眼起首看不见啦。她的两眼并不是完全瞎了，因为她还能够看得见在房子里各处走，还能够做许多家庭的琐事；但是她不复能够做精细的针线挣钱了。这必定是从前哭得太多，因为现在她还是一个美秀少妇，我曾听人说过，她比得上乡下里无论哪个少妇。她不复能够挣钱养活她自己和她的孩子，她觉得很惨。我的姨母只管劝她说管理他们的小房子与照应格列哥里就够她忙的了；但是我的母亲晓得他们过日子很为难，也晓得姨母自己连最平常的食物也还不够吃的；至于格列哥里，他不是个强壮孩子，他所要的不是更多食物——因为无论谁吃不饱他却常是吃饱的——他所要的是更好的滋养品和更多的新鲜肉。有一天当她们姊妹两人坐在一起的时候，姨母做活，我的母亲拍格列哥里睡觉，维廉·普利斯顿走进来，这个人后来就是我的父亲，这番话还是我的母亲死后许多年，姨母告诉我的。人家当他是一个不曾娶亲的老童男，我猜他有四十好几岁啦，他是邻近地方的一个最富的田舍翁，认得我的外祖父，当我的母亲和我的姨母过更好的生活时，他亦认得她们。他坐下，起首转他的大帽子表示舒服；

我的姨母说话，他听着，两眼看我的母亲。他不多说话，不独这次是这样，他后来来过好几次也是这样，他这次来就有了意思，他屡次来也是这个意思，过了许久他才说出来。有一天是星期日，我的姨母不曾往教堂，在家招呼孩子，我的母亲独自一人往教堂。等到她回家的时候，她一直跑上楼，并不走进厨房看格列哥里，亦不同她的姊姊说句话，姨母只听见她哭，好像哭得心都裂了；她上楼在上了闩的门外责备她，后来她开了门让她进去。她随即伏在姨母的颈子上，告诉她维廉·普利斯顿求她嫁他，曾答应好好地照应她的儿子，养他，教他，她已经答应嫁他啦。姨母一听见，很不以为然；因为我已经说过，姨母往往以为我母亲忘记了她的第一个丈夫太过快，她会能够想到再嫁，岂不是切实的证据吗？况且姨母常说她自己更宜于嫁有了岁数的维廉·普利斯顿，海林虽然是个寡妇，现时还不到二十四岁啦。姨母说他们不曾请教她，说到再嫁问题，却也有许多利益。海林的两眼永远不能再做针线的了，做了维廉·普利斯顿的夫人她永远用不着做什么事，只要她肯坐下闲放着两只手；一个男孩子在一个寡妇母亲手上原是很大的责任；现在会有一个妥当有恒的人照应他。所以过了几时，姨母对于我的母亲再嫁问题，存着更光明的见解过于我母亲的见解。我的母亲自从那天维廉·普利斯顿求她嫁他之后几乎不抬头,始终不曾微笑过。她一向是很爱格列哥里的,现在她好像更爱他啦。他年纪很小,还不晓得他母亲凄惨话语的意思,他除了抚摩他母亲之外不能怎样安慰她,但是当他们母子在一起的时候,她接连同他说话。

后来维廉·普利斯顿同她结了婚;她走去做了一个殷实人家的夫人,这里同姨母范尼所住的地方相离不过半点钟路。我相信她尽她的所能使我的父亲欢喜;我曾听见他自己说,不能再有比她更尽职的夫人。但是她并不爱他,他不久就看出来了。她爱格列哥里,不爱他。设使他能够耐烦等,到时也许爱情会来的;但是他看见她一见着那个小孩的面她的眼立刻有了光,她的脸又有了颜色,他给她好些好处,她不过对他说几句其冷如冰的和平话,他就觉得很难过。他怪她的态度不同,好像这样一来就可以得着爱情;他切实地不喜欢格列哥里——格列哥里只要一走近她,她的爱常喷出来如同一股清水喷出来一般。他要她多爱他,这也许是很好的,但是他要她少爱她的儿子,这却是不好的想望。有一天他按不住他的脾气,诅骂格列哥里,他是个小孩,那时闯了点祸;我的母亲替他说句借口话;我的父亲说,养别人的儿子已经是够难受的了,他的夫人何必永远卫护孩子的淘气行为；他们就是这样由小事变作大事；结果就是我的母亲未到时候先得卧床，当天就生下我。我的父亲同时既是欢喜，又是得意，却又难过；他有了儿子，所以喜欢与得意；他看见他夫人的情形就很难过，因为他晓得是他那两句话使她不及期就临盆的。但是他这个人更喜欢发怒，不甚喜欢恼悔，所以他不久就见得全是格列哥里之错，又因他催促我先期产出，所以更恨他。不久我的父亲又要恨他啦。我一出世之后我的母亲就起首病在垂危了。我的父亲打发人去卡尔赖尔请医生，他肯把他心脏的血铸成金钱救她的性命，只要这样办法能够救命；可惜不能。我的姨母有时说她想海林不愿意活，所以让她自己死，并不尝试留着性命；但是当我问她的时候，她承认我的母亲会听医生的话做的，她一辈子都是忍耐着不说不满意的话，她这次也是这样。她最后的请求就是要格列哥里躺在她身边，随后她嘱咐他抓住我的小手。当她这样看我们两个人的时候，她的丈夫进来，当他很温柔地低着头问她觉得怎么样的时候，他好像带着严重的亲爱看我们两兄弟的时候，她向上看他的脸微笑，这几乎是第一次她对他微笑；笑得十分甜美；姨母还说了许多话。再过一点钟她就死了。姨母来同我们住。能够办到的事以此为最好。我的父亲原是喜欢回头再过老鳏夫的生活，但是有两个小孩在身边，他能够做什么？他要一个女人照应他，最相宜的无过于他夫人的姊姊了！所以我一生下来就是姨母照应我；我有几时身体很弱，这是自然而然的，她常在我身边，日夜看护我，我的父亲同她一样着急。因为他的田产是父传子地传了三百多年，他因为我是承继他的田产人，自然当我是亲骨肉待。但是他要有人可爱，有许多人看来，他是一个严厉苛刻的人，我猜他待我是最亲爱的了，向来无论待什么人都不是这样的——假使我的母亲不曾有过从前的生活使他妒忌，他也可以这样爱她。我热诚爱他，以作报酬。我相信我爱全数在我左右前后的人，因为人人都亲爱我。过了几时我身体不弱啦，我变作一个好玩的、结实的孩子，凡是过路的人无不注意我，那时候我的父亲带我去最近的市镇。

我在家是我的姨母的小宝贝，我的父亲所爱的孩子，好多人的小玩意儿，田工们的"小主人"，我在他们面前耍主人的把戏。我自己取得一种力，我相信如我这样的一个小婴孩这样妄自尊大是很奇怪的。

格列哥里比我大三岁。姨母做事都是很亲爱待他的，但是她不常想到他，她习惯完全注意于我，因为当我是一个娇嫩的婴孩时就归她照料。我的父亲始终不能摆脱他怀恨他的继子，因为这个孩子那样无辜地争得我母亲的心。我又疑心我的父亲常当他是我母亲之死的原因，又是我孩提时代那样娇嫩的原因。看来这是极其无理的事，我却相信我父亲存在着一种感情，他反对我哥哥，他以为是他的本务，不肯努力压制这样的恶感。虽是这样说，凡是钱所能买的东西他都肯买给我的哥哥，绝不惜钱。因为这样办法如像是履行他与我母亲结婚时的条件。格列哥里笨重而粗鄙，愚拙而难看，他无论插手做什么事，总是弄糟的。田上的人们屡屡对他说刻薄话或责骂话，他们几乎不等我的父亲掉过身子就要骂他的继子。我怎样也学家里的坏样子，藐视我的无父无母的哥哥，我一想起来就惭愧与心痛。我想我一向不曾拒绝他，也不曾有意地对他发脾气；但是我习惯事事受人顾念，受人的特别的及优厚的待遇，使我当得意时变作很无礼。我对于格列哥里往往太过苛求，有过于他所愿让步的；我不能如愿以偿就生气，有时我听了别人对他所用的藐视的话并不完全明白说话的意思，我对他也用这样的话。他居多变作缄默及安静——我的父亲以为他含怒，姨母居多说他愚蠢。但是无人不说他糊涂鲁钝，他越久越糊涂越鲁钝。他好坐下不发一言，有时几点钟不发一言；随后我的父亲吩咐他起来做某事，也许是田上的事。他要奉三四次的吩咐才肯去做。等到送他入学读书的时候，他还是一样的，毫无改变。他是绝不会记得他的功课的；先生骂他打他也打骂厌了，后来他劝我的父亲领他回家，打发他去做田上的事，还要是他的知识所能够得上的事。我想此后他比从前愁闷糊涂得多，但他却不是一个好闹脾气的孩子；他耐烦，脾气好，即使一分钟前一个人还曾骂过他或打过他，他肯尝试替他做好事。可惜他尝试替人做好事往往有害于他所尝试替做事的人，因为他做事蠢笨，做得不漂亮。我猜我是一个聪明孩子，每论是与不是，我常得着许多恭维；人们称我是学校的霸王。学里的先生说我无论想学什么都能学得会，但是我的父亲自己并没得什么大学问，见得我有了学问也没得许多用处，及时叫我出学，把我放在他身边管理田地。格列哥里变作一种牧童，受过老阿当的教练，阿当太老，几乎不能做啦。我想第一个看得起格列哥里的就是老阿当。他坚持他的见解，说我的哥哥很有几宗好处，只可惜他不晓得怎样炫露他的长处；至于晓得大泽的方向，他说从未见一个孩子会比我的哥哥更好的。我的父亲尝试设法要阿当说格列哥里的毛病及短处，他却不说，只要他看出我父亲目的所在，他反加倍地恭维格列哥里。

有一次冬天，我大约十六岁，格列哥里十九岁，父亲打发我去送信到一个地方，从大路走约有七里，穿大泽走只要四里。他吩咐我去的时候无论走哪里，回来却必定要走大路，因为天黑得快，往往有浓雾；况且老阿当现在残废了，常睡在床上，曾预料不久必要下大雪。我不久就走完我的路程，不久就把事办了；我以为我办得快，比我父亲所预料的早一点钟，所以我就决定回来所走的路由我自己作主，正在天快黑的时候我走大泽回来。天色是很黑暗的；但是无一不是寂静的，我以为在大雪下来之先我很有时候回家。我快快地走。但是天黑比我来得更快。白昼原是很可以看得清楚该走哪一条路，不过从几个地方分叉的路，有两三条都是很相像的，但是当有好亮光的时候，行路的人以在远的事物作向导——有时是一块大石，有时是斜坡——现在却全看不见了。我却壮着胆子，走我以为是应走的路。谁知是走错了，不知走到哪里，走到多泥的洼地，这里的寂寞是令人心里难受的，又是幽深的，好像从未有人来过打破沉寂。我尝试大喊——绝无有人听见的希望——我不过用我自己的声音壮我自己的胆；不料我的声音喊出来是沙的、短的，却令我惊骇；在一片无声响的黑暗中我的声音好像是很怪异的。空中忽然装满了很浓密黑色的小片，我的脸与两手被雪弄湿了。这样一来使我完全不晓得我在哪里，因为我全忘记了我所从来的方向，所以我不能走回头，我被一片可以觉得的黑暗包围了，越久越密。我若久站在一处，我所站的泥地在我的脚下松动，我又不敢走远。我好像立刻失了全数我的不畏艰险的少年心性。我快要哭了，不过怕丢丑拦阻我的眼泪。我为的是要免得滴泪，所以我就大喊大叫——喊得很不怕，我乱喊为的是要救命。当我停止叫喊、留心细听的时候，我变作恶心啦；并无人响应，应的不过是无情的回响。只有无声响的、无怜悯的雪越落越密——越落越快！我变作麻木与困倦。我尝试走动，我却不敢走远，因为害怕有许多悬崖，我晓得大泽上有好多处悬崖。有时我站着不动又大声叫喊；但是我的声音被眼泪所堵住了，那时候我想到我快要凄凉寂寞地死在这里，家里的人们围着暖的、发红的、有光的炉子坐下，哪里晓得我在这里怎样受苦。我的可怜的父亲会怎样为我而痛苦——必定会痛死他，必定会伤他这个可怜的老年人的心！还有范尼姨母——她费了多少心血抚养我，难道这就完了么？我起首在一场活现的奇梦中察看我的生平，我的不多几年的孩子时代的各色各样的景象在我眼前经过如同幻景一般。被记忆起的我的短时生活所发生的一阵心痛使我聚拢我的气力又大喊一声，这是一声长的、绝望的、啼泣的叫喊，我并不希望有什么人响应，所得的只是四围的回响，浓厚的空气虽或可以使声音不能发响，回响总会有的。我很诧异地听见一阵喊声——几乎同我的响声一样长一样野——野得很厉害好像不是尘世的,我几乎思维这阵声响必定是大泽的好揶揄人的鬼的声音,我曾听过好几个人说这样的鬼的故事。我的心脏起首跳得快又跳得响。我有一两分钟不能答。我几乎胡猜我不能说话啦。正在这个时候有狗吠声。是拉西吠么?是我哥哥的看羊的狗吠么?——这是一条很丑怪难看的狗,一张白色难看的脸,我的父亲无论什么时候看见这条狗总要踢的,部分是因为狗的不好,部分因为是我哥哥的狗。遇有这种事体的时候,格列哥里就会用嘴吹啸作声,叫拉西走开,同它走出去坐在外面的房子里。我的父亲有过一两次觉得难为情,那时候这条可怜的狗忽然觉得痛,就大喊;我的父亲只好怪我的哥哥以免自己怪自己,我的父亲就怪他不晓得养狗,他让狗睡在厨房的火炉边,这是糊涂办法,在基督教世界里头,无论什么看羊的狗都被他教坏了。格列哥里听了这许多话总是不答的,又好像不听见的,只是无精打采地四周看看。

是呀!又吠啦!是拉西吠!现在我要喊啦,不然永远没得机会啦!我大声喊道:"拉西!拉西!你来救我啦,拉西。"

再过一刹那,那条大的、白脸的拉西绕着我的脚很高兴地乱跳，举它的懂事的眼看我的脸，好像恐怕我会打它，我从前屡次打过它；我一面弯着身子拍拍它，一面很欢喜地叫喊。我的身体衰弱，我的心也是一样的弱，我不能运用理性，我却晓得有了救啦。一个灰色人影从浓厚的黑暗出来，越来越看得清楚。原来是格列哥里披上他的看羊所穿的柳条布大衣。

我说道："哎，格列哥里。"我伏在他的颈子上，不能再说出一个字啦。我向来是绝不多说话的，有一会子他不答话。后来他告诉我，我们必得走，必得拼命地走——若能办得到，我们必得找路回家；但是我们必得动，不然就会冻死。

我问道："你不认得路回家么？"

"当我出来的时候我以为我认得，但是现在我有点犹疑了。大雪使我看不清，我唯恐我们现在一动，我迷失回家的路啦。"

他拿着他的赶羊棍子，我们走一步，他插棍子入雪里——我们紧紧地相信，我们走得很平安，不会从陡石上摔下去，不过这样走法是很慢的，又是很闷的。我看见我的哥哥不靠别的还是靠拉西做向导，跟着它走相信它的本能。四周是一片黑，我们不能见远；但是他接连喊它回来，留心看它从哪一方转回来,我们就慢步跟着走。但是这样的慢走几乎不能止住我的血不冻结。我身上无一块骨头无一条筋络不起首发痛后来就发胀,随后因为冷极变麻。我的哥哥比我较能忍受寒冷,因为他在山上的日子多。我努力要做个勇敢人,不说不满意的话;但是现在我觉得致命伤的困睡偷偷地到我身上来了。

我用困倦声音说道:"我不能再往前走啦。"

我记得我忽然变作执拗与坚决啦。我必得睡,哪怕只睡五分钟也是要的。设使睡了是会死的,我也要睡。格列哥里站着不动。我猜他晓得我受寒所得的痛苦的特别态度。

他好像对他自己说道:"这是无用的,以我所能知的情形而论,我们这时候同我们初动身的时候离家一样地远,并不稍近。我们的唯一机会只在拉西。兄弟,你来,你把我的大衣裹在身上,躺在这块石的下风方面。孩子,你得紧紧地趴在石下,我躺在你身边,努力保留我们身上的暖气。且慢,他们在家里会晓得你大约在什么地方吗?"他这样阻止我不让我睡,我觉得他太不近情,但是我听他再问我那句话,我就掏出我的手帕,式样是很动目的,是姨母替我缝边的——格列哥里拿过来,绑在拉西的颈子上。

"你快走,拉西,你快跑回家!"这条白面难看的狗在黑暗中如同弹子一般跑了。现在我可以躺下啦——现在我可以睡啦。当我朦胧睡去的时候,我觉得我的哥哥很亲爱地用东西盖在我的身上;我不晓得是什么,我也不管是什么——那时候我太昏迷了,太自私了,太麻木了,既不思维,又不推理,不然的话,我还可以晓得在这样荒凉的空无所有的地方,除非是剥他人身上的衣服来盖,不然,哪里有什么东西。等到他停止他的抚摩与躺在我身边的时候,我是够高兴的。我抓住他的手。

"孩子,你不能记得从前我们就是这样躺在我们的快要死的母亲身边。她把你的小手放在我的手里——我猜她现在看见我们;很许我们不久就同她在一起。无论怎样,只是听上帝的意思。"

我喃喃地说道:"宝贝格列哥里。"我更爬近他的身边取暖。他还在那里说话,还是说我们的母亲,我却睡着了。不过一会子——好像不过一会子——我听见四面许多人声,有许多人的脸在我的四面绕,甜美舒服的暖气透入我的全身。原来我在家里的我的小床上,我所说的第一句话就是:"格列哥里。"我今日说出来还是很感激的。

他们你看我,我看你,——我父亲的严厉的老脸,努力要保持他的严厉也做不到啦;他的嘴抖动,他的两眼慢慢地含着不习惯含的眼泪。

"上帝呀！他若还在的话，我肯把我的田地给他一半——我肯当他是我的儿子求天赐他福！我肯跪在他面前，我恳求他赦我刻薄。"

以后的话我不听见了。我觉得天旋地转，使我生而复死。

我过了几个星期，才慢慢地复省人事。等到我病好的时候，我看见我父亲的头发白了，当他看我的脸时，他的两手颤动。

我们不再谈格列哥里了。我们不能谈他；但是我们心里总是很奇怪地想着他。拉西来来去去我们从不怪它；我的父亲还尝试抚摩它，它却躲得远远的；我的父亲好像被这条可怜的不会说话的狗所责备，叹一口气，许久不响，在那里失神。

范尼姨母常是好说话的，她把当日的情形全告诉我。原来那天晚上我的父亲因为我久不回家很生气，大约他心里更着急，不过外面不甚流露出来，他对于格列哥里比向来暴躁得多；他怪他的父亲穷，怪他自己蠢笨，不能做事，——老牧人虽然说过在先，我的父亲还是说格列哥里无用。后来格列哥里站起来，吹啸喊拉西出去同他一路走——可怜的拉西躲在他的椅子下，唯恐有人踢它或打它。不久以前我的父亲同我的姨母谈到我怎么还不回来的话；当姨母把全数情形告诉我的时候，她说她猜格列哥里许曾看出风雪快要来啦，一言不发出去找我。三点钟后，所有的人们全恐怖欲狂跑来跑去，不晓得往哪里寻找我——不留意看不见格列哥里，无人理会他不在家里，可怜的人——可怜的人呀！拉西回家，颈上绑着我的手帕。他们晓得啦，明白啦，全个田舍的人都出发跟它走，有拿大衣的，有拿毯子的，有拿白兰地的，凡是能想得到的事物都带走了。原来我躺下浑身冰冷地睡着了，却还活着，躺在拉西所领他们去到的石头底下。我哥哥的绒布衫盖在我的身上，他的厚的牧羊人大衣很小心地裹着我的两脚。他只穿内衣——他的一只膀子抱住我，他的不动的寒冷的脸上带着安静的笑容（他生平几乎不曾微笑过）。

  我父亲的最后的话就是："我以刻薄待这个无父的孩子，我求上帝赦我！"我父亲葬可怜的格列哥里于我们的母亲坟里；我父亲死后，我们找着一张字，他吩咐把他葬在这个坟的脚下；我们一考虑到我的父亲是多么爱我的母亲，就可以看出他的悔过感情有多么深。

注释：

1　盖斯凯尔夫人（Elizabeth C. Gaskell，1810—1865），英国女作家。婚后移居曼彻斯特，深入工人之中，作品多涉及当时社会现实，真实反映了平民的生活。作品有《玛丽·巴登》《南与北》《露丝》《克兰弗德》《妻子与女儿》《夏洛蒂·勃朗特传》等。——编者注

素第的新娘子

————————————[英]格伦维尔·默里[1]

一个鳏夫有四个可以出嫁的女儿，很感激一个好脾气的女人愿意当伦敦社会最热闹的时候带他的一个女儿到伦敦。爱狄吉尔夫人提议带走大佐朗辛的最小的女儿维妮，卫护她在可以找丈夫的地方经过，这个英勇而无钱的战将自然宣言，他生平所听说的以这个提议为最好。

维妮是一个美秀姑娘，她的三个貌丑的姊姊很宝贝她，她到了国都，眼前就要见热闹的大世界，却不十分着迷。她的行为举动是老实的；但是现在有了报纸，有了借阅的藏书室，又有打网球的联欢社，乡下女子虽然老实，却从早年的阅历学会许多麻利。维妮就是这样晓得在小茅舍里的恋爱不过是诗人画师及道学家们的恶劣笑话，他们却很小心地不去尝试做这样的事。她却想到每年有四百镑收入，两个人就可以放心结婚，可以放心生几个儿女，可以过欢乐的日子。她的父亲住在吉登哈木，每年也不过有四百镑收入，就足以养活一家五口和两个仆人，过得很舒服，况且还供着一个小兄弟读书。维妮的三个姊姊确是很能治家。她们从她们凑合起来的零用费常能想法子余下多少替维妮买新帽子和新手套，维妮在全个吉登哈木是穿得最好看的姑娘中的一个。她们还备办好大餐让她们的小宝贝在糖食店里赊糖食——因为这个小宝贝喜欢吃甜食，很爱吃有馅的甜饼及法兰西的巧克力。维妮有她的特别嗜好，她们无不随她如愿以偿，所以她以为四百镑一年是够用的了。我们还要说本地有一个少年状师名尼特·尼克列，每年刚好有四百镑收入，所以当维妮往伦敦的时候，心里颇有点依依不舍。这个尼克列会大声叫喊，学人唱《左理·那西》，以此得名。全数的姑娘们见了他就爱他，维妮深信伦敦无比得上他的男子。

爱狄吉尔夫人的住宅在南甘星顿，这位夫人在社会上的地位是很高的，又是很可乐的。凡是值得晓得的她无不晓得，她无处不去。她有一部单马轿车与一部四轮大马车，有四匹马，一个管家，一个头发擦白粉的跟人，一个侍者。她的住宅的全数铺陈是很值钱很华丽的。初时维妮被全数这样的华丽所眩，随后却讨厌了。这个乡下的美人看见她自己的美貌不曾把伦敦的男子们打倒，心里有点不高兴。爱狄吉尔夫人的客人们来来往往，几乎殊不注意她。她在乐剧院里并无人瞪眼看她；在她的第一次跳舞会里头，她只得着两个男人同她跳，还未跳完她就跳不下去啦。爱狄吉尔夫人劝她不要灰心。夫人说道:"我的宝贝孩子,你得从名师学跳舞,关于你的衣服,你得同播施特谈谈,你还要告诉她必得找卡西米尔同你梳头。"

播施特是夫人身边的一个女仆,是个活泼女人,年三十岁,一双冷眼睛,声音是很响的。维妮见了她,就觉得自己变作一个小鬼,她不喜欢她,因为她常用怪腔调对她说道:"小姐,你今天穿什么衣服呀?"她问这句话好像维妮有一百套衣服,随她选着穿,其实她不过有七套衣服,一件黑绸的和两件纱晚服都算在内。这个从吉登哈木来的乡下女子到了伦敦后一个星期,就起首觉得这不多的几件衣服实在是可怜地不够;过了两星期,她简直是惭愧她无钱,她父亲给她十镑买手套,现在几乎花完了。爱狄吉尔不曾对她谈过买新衣服的话。维妮也不期望她会谈到这件事。她当她自己不过是这位贵夫人家里的一个客,因为夫人是她父亲的老朋友,并不是她的保护人。虽是这样说,爱狄吉尔夫人既已提及播施特,就使维妮糊里糊涂地希望这个女仆有一种本事,会把旧衣服整理成新。所以她翌日在自己屋里吃早饭的时候(她向来是这样的,因为爱狄吉尔夫人午前不起床的)就提议这件事。她问播施特能否条陈些衣服的办法。

播施特答道:"呀,小姐要讨论衣服吗?小姐,你若要在伦敦过这一季,你诚然要多置些衣服,不必说别的,去年出嫁的朱理阿小姐有二十四件的舞衣;前年住在我们这里的梅比尔小姐(她现在是罗士特贵夫人啦)有三十六件舞衣,并不嫌多余。"

维妮小姐听了失色,说道:"她必定是很有钱的小姐。"

"不是的,小姐,她们也不过是乡绅们的女儿如你一样;不过她们一到伦敦就让我装扮她们。做生意的人们常乐于放心相信住在我的贵夫人家里的小姐们。"

维妮不实在明白相信的字眼,就照着说道:"相信么?"

"是呀,我说的是他们肯赊。全数在伦敦的小姐无不欠许多债,等到结婚的时候由她们的丈夫还债。不用说别的,朱理阿小姐和梅比尔小姐哪里及得你这样美,但是她们穿上好衣服她们的面貌身材就好像比你好看两倍。小姐,你若上楼,我就把爱狄吉尔夫人的衣服等件给你看,你就晓得怎样才算时髦。"

维妮站在那里瞪着两眼,她的两耳乱鸣。她所听见的话是她一向所不听见过的;她觉得被诱要做淘气事,这就使她气喘喘的两边脸通红。她跟播施特出屋;两人一同登楼,这时候爱狄吉尔夫人还睡着,宅子里并无声响。当维妮登楼的时候,好像被人领入一间教堂;其实爱狄吉尔夫人置办的衣服等件所花的钱很可以盖造及装饰一所很好的教堂,还可以捐长年经费。

全个第三层楼,共有四间大屋子及两间小屋子,都是这位阔夫人的藏衣室,简直是一间陈列所。有好几架装玻璃门的柏木大衣橱,每件有号数有条子,有挂住的,有摊在架上的,避蛾子的泽兰香气扑鼻,凡是可以用作要人赞美的女人衣物无不齐备。……播施特开了一个橱,就看见约有二百双手套,只戴过一次就不要啦。她说道:"小姐,这都是我的'外快';夫人给我许多手套、缎鞋,还有许多衣服。我望她全给我,我不久就会变成富人啦。你晓得么,她的晚服只穿一次就永远不再穿啦,除非是天鹅绒的,虽然再穿,还要改过镶边。说到帽子,星期一有人送六件新帽来,今天我还料到再有几件。"

维妮一听了这一番话的时候,如同示巴的女王一般,变糊涂了;但是当播施特领她轻轻脚步走入爱狄吉尔夫人的梳洗室,看见夫人的珍宝时候,维妮是完全糊涂了。维妮看见那许多镯子、戒指、耳坠、金刚石耳环、背镶金刚钻的表,两圈红宝石的眼好像对她眨眼,她就觉得头晕,魔鬼就走入她的灵魂里。播施特站在那里好像引她入迷途的女魔,维妮很发抖,播施特把一副珍珠项圈套在维妮颈上,说道:"小姐，你应该置一串这样的珠子。少年妇女可以戴珍珠，你若让我打扮你如同我打扮朱理阿小姐和梅比尔小姐一样，你会变作多么美丽的一位小姐呀！那时候就会有成群成队的有钱丈夫追逐你。你只要挑选一个。"

维妮小姐却不要在一群有钱的求婚人中挑选一个，她只想嫁与尼特·尼克列，这个人大声学唱《左理·那西》。虽是这样，凡是一个女孩子总要利用她的美貌到极点，她心里想倘若因为缺少一两件衣服她就不能在社会上多打动几个人，不如那两位小姐，这就未免太难过了，况且据播施特的话看来，朱理阿和梅比尔两位小姐并不如她自己那样美。她的第一个意思就是想爱狄吉尔夫人很许会给她几件放在楼上的衣服等物，这都是夫人穿过一次，以后永不再穿的。

维妮随后想到她若同别的女孩子一样赊几件必要用的东西，这也不会算是大错呀。她不肯欠许多债，因为她想到倘若尼特·尼克列度过蜜月回来要替她还许多的衣服债，他就不会像"左理·那西"，她所要置的不过是一两件衣服，几顶帽子，头上戴的几枝花，还要一把扇子（她自己的扇子是很不值钱的，很俗的）。全数这些东西确是"必要"的东西，购置这些东西当然是无害的。

维妮吞吞吐吐地说道："你想看一百镑能够置办许多东

西么?"她以为这是大踏一步,还说以为是很大的一笔钱。

播施特微笑说道:"小姐,开办是够啦。玛当玛拉布不久就要送一件衣服来给夫人,我告诉她上来听你的吩咐做衣服。"

维妮恳求她,说道:"我请你切记,我不敢多花钱。"她的心扑通扑通地靠着她早上穿的蓝色绒衣乱跳。这件衣服在吉登哈木地方算是很合时宜的。

……一个月后,维妮本来是格洛司特司巴的美人,现在变作伦敦本季的许多美人中的一个。王室的人注意她;成群的人伺候她;无论在哪里,她一掉过身子走,就有人低声说话恭维她;在跳舞厅上她就为了难,因为成群的人挤上前来求她给面子,同他们跳,她不晓得答应哪一个是好。她所经过的这一番变化,其实令她自己也诧异。维妮照镜子,看见她在女裁缝的魔术之下,又有播施特和理发师卡西米尔两人帮忙,她的美貌大有发展,她只能记得屡次有人说过的蛹与蝴蝶的比较,不然只好说她自己像一朵开放的花苞。

她现在很有衣服、帽子、细布内衣与珍珠,很够用啦。卡西米尔先生每天来同她梳头,有时试新样子的头,更衬出她的貌美;每天都有女裁缝,制帽人和珠宝客来请她置些新东西。维妮起首不计算她所定制的东西啦。由播施特经手逼她买许多东西,有时她看见桌上有许多东西是她不曾吩咐定制的。有时替珠宝商揽生意的人会留下一个绒毯包,满装了首饰随她察看,播施特就劝她挑了一只手镯,她一戴上就会变作很好看的,不然就劝她挑那一对耳环,送给她的姊姊们是最合式不过的。维妮就是这样被他们所鼓励,越来越浪费,却无人阻止她。爱狄吉尔夫人看见她打扮得这样好看,这样鲜艳,又这样可爱与这样迷人,就很欢喜。夫人特为不诘问她谁替她还这许多华丽衣着的债。朗辛大佐有一次来伦敦看他的女儿,看见她这样改变了,站了一会如同受了霹雳一般;随后他很得意地吻她,掉过身子来同爱狄吉尔夫人拉手,拉得很热烈的表示感激。他显然以为是爱狄吉尔夫人给他的女儿这许多贵重礼物,她们两个人并不说不是的。

读者切勿误想维妮不曾有过几次觉得后悔。她有时深念,念及尼特·尼克列,心里在那里胡猜等到他晓得真实情形的时候,他脸上作什么神色。她有时想写信给他,供认全数她所作的事,逃回吉登哈木,把她的好东西留下还那些商人,请尼特同他们商量打折头还债。哎哟,她不久就晓得她不能这样脱身。

有一天维妮说,有一个半老的粗俗人向她求亲,这个人是在澳大利亚发财的,名叫素第。不久她就看出爱狄吉尔夫人必定要她嫁这个素第。维妮宁愿嫁与一个猴子也不肯嫁与这个人。

但是只要爱狄吉尔夫人打定主意要某人嫁某人,她大概总是办成功的。这原是她的买卖,因为她几乎以做媒为行业。她的收入每年不过二千镑,她太过浪费,这点钱哪里够她花,她所以替暴发财的富翁们找美貌夫人,增加收入,并且她还介绍这些暴发户进最好的社会。素第先生因为她招呼他,推他进阔人队里,他已经是很深感她的了,但是当他爱上了维妮小姐的时候,他晓得他如娶这位小姐到手,他只要送给爱狄吉尔夫人一笔彼此默认商妥的价钱,他当这位夫人确实是他的女恩人。这个价钱不过是一份礼物作为纪念品。在他看来算不了什么。在爱狄吉尔夫人这方面,她却不管维妮反对素第,因为这个女孩子完全在夫人的掌握中,这要谢谢维妮小姐所走入的债网,夫人缄默不言,与商人们串通拖累小姐。

有一天忽然揭露给可怜的维妮小姐看,她自己已经完全变成一个奴隶。素第先生的一双脚如同两只小船,他的脸好像一幅谐画,她实在是怕嫁给他,她写信给尼特·尼克列,哀求他赶快来救她。他到了伦敦,觉得不很像"左理·那西",他却打定主意帮助她,只要男子汉的力量能够做得到。

维妮小姐痛哭滚入他的怀里，说道："尼特，我很荒唐，我欠人许多钱！"

尼特吻她之后，问道："你欠多少？"

"宝贝，我不晓得。我害怕想。你不要同我生气。"

尼特原是一个好好先生，说道："我不生气。请你把你的最大的债主的地址告诉我，我同他们谈。"他说完又吻她。

尼特·尼克列抄下地址就走出去，两点钟后回来，满脸憔悴与惊扰。

"维妮，他们说你当了许多你所赊的珠宝，是当真的么？"

维妮发抖供认道："我只当了一只手镯。播施特劝我当。我的兄弟在学校写信来同我要五镑，我没得钱寄给他。"

尼特绝了望，倒在椅子上，说道："既是这样，我们就毫无希望的了。你欠人三千镑，那使我把我的所有全数变卖，我也不能够替你还债，你把你自己放在那个珠宝商掌握中了。"

维妮脸无血色问道："宝贝，我怎样落在他们掌握中呀？"

"他与当铺东家同是一个字号，用不同的名号做生意，你得还清他的债，及同他们串通的人们的债，他恐吓你，要告你欺诈取货物。"

……

这就是爱狄吉尔夫人怎样使两个人结婚的情形,维妮小姐就是这样做了素第的夫人。

注释:
1 格伦维尔·默里(Grenville Murray,1824—1881),英国新闻记者,作家。曾任英国外交官。他独特的新闻体的写作方法为反映社会现实开创了一条新路。他的作品有《流浪的英国人》《法国新闻出版史》及《小布朗》等。——编者注

好贵的一吻

[英] 格伦维尔·默里

有一天是星期日的下午,吃完饭后的那一点钟,我们英国少年农人觉得很难消遣。他们说不能斗球,又不能打足球,亦不能掷铁环,因为是星期日禁止这几种游戏;因为同此理由,乡下酒店的九柱戏已关了门,客厅里的球台也用棕色的荷兰布盖住了。只有酒店的酒柜是开的,一群少年游手好闲的人站在那里吃烈性麦酒,用蓝边瓦杯吃。吃几两啤酒自然并无不名誉之处,倘若有一群少年的法国人或日耳曼人在一所乡下咖啡店里吃点酒提精神,无人会想到他们是下流的人。在英国却不同,星期日不许人作无害的消遣,少年们唯有三五成群地吃酒,人们却以为是恶劣行为。所以当牧师康特尔前往教堂的时候看见这群作孽的少年们在"花狗"酒店门前路上徘徊不去,他就很忧愁地摇头。其中有一个少年对着牧师的忧愁的脸发笑,又有一个名妥木·塔特司的,是一个十七岁的傻小子,简直有点羞怯地大笑出来,作者说出来却有点难为情。这个傻小子这么一笑却要惹大祸啦。

教堂起首响钟,报告午后的礼拜时候到啦;"花狗"酒店关门，把吃酒的客人们请出大门外。他们早上已经到过教堂，他们就不想再进去听第二篇经论，所以他们就随便散步，后来走到本村的公设兽栏，他们爬上去，一排六个人坐在上头，谈论在收割过的田上盘旋的几只乌鸦。他们正在谈得深微奥妙的时候，有一群乡下女孩子从路上走来，星期日的衣服和黄色的肥皂能够打扮她们到多么美就打扮得多么美。其中有一个姓吉布司名贝特西，她是豆拉尔的管牛奶房的女孩子，她打扮得最好看，这是因为她的帽子上有几朵花与几条蓝色边带；她本来是一个美秀女子，这几个游手好闲的男孩子们很高兴地欢迎她，其中有一个喊道："喂，贝特西，你到教堂到得太迟了，牧师会用他的圣歌本子敲你。"贝特西走得很快喘不出气来，笑说道："我不管牧师；我们尽我们的能力赶快跑来，设使我们到得太迟，与他无干。"这个乡下的善媚女人的男子说道："你不要进教堂；你过来，同我们在田上走走，我们肯给你几个苹果。""我不要你们的苹果，比尔柯，同你散步是不妥当的。"比尔柯大笑，说道："你怕我吃你吗？贝特西，咬你一口当然会是很有味的。"管牛奶房的女孩子说道："你走你的吧；你的脸皮太厚，如同我们星期一所杀的猪一般。"她只管这样说，心里却觉得高兴；因为这样口角在乡下就算作求爱。

女孩子们屡次说她们必得往教堂,却在路上逗留不忍去,因为她们其实很喜欢安安静静嬉戏,只要没得老年人在旁边对她们皱眉。她们所得于比尔柯的是很庸劣的讪笑;他却最会说话令女孩子们大笑。过了一会,其余的男孩子们也加入同她们开玩笑——全数都加入,只有妥木·塔特司不曾加入;他坐在那里瞪着大眼看贝特西,带着他自己另有一种犹疑不决的神色,露齿微笑,因为他看见女人就害羞。他这样的不响,不久就引起贝特西的注意,她说话笑妥木,使其余那三个女孩子狂笑。她们是面如满月的女孩子,用棉布手套套住她们的大手,她们的脚都是很大的。其中有一个满脸的斑痣,她说妥木必定已经把他的舌头吞了,这句话使妥木脸红,比尔柯肘他的肋骨,几乎使他离开栏杆跌入圈里。他说道:"妥木怕你们。我敢赌,他若在晚上碰见一个单身女子,他是会逃走的!"妥木觉得不安,喊道:"不是的,我并不怕。"贝特西说道:"你的母亲倘若听见你对一个女子求亲,你怕你的母亲会拿一把扫帚打你;妥木,是不是?"贝特西好像用这两句话安慰他;她用祈祷书遮住嘴偷笑。

妥木·塔特司好像坐在烧红的铁条上一般,在那里扭。那个好诙谐的比尔柯接着说道:"你须知妥木生平未尝吻过一个女孩子;他不晓得吻的滋味。"贝特西带着乡下女子淘气神色，问道："比尔，吻的味道像糖糕，是不是？"比尔柯答道："我不晓得，你让我尝尝你的脸，我就会告诉你是什么味。"贝特西退后一步，说道："你太过放肆，我宁愿让妥木·塔特司试试。"她一面说一面大笑，她的三个女朋友的脸全笑出很大的酒窝，好像在大火前的三个烤苹果。男孩子们全大喊，都说妥木应该吻贝特西。吉布司表示他有胆，他听见这样的提议好像糊涂了，他的同伴们敲他的背，在他的耳边说许多挖苦他的话鼓励他，吵到他晕了。比尔柯把妥木的星期日戴的帽子摔在路中间，喊道："我告诉你们吧，他不敢吻她。"

妥木吞吞吐吐地说道："我敢。"他从栏杆上下来，走去拿他的帽子。

贝特西笑说道："你既有胆，你就来吻。我预备好了一巴掌，你若尝试吻我，我就一巴掌打你的嘴。"几个女孩子在路上徘徊几乎一点钟啦，午后的礼拜已经完了。妥木不曾看见人们从教堂出来，忽然壮着胆，如同一只被激的驴子跳向贝特西。她躲他，他追她。他们回身跑了两次，相离不过一臂远，后来妥木被他的朋友们的大喊和女孩子们的乱叫的大乐所激励，忽然用小牛的力赶上贝特西，捉住她的腰。她用力挣扎，不能挣脱，身子站不稳，同妥木一起滚在路边的青草地上。这个乡下孩子同一个婴孩那么老实;他的两手却同铁夹一般,抓住这个女孩子的颈子,很响地吻她,一边脸吻一次。

吻过之后(他觉得很得意),他两脚站直了起来,贝特西·吉布司既被推倒又被妥木吻了,本来是很快乐的,忽然大喊起来,喊得很难听。妥木不晓得她为什么忽然变喜为怒,瞪眼看她,他却不曾看见牧师康特尔从妥木的背后走来,脸上发黑如同雷霆一般。贝特西却看见牧师,她要保全她的品格,要牧师当她是个好人,她不曾犯妥木,是妥木先来犯她,所以她接连不断地叫喊,好像有人拉她的两耳一般。

康特尔很严厉地从中干预说道:"你们闹什么?"他一面伸手扶贝特西起来。妥木·塔特司说道:"先生,我们不过闹着玩。"牧师两眼瞪着他,他的两脚在他的一双顶好的鞋子里发抖。

"你说是开玩笑么?——你在星期日下午喝醉酒,随后这样殴打一个无保护的女孩子,还说是开玩笑么?呀,贝特西·吉布司,假使你在教堂同我们一齐祈祷就不会遇着这样的事。我看见的是什么呀!原来是你的祈祷书丢在泥沟里么?"

这个管牛奶房的女孩子哭着说道:"先生,我本来要到教堂的,这些男孩子们阻止我。哎哟,我觉得很痛呀。这个傻子几乎使我喘不出气!哎哟,哎哟,我的衣裳全弄坏了!"

妥木原要为他自己辩护,不料康特尔摇手阻止他。"你这个少年匪头,你走开。当我往教堂在你身边走过的时候,我看见你当着我的面大笑。如你这样的一个男孩足够搅坏全村。你看你这样卑怯地殴打一个女孩子,殴打到什么样,你在大街上,在星期日午后犯殴打女子的罪。你且听下文吧!"

妥木垂头丧气地偷偷走了,其他的女孩子们也走了。那里并无别人,只有康特尔同贝特西·吉布司说话,她眼泪鼻涕交流着对牧师说怎样遇着强暴的详细情形,全是一篇谎话。

妥木对于这件事看得并不重要,因为他自己觉得无过,他不过是因为被她激恼才吻她的;所以他缓步回到他父亲的小房子里吃茶。他虽然是个傻子,却是一个好孩子,很辛苦地作工帮他的父母与好几个小兄弟小妹妹。他到家,脱下星期日的裙子,不曾把今日下午的事情告诉他母亲,只是穿了内衣坐下无精打采地吃他的牛奶油抹面包。吃过茶后,他举起他的一个小妹妹在他膝上,翻有图画的星期日报消遣。他的父亲一面从一本一个铜钱一份的周报的"出事及犯罪"栏下大声读。塔特司全家正在享受这样和平的消遣，快到八点钟的时候，有人大声敲门，举起门闩，看见本村巡警克路脱的头盔及大衣。克路脱独自一个人住在本州所盖的红砖警察所里，凡是本地的恶棍无不怕他，因为他是一个最好管闲事的人，他说话作锉物声音，办公很热心，要得地方官们的好考语。

他用如他这种官役们对村农们说话的腔调，说道："妥木·塔特司，我要拘你。有人告你无礼殴辱贝特西·吉布司。"

妥木的舌头几乎粘在上颚，吞吞吐吐地说道："我不曾殴辱她，是她起首的。"他的受了惊恐的母亲说道："妥木，这是什么事呀？克路脱先生，其中有错误吧。"克路脱说道："并无错误，是康特尔先生和那个女孩子自己对我说的。"

妥木说道："但是我要告诉你，他们所说的并不真实，原是她叫我尝试吻她的。"这个可怜的孩子又解说一番，警察却告诉他，解说不过是糟蹋时光。"妥木·塔特司，你不如在裁判官们面前解说。当下你得跟我走，今晚在警察所睡一夜……"

牧师康特尔原是一个严厉的道学先生——有许多人远远就闻见有不道德行为，他就是其中一个。他以为他自己奉人委托，保护本教区的妇女们的道德就是他的特别责任。他当真相信他造成一宗案件控告妥木·塔特司是办了一件正当的事。贝特西·吉布司原是一个极恶的说谎人，有许多乡下女子是这样的。她初时也许不曾预料她告妥木殴辱她就是预备毁了这个孩子；但是她已经说过许多谎话，又听人苦劝她，为保全她自己的名誉起见，就该控告犯她的人，她就听人的话在那里痛哭流涕；她宁愿自己咬断了舌尖，也不肯收回一个字。警察克路脱，用乡下警察搜罗凭据的态度，诘问那个女子，把案情加重好些。后来就罗列一张耸听的状词的条款，其中所说的并不是事实，不过是克路脱带着他的污蔑人的胡思乱想，臆度是那样发生的。这种办法的结果，就是翌日在两个本区的裁判官面前告妥木·塔特司。裁判长哈尔特拉看见牧师和管牛奶房的女孩子所供的证据如同中午那么清明，就把犯人归入下期本州季审办理。读者要注意，贝特西·吉布司因为看上了比尔柯，就特为不说他因有分子殴打她；这个英勇的比尔柯，很怕同妥木一齐被控，很小心地不敢走近法庭。其余的男女孩子们也学他的榜样；所以并无一人肯替妥木说一句公道话。妥木看见法庭许多人，看见他母亲痛哭，他就害怕，他张嘴的时候，吞吞吐吐、断断续续地说几句辩护话，哈尔特拉就拦阻他，用裁判官的严厉腔调说道："你现在不如不说话为妙，我现时不是定你的罪。当研讯的时候你有机会辩护你自己。"若是在法国及其他落后的国家,一个初审的裁判官很早就可以得着吉布司小姐所说的话的真情,就会警戒妥木一番就把他放了;设使初审时认为有罪,无论怎样,法庭会派一个律师辩护他。英国却不是这样,国家不独不为贫苦罪犯预备律师,而且叫犯人不要说话,法庭以为犯人不说话更安稳些。塔特司的父母无力请律师,就不能从法网中把妥木救出来。他们被不幸所打击,就听天由命地坐牢,贫人只好这样,一面流泪及扭手,希望大审的时候可以水落石出,又希望陪审员们会哀怜他年少无知,大发慈悲。妥木坐了两个月监——吃的是粥,又无事做,变瘦了。到了季审时候又到堂。他看见三十个司法官坐在一张马蹄式的桌边,司法长是一个白头发的老者,坐在饰以一狮与一独角兽的帐下。此处还有许多律师,在那里读好几连[1]的公文;其中有一个戴着新洒白粉的假发(他是道学先生康特尔所雇的状师所请来出庭的),站起来,说许多话反对妥木·塔特司,加他许多罪名。这个可怜的乡愚在罪人座上害怕及惭愧到发抖。牧师和吉布司小姐轮流说供。告状女子所说的故事到了这个时候自然是很张大其词,因为这个小姐在牧师和她的家族眼中变作一个很有关系的人,她就用很尖脆的腔调高唱她自己的道德,以证明他们称赞她是应该的。当妥木在监里的时候,她变作一个勤进教堂的人。吉布司小姐供过之后,案情变作更清楚啦,司法长,他是一个多礼的老贵族,照着形式,问犯人道:"妥木·塔特司,你有什么话说,以辩护你自己?"

妥木摇头。他在监里两个月,就很不相信执法会公平;况且他很害怕那许多穿得很整齐的人们瞪眼看他。司法长所以就说一番撮要的话,陪审员们赶快判定"有罪"。

这个高贵的司法长就定谳。

他摇头表示斥责的意思,说道:"塔特司,可惜我不能够在案情里头找得着可以赦罪的情事。我们必定要保护少年妇女,不使被如你这样的歹人侵犯。你所做的事很像一个恶棍的行为,我罚你监禁十八个月兼作苦工,你这样殴辱女子,我若减轻刑罚就是不公道。我相信你出狱后,会做一个更好的人。"

妥木的母亲痛哭到发狂,他们把妥木拖出法庭,他坐满十八个月监。他因为吻了吉布司小姐,笑了一个牧师,就得付出这样的代价。

注释:
1 每连四百八十张。

维提克尔归隐

———————————————— [英] 威廉·黑尔·怀特[1]

有一间药材批发行，名维提克尔、约翰生与玛尔西。我有二十五年是这个字号的股东，在近来这十年我是大股东。当我做大股东的起初九年的时候，我不独是名为这个字号的总理，在事实上也是总理。我不管琐碎事了，但是无论什么要紧事必先同我商量好了才能照办；我就是管理部门的枢机。到了第十年，我的夫人久病死了；我自己也病重，有好几个月，一张单、一封信也不曾送给我看。等到我回去办公的时候，我见得那两位小股东（他们都是有进无退的人）分办了我所习惯做的事，况且他们又改变了许多他们以为必要改变的章程。我只好尽我的所能重新再办我的职务，但是我所不接头的事是难以措手的，我就得依赖我手下的两个伙计解说给我听。他们因为省得麻烦我，并不告诉我就办了许多事，从前却是必要先向我请示的。有生人来访不是找约翰生就是找玛尔西。我吩咐传达人说，我若是无他客的时候，他得引客人来见我。这却是不成功的，因为当客人来的时候，我不接头，我不能不请这两个伙计，他们却不甚愿意告诉我。有时我要看信件，看信件要费许多工夫，客人就变作不耐烦。我记得有一次我会客，我觉得极其疑惑，我却说了两句松泛话，并无什么特别意义的。约翰生走进来，立刻讨论这件事，他一面理论了十分钟，我一面坐下一言不发，无从下手，于是把事体议妥，其实我一句也不曾参与。有时我不赞成他们的提议，努力表示我的权利，但是到底我居多被逼而承认我自己之错，我们揽了一大笔生意，因此我们不能不同制造家们商量。约翰生与玛尔西两人都主张不信任常时供给我们事物的一间行号，因为当我不在字号里的时候，我们同这字号交手的事件殊令人不满意。我很糊涂我却是很自然地想把凡是完全不曾同我商量过而办的事作为不要紧，我耻笑他们的反对，我强逼他们遵我的决断。那间字号倒了；我们与他们所订的合同取消了，只好在压力之下再订一个，我们约损失五百镑。我的两个同事虽然不提起是我负责，我却晓得只是我一个人之错；我变作更相信我自己无用，我变作很无兴趣。后来我打定主意归隐。他们劝我不要归隐，我看他们并不曾热心相助，我于是在一八五六年十二月三十一日离了在伊斯奇普的公事房，永远再不进去啦。

起首两三星期我享受我的自由；过了这两三星期我享够了。我没有事做！我想起从前每日到了极热闹的时候，是忙到了不得的，有许多人问情形，有许多人在前厅等候，有许多铃响，快快给训令与录事们，打开信件之后就得商量，还有我们的很关心的商议，先一点钟招呼就得往苏格兰，还要见买客。我心里想象全数这些事体还是进行，却不与我商量就进行，当下我无事可做，不过打开一个包裹，解绳子的结，把绳子放在盒子里。我看见我的欢乐邻居们早上坐车出门，傍晚回家。我从前总是诅骂早餐吃得太过匆匆，现在我反羡慕他们啦。我吃中饭要耽搁一点钟，我羡慕他们吃羊排只要十分钟就吃完了；我又羡慕他们办事倦了，拖着身子在小石子路上走，耽误了半点钟吃晚饭。我几乎完全在妇女堆里。我没有儿女，只有一个三十五岁的侄女，她专心办宗教事务，替我管家，她有许多女朋友，每天下午必有两三个来访她。有时我因为要解寂寞的愁闷，下午用茶点，几乎必定有牧师。只有我一个男人在座。这就好像因为我身体结实壮健，牙齿又好，反要我吃稀饭。我这样轻松无事，既无可抗拒的又不遇着为难，这样的生活实在受不了。牧师，有时总牧师，因为我肯捐钱，尝试同我讨论宗教事务，但是据我看来这些事务用不着什么努力，不如在伦敦市上，即使是最平常的一天也要努力的。有一天当我走进屋子的时候，柯尔曼太太同总牧师正在很认真地谈论事体，我不知不觉地坐在他们身旁，我才晓得他们所这样热烈争论的不过是派定慈善会里的摊子事。他们当真争论得很激烈，我完全承认他们为这件事心里的最深处都受了激动。我相信他们是很费心很着急的，有过于我永远不能忘记的一个早上，那时候有两间字号全倒闭了，在两点钟里头几乎连我们的字号也要随着倒，不过是侥幸不曾倒罢了。

有一天我同我的侄女儿往圣保罗大街买裙子，那时候经纪们正在起首卖药材，我那里肯走进卖女人衣服的店里，我撇开我的侄女，尽我的能力在大教堂四面走一遍，尝试让人们相信我是忙碌人，我正走到博士大街，我碰见拉尔金，他常替查克曼及拉尔金字号四出游行揽生意的。他说道："哈罗，维提克尔！自从你不做生意以来我不曾碰见过你。你这个走好运的人呀！我但愿能够做到你这样，再见吧；我不能停着同你多说话。"

若是一年前的话，拉尔金无论有多少紧急事在眼前，无论我要他立住脚同我谈多么久，他是愿意的。

从前我睡醒的时候（有时确是在一夜失眠之后），我觉得眼前是要放胆做事的一天。我不晓得我的信里头说些什么事体，又不晓得可以发生什么事。现在不然啦，当我起来的时候我不能预料有什么事，只觉得眼前有单调的十五分钟，在其间吃几顿饭就算是有了改变啦。我的侄女提议我该加入一个联欢社，但是社内会员不合我的口味。我有一座花园，我觉得很得意，我决计自己多费些工夫收拾花园。我买了几本讲园艺的书，但是我的园丁比我晓得更多，我不能盼望能够赶得上他，我又不能辞退他由我自己收拾。我晚上看显微镜成了习惯，我却不晓得用得着显微镜的那几种科学，我的镜片又是买现成的。现在我白天看显微镜，可是不久我就讨厌了，把显微镜也卖了。我们往和尔丁一个月。我们租着所谓舒服宿舍，天气又好，但是假使我可以自己做主的话，当我的衣箱一打开的时候我就会去斯拖克维，我住在这个地方有时坐马车尽我们所能往东走，后来往西走，过后就没有别的事体做啦，除非又是往东与往西走。住了一个星期我实在是受不了，我们只好回家。我胡猜我的肝脏有病，就请教一个医生。他给我一点药，劝我在有兴致的社会里交朋友，还更多做些体操。所以我尝试走远路，往往走过了克来敦，有一次走得更远，走到来格特，但是我向不习惯单独一个人走，又因我不过晓得十几种鸟及十几种树的名字，我的出游并不给我任何娱乐。我曾在一个无风的十月早上在一片太阳光中站在巴安道晤，等到我看见北边的天涯垂着如深夜那么黑的烟云，我就带着监禁在牢里的一个罪犯的渴想，要做一个最卑劣的人被裹在烟云里。

后来我立意打散在斯拖克维的家庭,远远地搬往乡下;去养鸡鸭——我深信这样的职业是很有利的,又是很有趣的;打发我的侄女走,我再娶妻。我起首考虑我所认得的女人里头哪一个最与我相宜,我找第一个刚刚好是我所要的。她年约三十五岁,是很有兴致的,喜欢出门(我是绝不喜欢出门的),很会管家,弹钢琴弹得还好,她是一个辞职的陆军大佐的女儿,所以她有一种神气及态度与我们这个阶级的妇女不同,这就可以使我同乡绅们往来,若不是她,很许我是不能进乡绅们的社会的。当我对她说我的计划却不曾提及婚姻的时候,她曾告诉我她最喜欢鸡鸭,因为鸡鸭的动作是很有趣的。我显然要审慎,先要晓得她更深透然后同她订婚,我就随随便便地示意给我的侄女,叫她请她来同我们住两星期。她来了,有一两次我快要对她说有决定的话,我却说不出口。我一想到全要改变我的生活,我就很奇怪地害怕起来。我若结了婚就得要在家的时候较多,我在早上及午后虽然能够伺候鸡鸭作消遣,晚上必要同人们在一起,吃过大餐之后我只能在客厅里半点钟,再多我却受不了。我迟疑不决还有一个理由。我能够看得出我若提亲,女人是会愿意的,但是我却不能十分明白她为什么肯嫁我。她十成居九将来后我而死,我猜她的后死的希望也许就是她肯嫁我的理由。我撇开她,不料她一离开我们之后,我就见得我自己不由自主地向一个二十八岁的美貌女子求婚,我这个人够同驴子那么糊涂在那里做梦她也许肯爱我。幸亏我被一件值不得说的偶然事体所拯救,后来我虽然屡次念着两三个女人的美貌,我虽打定主意要娶其中的一个,我的决计却没有结果。我很被我的日见其增加的优柔寡断所窘。这种寡断起首迷住我。今天我若打定主意做这件事或做那件事,到了明天我却见得有二十个理由不做。当我在伊斯奇普的时候,我始终不曾被这样的毛病所苦。有人告诉我说决断力衰弱就是头脑软化的几种征象之一,原来我其实是得了这种病!这种病可以拖延好些年的!我这个可怜虫呀!我的生活不会好过贝维克所画的可怕的画里的马的生活。我,不过是等死罢了。

我的收入有一部分是借钱与我的老表所得的利息。我不曾得着什么警告就接到一封信说他破产了,还说他的财产大约只能欠一镑还十八便士。我见得很明白我必得省俭,关于做什么及往哪里去这两个问题,我是无法解决的。我偶然碰见一个伦敦市的老朋友,他告诉我西班牙债票是一件发财东西,当他把他所得的消息告诉我的时候,我才晓得必定会起到百分之二十。倘若他所说的话是真的——我有理由不该相信——我并不冒险就很容易地得回我所失的钱财的约三分之二。假使我终日有事做，我相信我不会糟蹋一个先令做这样投机事业。但是刺激引诱我，我放胆花了一大笔款买债票。过了两星期我的债票忽然跳高二厘，我高兴极了，我打定主意再往前进。我这次加倍地买进；过了三个星期又涨价；我又多买，现在我如同发热病一般很热烈地观察债票市场。有一天我下楼比往常早一刻钟，等候送报的小孩子。我把报纸撕开，看见债票交易所发生恐慌；我的债票一文不值，我是毁了。

我心里常怕会有这样的事发生，我又晓得我会惊慌到糊涂了的。谁知我今天很镇静，一向不如今天这样镇静，我也觉得诧异，我是出乎意料地并不愁苦。我立刻辞退我的仆人们，卖了几乎全数我的家具，出赁我的房子。有人要帮我，我不要人帮。我迁入一所小的乡下房子，在卜列斯敦地方的一条新造的路上，我一看我还有资本，若买国家的整理公债（因为我现在什么都不相信只相信公债啦）每年我还可以得一百二十五镑。这却不够我的侄女、我自己和一个女仆的开销，我就不得不考虑我是否能够找事做。回去伊斯奇普显然是不能的了，但是我今年虽是五十六岁，我的阅历还许可以用于别处。我于是在十二点钟走去见查克曼与拉尔金，我晓得这个时候我可以有机会见得着他们。当我兴旺的时候我向来是一直走入写了"私室"两字的屋子,今日我却要走入录事们的公事房,脱了我的帽子,客客气气地请问查克曼先生或拉尔金先生能否腾出一分钟工夫见我。他们并不请我坐下——若是在一年前这几个录事见我进来就会站起来的;但是有一个录事走进去啦,他出来告诉我查克曼先生及拉尔金先生两位都有事。我大胆请他们中一个再进去说,他出来告诉我再等两点钟也许可以见得着。我走出去,经过伦敦桥,看见圣赛维尔教堂(在秀司瓦克)门大开,我将在那里休息一会子。过了两点钟我回去,我还得等十分钟,等到一个装午饭的食盘送出来,随后有铃响,一个录事应铃,约过五分钟他出来说:"这里来。"他就领我进去见查克曼先生,他这时候正在读报,身旁摆着一瓶酒与一杯舍立酒。

"好呀,维提克尔,什么事送你到这里来?你该在斯拖克维照应你的葡萄呀——但是我忘记了;我听说你不种葡萄啦。呀!最奇怪的是一个人只要一归隐必定会糟的;不是糟在娶女人,就是糟在交易所。我晓得许多人是同你一样的。我们能够帮你什么忙呀?时局是可怕地不好。"

查克曼显然以为我要同他借钱,当他晓得我并不是来借钱的,他的腔调就改变啦。"我的好朋友,我听见你很有所损失，我觉得很难过，但是做这种事原是很傻的，请你莫怪我说这句话。"

我说道："查先生，我并不曾全失了我的财产，但是我不能十分依赖余下的财产过活。你能给我些事体做么？我同你们的生意有过关系与阅历，也许可以有点用处。"我曾送过千百镑入这个人的衣袋里，我却不愿强逼他报答我。

"假使是能够办得到我是很高兴的，可惜我们无缺，我对你很坦白地说吧，你年纪太老了。我们花十个先令一星期雇一个小孩子，他做事比你多得多。"

查克曼又喝一盅舍立酒。

"先生（先生呀！我一向想不到我要称妥木·查克曼为'先生'，我却称了他），我刚才说过，我的阅历及我所做过买卖的人们可以是很有价值的。"

"呀，你说阅历，我与拉尔金很有阅历，录事们做事听我们的吩咐。雇用录事切勿多过两年：那时候他起首以为他晓得太多要加薪工。说到你认得许多同你做过买卖的人们，自然算不了什么——你莫怪我说——现在你所保荐的人们不会引荐多少买卖的。"

这时候房门开了，拉尔金赶快进来。他说道："查克曼，我说⋯⋯"他随即掉过头来看见我："哈罗，维提克尔，你在这里干什么？查克曼，我才听见说……"查克曼说道："维提克尔，慢走呀，可惜我不能帮你。"

这两个人谁也不同我握手，我走入大街。小饭馆塞满人；跑堂的冲过来冲过去；我抬头看看那所阔房子的第一层楼，只是几个经理用的，我从前常在那里吃中饭。我回去又经伦敦桥。下午一点钟的伦敦桥！我猜我生平未曾当一点半钟的时候在伦敦桥上。我看见一群群的人仍然在桥上南北往来。早上九点半钟人们过桥是这方往那方，到了晚上六点半钟适与此相反。要紧的是早上晚上过桥的人们。一点半钟过桥的人是面生的，都是游手好闲的人，说不出是什么路数人。等到我到了家的时候，我的头晕了，我又觉得恶心，因为我来回全是步行的，我尝试吃点东西，吃不下，我一直上床睡觉。但是第二班邮差送来一封信说查克曼和拉尔金愿意雇用我，每年给薪工一百镑——信里还说比我更有实用的人还得不着这许多薪工，因为他们纪念往日才肯给我这个数目。我后来打听出实在情形，原来还是拉尔金劝查克曼说，雇用维提克尔会增加他们的声誉。况且拉尔金厌倦了自己去揽生意，我却能够替他。凡是他们所与来往的字号我几乎全认得。很许我可以进门，生人就不能了。我们办公事时间很长，从九点到七点，我必得恪守时刻。中午这一顿饭，我从前花三个半先令，现在我只好包点食物放在衣袋里。从前我吃大餐，现在我只吃晚饭——这样的吃法与我的脾胃不相宜。我现在要同录事们在一起，我从前很相熟的平辈，现在我要做他们的卑下的属员啦；但是全数这样难堪的事我都不介意，我却是很快乐的，有好几月我不曾觉得这样快乐。

我接到委任信是在星期三，星期一就要起首办公。当天晚上我祈祷得更热烈，有过于若干年来；我还打定主意，只求上帝欢喜，无论天色怎样好我每个星期早上必到教堂。我现在只要挨过三天不做事，就是星期四五六三天。我当作是放假日，我从前绝不曾一连休息三天，除了可怜的八月或九月不算，因为摆架子起见，不能不往海边避暑。星期一到啦：我们吃早饭的时刻从此规定在七点半钟，一到八点钟就从这里步行到干宁顿，从此坐街车到国王威廉石像。呀！当我关了小园门，在大街上走的时候，我有多么快乐呀，我今日又是一个人物啦！我四面看看，看见每条小街的房屋的前面小闸门全开了，所以在干宁顿路上有一串几乎接连不断的人很整齐一律地向伦敦市走，我在这一串人里头。我仍然是这个大世界的一部分；这个大世界有多少依赖我。五十六岁么？是呀，这算什么呀？有许多人到了五十六岁才是最好的时候。我是快乐到了不得，在我刚好要上街车的时候（早上冷，我不愿坐在外头）我破费两个铜钱买一根雪茄。我的扰动不久就消灭了。我不能就这样忘记我自己，以至于不时常有所提议，查克曼喜欢藐视我。我同录事们坐在一起我是觉得很难过的。我们向来不曾在斯拖克维庞然自大，但是我一生习惯于正当烹调的精细食物，现在我年纪老了，胃气不如从前那么强健，与其吃粗东西或弄得不干净的东西，我宁愿挨饿不吃。我的同事说我有斯拖克维派头，他们以此嘲笑我，当我掏出一条干净手巾包的面包夹肉，他们自以为善说俏皮话，问我花多少钱洗衣服。他们都是一群很无价值的人，指甲是黑的，把笔插在耳后。其中有一个常带一个上黑漆的帆布包，不是皮包那样硬——是一个摺皱了的、提不起精神的布包。他放在放手的地方，以免被太阳晒。到了一点钟就拿出来，把包里东西全倒出来，居多是一块冷排骨，一片面包，他从写字桌取出一个碟子一把刀子与一把叉子，他的刀子不能把肉从排骨割下来，他用口吃了肉及骨头之后，用纸包骨头放在皮包里。碟子和叉子在洗手盆里洗干净，就用公事房的手巾擦。有时有从前的生意朋友来，我得敲里面的门说道："先生，某某要见你。"来客并不告诉为了什么事要见，我觉得很难受。有不多的几个以礼待我，其余的人们好像以屈辱我为快。第一个星期一就有一个姓布洛克的（他是一个大字号的小股东），冲进屋里来。他原是同我很熟的，我虽然是独自一个人在这里，他不理我，他只是问道："查克曼先生在屋里么？""先生，他不在屋里，我能替你做点事么？"他一字也不肯说，就走出来，用力关门作很吵的声响。

我却提起我的精神，其实是精神自己提起自己。到了五点钟，这时候许多人争先恐后地送信件签字，我就想起家门口的大街，这时候是很寂寞的，我想起送牛奶的人与那个卖热馒头的小孩子，想起牧师与我的侄女的同伴们，我反省到我现时在伦敦市内是人群中的一个人，我就感谢上帝。等到七点钟，煤气灯灭了，我预料许多人在街车里争座位，尤其是天黑落雨，我必定会碰见一两个认得我的人。现在不要关窗子，不要在后园拔野草，不要播永远不发生的种子，亦不必当日中跑去郊外的店里买东西啦。当我归隐的时候，看见格林银行的大门摇来摇去，看见许多做小买卖的人们出进，我是多么讨厌呀！现在我回得家来诚然是疲乏到要死，但是疲乏到要死却是一种奢侈品，我睡得很酣，是向来所未曾有过的。约过六个月我的地位有些进步啦。查克曼一向好吃舍立酒，现在酒瘾更深啦，有一两次吃醉了，不该见客他还是见客，拉尔金讨厌他这位同事啦。查克曼又往往有病不能到公事房。有两个工钱很少的录事走了另谋高就啦。有一天下午拉尔金对我说道："维提克尔，查克曼先生身体很欠健康，我若出门时他不在这里，你得招呼来访我们的人，你却不要应许什么——让我想想——我正在要告诉你，每年加你十镑薪金，从下季起——还有一件什么事呀！——我记得啦，当查克曼有病的时候，若有人要见他，而我又不在这里，你若晓得我在什么地方，你就打发人来请我。你若不晓得我在什么地方，你得尽你的所能办理。"

我是永远不会忘记这一个下午的。我在公事房所穿的衣服久已旧了，磨到发光了，又破了，当我起首办事的时候我常要脱我的袖头，因为不脱是很容易变䑝的。当天晚上我把这件旧褂子摔在火上烧了；翌晨我用纸包好我的第二件最好的褂子带往公事房，我终天带上袖头。我接连地思维——重新要思维；诚然不过是稍微用点心思，却是要我用心，想过之后就得做，等到拉尔金走进来问我曾否有人来访，我就告诉他我是怎样办的，有时他就说道："办得不错。"有一个从我的旧公事房来的录事，大摇大摆地走进来，又不脱帽。我从高凳下来，戴上我的帽子。他第二次进来，就有礼得多啦。我现在办了两年的事啦，我不曾少到一天。我盼望我可以进行到我倒地为止。我的父亲是中风死的；我父亲的父亲是中风死的；我自己常时觉得头晕，有几秒钟看见天旋地转，我不愿在这里得了中风病，因为在这里太忙乱，我却愿当诸事进行得很正当的时候，平安回到家中再中风。躺在床上许久，心里只记挂着公事，这是我所不能忍受的。

注释：

1 威廉·黑尔·怀特（William H. White, 1831—1913），长期使用笔名马克·路瑟福德，英国小说家。作品有《马克·路瑟福德自传》《马克·路瑟福德的演讲》及《泰纳的巷里的革命》。——编者注

夺夫

————————————————————［英］托马斯·哈代[1]

有一天是冬天星期日下午,哈文浦地方,在一间圣雅各教堂里,礼拜的事体也作完了;教堂里的人站起来要走了。

这时候教堂里寂然无声,听得见海口的波浪声。随后听见教堂里司事的脚步声走去开西边的门,让教堂里的人出去;他还未走到门,门外却有人推开门走进来,是一个水手打扮的人。

司事走开一边,让他进来。他走到牧师身边,牧师站起来两眼瞪住他。

那水手说道:"先生,请你勿怪,我在海上遇风,幸得保存性命;特为进来祷谢的。我听说这是应该做的事,你若不反对,我就要祷告。"

牧师有点迟疑,停了一会,说道:"我不反对,照例先要在未行礼之前,把意思说明白,以便祷谢的时候说合宜的话。你若是愿意的话,我们可以借用海上刮过大风之后的格式。"

水手道:"我请你照用吧。"

那司事翻祈祷文，把那一段指给他看。水手跪在牧师面前，牧师读祈祷文，水手跟住读，读得很清亮的。教堂里的人重新又跪下，众人的眼睛都看这个水手。

祷谢过之后，水手站起来，众人也站起来，走出教堂。一走出来，外面比教堂里亮得多；有好几位才认得他是姓佐里名沙特拉，是个少年，离开此地有好几年了。原来他是此地人，他从小就丧了父母，吃海船的饭，往来于此地同纽方兰。

他一路走，同这个说几句，同那人说几句。他告诉他们，当了一条小船的船主，遇着大风，幸而小船未遇险，他也平安。过了一会子，凑近两个少年女子。这两个人在教堂里就很留心他，出教堂之后也是谈论他。一个是温和身量小的，一个是很高很大走动很慢的。佐里从头至脚地很留心看这两个女子。

他低声问身边的人道："这两个女子是谁？"

那人答道："小的姓汉手名安美理，高的姓斐柏名约安纳。"

佐里说道："可不是我记起来了。"

他于是走到他们身边，看看他们，说道："安美理你不认得我么？"

安美理有点怯缩地说道:"我认得你。"

那高的女子用两只黑眼一直地看他。

他说道:"约安纳小姐的脸我记得,却不甚清楚。但是她从前的事同她的亲人,我都记得。"

于是三个人一面走,一面说。佐里把海中遇风的情形告诉她们。走到司陆普小街的转弯,安美理就到了家,对他们点头微笑,走回家去了。再过一会,佐里同约安纳分手。这时候他并无事做,也无约会,走回头去找安美理。这个女子同她父亲同住;父亲是个管账的,女儿开一间小纸张笔墨店,帮补家用。佐里走进门,看见他们父女二人正要吃茶点,说道:"我不晓得是吃茶点的时候,我却很喜欢吃一盅茶。"

他在那里吃茶,坐了许久,说了许多漂洋的故事。邻近的人也来了好几位,听他说。不晓得怎样,自从这星期日的晚上起,安美理就爱上佐里,不到一两个星期这两个人都相爱起来。

下一个月有一日天将晚有月色,佐里向东走,走上高坡的地方。这地方有些好房子,他看见前面有个女人:这个女人回头看他,好像是安美理。他走上前看,原来不是安美理,是约安纳·斐柏。他同女子打招呼,同他并排走。

那女子说道:"你走开吧,不然,安美理是要吃醋的。"

佐里好像不喜欢这句语意,并不走开。

他们两个人此时说的什么,作的什么,佐里是追忆不清的了。但是不晓得怎样,约安纳把佐里拉过来,叫他同安美理冷淡。自从这个星期起,佐里是追随约安纳的时候多,同安美理在一起的时候少。不久当地的人就传说,佐里要娶约安纳为妻,令安美理大失所望。

自从一有这种谣言,约安纳有一天早上打扮好了出门散步,要到安美理家里;因为她听见她的女朋友因为丢了佐里,心里很难过,自己的良心上也觉得有点不安。

约安纳对于佐里也不甚满意,佐里留意她,她是喜欢的,觉得嫁了他,也还体面。但是她却并不十分深爱佐里。况且约安纳又是个有大志的人,很想高攀的。以社会上地位论,她比佐里高。自己的面貌原可以动人,她常时想嫁一个阔人。这时候她心里想,倘若安美理舍不得丢了佐里,她不如把佐里还安美理,自己另嫁阔人。她拿定这个主意就写了一封拒绝佐里的信带在身边;只要看见安美理果然是难过的话,她就把信寄给佐里。

约安纳走到司陆普小街,下了几级台阶,才到那小纸张店的门口。安美理的父亲此时是不会在家的,她敲门,内里无人应门,大约连安美理也不在家,她这种小买卖并没得多少人来的;店东走开几分钟是不要紧的。约安纳走进店里坐下,看见陈设得很好看。她四围细看,看见窗外有一个人,很用心的看窗子里摆的书本子册子等。这个人就是佐里,看看安美理是否独自一人在家。约安纳忽然觉得在这里同他见面很无谓,就溜进里间的小屋子。她同安美理是极熟的朋友,常常地不客气走进里间小屋的。

佐里果然走进店来。里间的玻璃门上挂了很薄的窗帘,约安纳从里间看见佐里很有失望的神气,正想走出店门。此时安美理回到店来,一看见是佐里,惊了一跳,很想再跑出去。

佐里说道:"安美理!你不必,你不要跑出去;你害怕什么?"

安美理说道:"佐里船主!我并非害怕,不过忽然看见你,令我一惊。"她说话的声音诚然是受惊的腔调。

佐里说道:"我路过走进来。"安美理赶快走到柜台后,说道:"你要买纸么?"

佐里谢道:"安美理我并不要纸。你为什么走到柜台后?你为什么不站在我身边?你好像是厌弃我。"

安美理说道:"我不厌弃你,我如何能厌弃你呢?"

佐里说道:"既是这样,请你走出来,我们可以好好地说话。"

安美理听了一笑,果然走出来,站在佐里身边。

佐里说道:"这才是个宝贝。"

安美理说道:"佐里船主!你不要这样说,你这个话是只该对别人说的。"

佐里说道:"我晓得你的意思。安美理!我一向不晓得,我一直等到今天早上,我才晓得你喜欢我;假使我早晓得你的心,我绝不会做我前所做的事,我对于约安纳是很有好意的,但是我一起首就晓得她并非特别待我,不过当我是个平常朋友罢了。我现在才晓得我应该向谁求亲。安美理!你要晓得一个人远出重洋,许久才回来,两个眼睛是瞎的;看见女人是分别不清楚的。他所看见的女人都是一样的,个个都是长得好看的,只要容易说话就是好的,也不去想想那个女子爱他不爱他;更不去想也许还有别个女子比那个女子更可爱。一起首我最喜欢的是你,但是你总是退缩羞怯,我心里以为你不愿意我骚扰你,故此我才去找约安纳。"

安美理几乎说不出话来,说道:"佐里先生!你不必再说了,不必再说了,你下个月就要同约安纳结婚,你这样是不对……"

佐里乘其不意，把安美理搂抱住，喊道："安美理，我的宝贝！"约安纳在窗帘后面，脸色发白，要闭眼不看，又做不到。

佐里说道："我只爱你，我爱你，要娶你；我因为只爱你，我晓得约安纳一定愿意同我散的。我晓得她要嫁阔人，她当日答应我不过是敷衍我的。她这样身材高大好看的女子不是嫁朴实漂海的人的。你同我却配得最合式。"

佐里一连同安美理接吻了好几次。

安美理浑身发抖，说道："我却要晓得，你敢保约安纳肯同你散的么？你敢保么因为……"

佐里说道："我晓得她不愿意使我们忧愁，她愿意同我散的。"

安美理说道："我希望她愿意，你不可在这里耽搁太久。"

佐里还是在店里流连，舍不得走。后来有一个人去来买火漆，他才走了。

约安纳看见这种情景，醋意大发；四围地看，要逃走。要紧的是不使安美理晓得她在这里。她偷偷地从里间走到过道，轻轻开了大门走了。

她一看这种情景，意思立刻改变，一定不肯同佐里散。走回家，把写好的信烧了，告诉母亲，若是佐里来找她，就说是有病不能见他。

佐里却并未去找，不过给她一封信，老老实实用很浅白的文字，告诉她此时的意思；请她打消婚约。

佐里在寓所看海口，看远处的海岛，等约安纳的回信。老等老不来，等到天黑后，他等得难受，他走出大街，禁不住不走去约安纳家里，打听她说什么。

到了那里，约安纳母亲说是女儿有病，不能见他。他问是为什么病，女子的母亲说是得了信之后，立刻就很难过。

佐里问道："斐柏太太你晓得我的信里说什么吗？"斐柏太太说是晓得，她们得了这封信，心里都很难过。

佐里一听，恐怕自己犯了什么罪大恶极的事，就解说给斐柏太太听：若是约安纳见了信很难过，一定是生了误会；他原以为打消婚约为的是不要束缚约安纳，还她的自由；既然约安纳不愿意打消，他只好践约，请约安纳当作那封信是未尝写过不算数。

翌日早上他得了口信，女子请他晚上到市政厅送她回家。届时他果然去接，两人手拖手地一路走，一路说话。

约安纳说道："佐里！我们两人还是同从前一样是不是？你的信是送错了是不是？"

佐里答道："你一定要同从前一样，我们同从前一样。"

约安纳想起安美理来,脸上很不好看地喃喃说道:"我要与你同从前一样。"

佐里这个人是奉教很虔笃的,不肯走错一步的,说话是算数的。过了不久,果然就结了婚,告诉安美理说:他从前误会了约安纳的意思。

结婚后一个月,约安纳的母亲死了,新夫妇就要打算以后怎样地过活。约安纳因为母亲死了,不肯让丈夫再去吃海船的饭,但是不去又该在本地做什么呢?后来两夫妇订了计划,就在本处大街接办一间杂货店。佐里是不晓得开店铺做买卖的,约安纳尤其是外行,只好打定主意学学看。

于是两夫妇全副精神开店做买卖,一连做了几年,也没得什么进步;生了两个孩子,约安纳宝贝这两个孩子同性命一样。她虽然不甚爱丈夫,却很爱孩子,但是生意总不见得发达。终天日夜只替两个孩子打算。孩子们到学校学些不甚相干的东西,因为他们生长在海口,自然是喜欢海上的事。

此时安美理也出嫁了,也是运气使然,嫁了一个本地的很发达的商人作继室。这个男子比安美理大几岁,却还算是个壮年的人。当初安美理曾说过不肯嫁人的,但是立士特很耐烦的一步一步地把她说转来,她果然就嫁了立士特,也生了两个孩子。安美理是欢乐极了。

这个商人的大房子也在大街上，正在佐里夫妇们的店铺斜对过。约安纳从前把安美理的丈夫抢过来，现在开的是个小店，店里摆的不过是茶糖葡萄干各种杂货，终天在柜台里照应主顾。安美理却是养尊处优，居高临下地看她；她觉得心里很难受。随后生意更不好，用不起伙计，店里的事都得自己招呼，只要走进来买了个铜钱东西的，她也要同他们客气，丝毫不敢得罪；直街上碰见他们，也还得尽礼。对过的安美理常常地欢天喜地带了孩子奶妈们出门，所与来往的都是本地的阔人：这是她夺人家丈夫的结果。

佐里是个长厚良善人，心里的思想同外面作事样样都对得起他的太太。既然娶妻生子，自然对于安美理的爱情完全冷淡下来。此时他对待安美理，不过是个平常的朋友；安美理对待他，也不过如此。

佐里这个人做小买卖是很欠聪明，太过长厚：总是不会发达的。

有一天是夏天，店铺里无别人只有约安纳夫妇。约安纳看见安美理门前停了一辆阔人的马车，近来安美理已很有阔人照顾了。

约安纳喃喃说道："佐里！我说句真实话你不是个生意人，你未学做过买卖。你忽然跳入买卖场中是绝对不能发达的。"

佐里是向来听他太太的话的，很高兴说道："我并不希望发大财，我是很欢乐的，我们只管挨过去罢。"

他女人从醋瓶酱瓶缝里向斜对过看，很不高兴地说道："挨日子的是要挨的，你看安美理从前是很穷的，现在是这样阔。她的两个儿子快要进大学校是无疑的了。你想想看，你的儿子只好进乡塾。"

佐里此时也想到安美理还是很高兴的，说道："约安纳！帮助安美理使她有今日就是你。当初原是你警告我要我脱离安美理的；故此立士特先生才能走来向她求亲，她就答应了他。"

约安纳很愁苦地哀求她丈夫说道："你不必提起旧事了，你要替孩子们想想法，你不替自己打算，也该替我打算：我们有什么法子，可以多弄点进款。"

佐里此时也认真起来，说道："好呀！我告诉你一句实话，我虽然不肯对你说，我自始至终都晓得我不会做小买卖，我要稍为宽大点的地方作个用武之地。我终天屈伏在乡间是不能施展的；假使我能行我自己的主意，我也能发财，不见得比不上他人。"

他女人说道："我却很想你试试，你是什么主意？"

他答道:"我还是要漂海。"

约安纳从前以为丈夫漂海,自己就变了半寡,故此把丈夫留在本地,不许他漂海。现在她的志气改变了,说道:"你看漂海可以发达么?"她丈夫答道:"除了走这一条道,我并无他法。"

她问道:"你当真要去么?"

她丈夫答道:"我老实告诉你,漂海并非是什么快乐的事,在海上是没得在店后小屋子那样快乐的。我说句实话,大海里的咸水是没得什么好玩的。我向来是不喜欢的,但是为你起见,为孩子们起见,也说不得了;我生来原是个跑海的人,我只有这一条路,可望发财。"

他女人问道:"要出门多久才能发财?"他答道:"这要看情形,也许不必甚久。"

翌日早上,佐里从箱了里取出几件漂海的衣服,弹好了,弄平了,穿在身上,就跑到码头。此时这海口同纽方兰地方也还有许多海船来往,却不如从前那样热闹。

不久佐里就同人合股置了一条帆船,自己仍当船主,在沿海各口来往。到了春天,放洋往纽方兰。

约安纳带着两个儿子住在家里,两个儿子现在长得很壮健,终日在码头上忙做各种事。

约安纳自言自语说道:"暂时不得不叫儿子们做点粗事,现在我们的光景不能不要他们辛苦。等到他们的父亲回来,他们还不过是十七八岁;那时候不能叫他们在海口码头上忙了,好好地请先生教他们读书。那时候有了几个钱,他们也可以去学什么代数,什么拉丁文,也可以将就比得上安美理那两个宝贝儿子。"

过了许久,佐里该应回家的时候还不见来,约安纳以为不必着急,为的是帆船要看风色,是不能说定什么时候准到的。果然过期一个月就有消息,船快到了。有一天晚上下雨,听见过道有脚步声,是佐里到了;刚好两个儿子出去未回来,只有约安纳一个人在家。

夫妻见面之后,佐里就说:"因为做了一宗生意,耽搁了些日子,好在这宗生意做得还好,多弄好些钱。"

他又说道:"我是打定主意不使你失望,你也要承认我未使你失望。"

于是从口袋里掏一个大帆布包,把袋里的金钱交给约安纳,说道:"我的宝贝!这不是钱吧?你说我能弄钱不能!"

约安纳乍见许多金钱,自然是很快乐。过了一会子,沉下脸来说道:"这是一堆金钱是不错的,不过只这一点么?"

佐里说道:"我的宝贝!你还嫌少吗?你试数数看,那堆钱足足有三百个金镑：这还不是一注大财吗？"

约安纳答道："是一注大财；在海上看是大财，但是在陆地上看……"

约安纳这些时候只好暂时不提钱的话，因为两个儿子回来了。过了几天，佐里去教堂祷谢，再过几天，商量怎么样处置这笔钱。佐里问太太为什么还是不甚满意。

他太太说道："你还不晓得么？我们的钱不过是一百一百地算，人家的钱（一面说一面指斜对过）是一千一千地算，你晓得吗？自从你走过之后，他们置了双马的大马车了。"

佐里说道："是吗？"

他的太太说道："你全不晓得世界的变迁，我们只好尽我们的力量做，但是他们还是富，我们还是穷。"

一连有好几个月，约安纳总是不高兴，一点也提不起兴致来。两个孩子仍然在海口上做事。

佐里有一天对太太说道："约安纳！我看你的举动还以为不够。"

太太答道："是不够。我的两个孩子替立士特家里驾船，从前我未嫁的时候，我的身份比立士特太太高。"

佐里是不肯辩驳的，只好嘴里喃喃地说，再去漂海一次。他一连盘算了好几天,有一天下午从码头走回来,忽然说道:"宝贝!我为你起见还可以再去一次。"

太太问道:"你要做什么?"

佐里说道:"我要叫你按一千一千地算,不按一百一百地算。"

太太问道:"你要怎么办呢?"

佐里说道:"你得让我把两个孩子带去。"约安纳听了,脸上变色;立刻答道:"你不要说这句话。"

佐里问道:"为什么?"

太太说道:"我不愿意听这句话,海上是有危险的。我要他们做点斯文的事,不愿意他们冒险,不愿意他们在海上;我一定不能让他们去。"

他答道:"你既不愿意他们去,就不要他们去。"

翌日约安纳问道:"倘若他们同你去,是不是可以多弄好些钱?"

佐里答道:"比我一个人去可以多得三倍的钱。有我指挥他们,抵得过我两个。"

再隔一会子,约安纳说道:"你再把情形多告诉我。"

佐里说道:"两个孩子对于海上行船的事是很在行的,很有当船主的本事。我们这里海口沙滩很多,同北海一样。

他们却在这里从小就练习惯了,很能镇静,六七个老水手,抵不过他们兄弟两个。"

约安纳很不安静地问道:"到底在海上是不是真有危险?现在又有谣言,说是要打仗是不是真的?"

佐里答道:"危险是有的,但是……"

做母亲的听见这句话,自然是不能放心的。越想越害怕,不晓得海上有多大的危险。但是安美理很有施惠于他们的意思,约安纳见了更难受,禁不住常常地对着丈夫怨穷。两个儿子是很容易说话的,是没得脾气的,所以听见说要他们漂海的话是很愿意去。他们虽然同父亲一样,并不十分爱在海上,但是提到漂海他们是很高兴的。

现在只等这位太太一答应,他们就预备走。等了许久,约安纳勉强地答应两个儿子跟随父亲去漂洋,佐里是非常之踊跃,信天由命。

佐里于是把所有的积蓄当作本钱,作孤注一掷。进货进得极少,只够卖出。所得的进项,刚够约安纳一个度日。她向来是有两个儿子在身边安慰她,现在两个儿子也要离开她,晓得日子将来是很寂寞,很难过的,也是无法。

于是置了好些货,如靴鞋、衣服、绳索、帆布、黄油等装满一条船,要装到纽方兰出卖;归程是装皮革、油鱼。回来本国时，经过沿海各海口，另外还做些买卖，获利更厚。

有一天是春天星期一早上，这条船放洋。约安纳不敢在码头看他们放洋，这原是她的意思要他们父子三人漂洋的，她不敢去看。她的丈夫晓得她的意思，早一天晚上就告诉她翌日午前起碇。到了早上五点钟，他们父子三人在楼下忙着收拾零碎东西。约安纳不先下楼，以为他们九点钟才离家的。届时下楼，才晓得他们父子三人已经出门了，只在柜橱上用白粉写了几个留别的话。她的丈夫写的是："我们悄悄的走了，不惊动你，使你难过。"他的儿子们写的是："母亲！上帝保护你。"约安纳立刻跑到码头去看，只看见那条约安纳（船名）扬帆驶向海外，只看见船，看不见人了。

她像发狂的大哭，喊道："原是我要他们漂洋的！"

她走回家去，看见儿子们用白粉所写的字，心痛欲裂了。但是抬头看看斜对过安美理的大屋，脸上却开展起来，心里很安慰的，以为不久就可以同她比肩，不必听他们使唤了。

作者要还安美理一句公道话：约安纳以为安美理妄自尊大，完全是约安纳的幻想；在安美理却毫无这种意思。那位富商的太太，举动阔绰，这是无可隐讳的。这两个女朋友后来是很难得见面，但是偶然相遇，安美理总是出尽力节制自己，不使贫富不同的地方过于显露。

第一个夏天是过去了，约安纳的小店比从前的局面更缩小了许多，只剩了一个窗子一个柜台了。此时并没得什么人来买她的东西，最大的顾客只有安美理。她打发人去买东西，并不怎样地看货色议价钱，简直的是同施恩施惠一样。约安纳觉得很难受，到了冬天，觉得寂寞难堪，把橱柜改了方向，要保全她儿子们用白粉写的留别的几个字，不使磨灭了。往往看见这几个白粉字，禁不住不滴泪。安美理的两个美貌儿子回家过圣诞节，还听说快要进大学校了。约安纳觉得自己埋没了不能说句话，好在只要再等过了一个夏天，她就可以扬眉吐气，说一句话了。快到海船该到的时候，安美理有一天去探望这位女朋友，因为她听见约安纳许久未接丈夫的信，有点不放心，故此特为来探望。安美理穿了一身绸缎，走路有声响，从店里的小过道，挤进店后的小屋子。

约安纳一见了老朋友，先开口说道："你好呀！你无事不得意，我却同你相反。"

安美理说道："但为什么作这样的想，我听说他们回来是要发大财的。"

约安纳答道:"呀!他们回来么?我心里很疑迷,简直是受不了;你想想看父子三人都同在船上,我有好几个月没接着家信了。"

安美理答道:"但是未到时候。你断不至于遭逢不幸的。"

约安纳答道:"即使是发了财,也抵不过我日夜在家悬念忧愁。"

安美理说道:"你们日子过得很好,你为什么让他们去呢?"

约安纳很有气地答道:"是我要他们去的,我告诉你为什么缘故吧!我看见我们过的这样乱七八糟的日子,你过的是那样兴旺阔绰的日子,我是受不住的;我现在是把理由告诉了你,随你恨我吧。"

安美理答道:"约安纳,我永远不恨你的。"

安美理所说的这句话果然是句真实话。到了秋后,海船是应该到了的时候,还是看不见那条约安纳海船进口。这是不能不着急的了。约安纳坐在火炉边,只要听见一阵风响,就不由得浑身发抖。她向来最怕的是海,最恨的是海。她以为大海是最靠不住的,最不平安的,专使女人忧愁的;但是她心里总是说道,他们迟早是要到的。

她追忆起她丈夫快要走的时候,曾经对她说过,只要发了财，平安到家，立刻就要带着两个儿子进教堂祷谢。约安纳于是每天早晚必到教堂坐在最前排，诚心祈祷。他两眼看着二十年前佐里入教堂祈祷所跪的地点，追想二十年前的情景，如在目前。她又想她的丈夫一定还要再到这教堂，再跪在那个地点祈祷的。这次祈祷还有两个儿子同他在一起，一个跪在他的左手，一个跪在他的右手。她想象日久，仿佛是得了一种神经病，好像是当真看见他们父子三人跪下祷谢。她每次到教堂，一向那里看，就看见他们三个人。

约安纳只管天天祈祷，那海船却还未到。上天是慈悲的，但是还未到解脱她忧愁的时候；因为她贪图富贵，耻居人下，不惜叫她丈夫儿子去冒大险，故此种种的示罚。此时已经过了该到的时期有好几个月了，她简直是着急到发狂。

约安纳是常常看见听见他们父子三人快到的明证，有时候在小山顶上望海，远远地看见天涯海角有一个黑点子；她以为一定是约安纳海船的归帆。有时候在家听见码头有热闹声音，她就跳起来说是他们到了。

原来全不是的。她在教堂，神经颠倒的眼睛所看见的不过是个幻象，并不真是他们父子三人。她所开的小店，此时已让她吃空了,因为她困于忧愁,毫无欣慰,货色卖完,懒得进货。

安美理眼看她这样为难,忍不住不招呼她,常要帮助她,她却一概拒绝,说道:"我不喜欢你,我受不住见你的面。"

安美理说道:"约安纳!我要帮你,要安置你。"

她答道:"你是一位阔夫人,有的是很富的丈夫,有的是很好看的儿子,你理我这样无夫无子的人作什么?"

安美理说道:"约安纳!我只要一件事,我要你住在我家里,不必独自一人住在这间寂寞屋子里。"

她答道:"若是他们回来看不见我怎么样呢?你要我同他们分离么?不能。我还是住在这里,我不喜欢你,无论你待我怎样好我也不能感谢你。"

她虽是这样说,再过几时,她连房租也交不出来;晓得他们父子三人是不能回来的了,是完全无希望的了,只好勉强搬过去寄人篱下的了。安美理请她住在二层楼上,随她自由出入,不必向她家里人交接。她这时候头发也白了,背也驼了,满脸很深的皱纹;但是终天日夜,还是盼望他们父子三人回来。有时候她在楼梯,偶然遇见安美理,就说道:"我晓得你为什么要我住在这里,他们是要回来的,看见我不在家是要大失所望的,就许又去了;你要痛痛快快地报复我从前夺你意中人的仇恨。"

安美理晓得她心里悲痛,只好忍受着不去理会她。所有此地海口的人都晓得佐里父子三人是绝不能回来的了。一连过了几年,人家都以为那条海船是沉没了。但是约安纳晚上被声响惊醒,总要看看对过的小店,是不是他们父子回来了。

自从约安纳海船放洋之后,过了六年,有一天十二月晚上,天很黑,有雾,大风从海外刮来,刮到脸上是很潮湿的。

约安纳很虔诚地祈祷,到了十一点钟时候睡着了。大约是一两点钟之间,她惊醒。她的确是听见佐里同两个儿子在小杂货店门口叫喊的声音。她立刻从床上跳下来,胡乱地披上衣裳,跑下楼梯,把蜡烛放在堂屋里,打开大门,跳到街上;因为浓雾看不见店,她却立刻跑过去。门口并没得什么人;可怜这个女人赤了脚,同发狂的一般,走来走去。她一想也许他们先进去了,夜深不便惊吵她。她又走回来小店门口,用大力敲门,一直敲了好几分钟,她所雇用的一个少年照理小店的,才从梦中惊醒,在楼上的小窗子向外看。看见一个衣裳穿不清楚的骨头架子在店门口。

那个骨头架子问道:"有人来了么?"

那个少年答道:"原是佐里太太么?我不晓得是你,并没得什么人来!"

注释:

1　托马斯·哈代(Thomas Hardy,1840—1928),英国诗人,小说家。其作品充满了地方与悲剧色彩、宗教的反叛精神,在英国文坛占有极高的地位。代表作有《德伯家的苔丝》《无名的裘德》《还乡》《卡斯特市长》等。——编者注

买旧书

[英] 乔治·吉辛[1]

这是二十年前五月间一天傍晚的事。这一天终天全有太阳。很许是因我快要说的一件事，那久已过去的一天的阳光及暖气我会仍然觉得；我能看见几大片云在我窗子前的一片天空穿过，我又能觉得其麻烦我在伦敦中心所做的孤寂工作的春天的困倦。

我到了日落才能离开我的房子。空中有不常有的香气；一排新点着的灯在天上的暗光之下成为一片黄金色的光。我并无其他用意，不过是要休息，要吸空气，我散步半点钟，后来走到大播特兰街转进去就是玛理邦路。对过街边，特利尼提教堂影子下，有一间我所常到的旧书店；煤气灯照着摊子上一排一排的书就引我走过街。我起首翻看——看了之后的不易的结果就是伸手入衣袋看看有多少钱。我爱上一本书不能不买；我走入这间小店买这本书。

当我站在摊旁的时候，我曾空空洞洞地觉得有人在我身旁，这个人也是看书；当我买了书再出来的时候，这个面生的人很留心地看我，带着一半微笑，表示特别关切。他好像要说话。我慢慢走开；这个人也在同一方向走。刚好走到教堂门前，他快走几步到我身边，他就说话。

"先生，我求你莫怪，我求你不要误会我。我不过想问你曾否注意你所买的书的第一页上的名姓？"

他的声音的恭敬的胆怯自然使我先猜他正要求乞；但是他不像是个平常的乞丐。我猜他约有六十岁年纪；他的长而稀的头发与散漫的须全斑白了，他的多泪的眼从他的无血的与瘦削的脸往外看；他所穿的衣裳是很旧的了，却穿得像一个破落的上等人，他说话的声音显然表示他当初是那一个阶级的人。当他看我的时候他的神气是很有睿智的，脾气是很好的，他同时却带着很能动人的不敢自信的态度，我不能不用最客气的态度答他。我不曾看见书上所写的名姓，我立刻打开这本书，在煤气灯下看见写的是"W. R. Christopherson[2] 1849"。

这个素不相识的人用压低的及无定的声音说道："这是我的名姓。"

"当真的么？这本书从前是你的么？"

"从前是我的。"他笑得很奇怪，笑得抖抖地，好像乌鸦叫，同时他搔搔头，好像要减少他人的不相信，"你一向不曾听见克利福生的藏书出卖么？那时候你诚然还是个青年；

那是一八六〇年的事。我往往在旧书摊上碰见有我名字的书。我碰巧看见这本书,那时候你还未走上来,当我看见你看这本书的时候,我就作为好奇要晓得你买不买。我求你恕我放肆。你不以为……爱书的人……?"

他用他的神色补完他所未说完的话,当我说我很明白他的意思且与他同意,他又笑。

他有点怀疑,看看我,问道:"你有一所大藏书室么?"

"我无藏书室。我不过有不多的几百册书。一个人自己没有房子,这些书就太多了。"

他很温和地微笑,垂头,低声喃喃说道:"我的书目有二万四千七百十八册。"

我变作很好奇很关切啦。我不敢再直接问他,我只问这时候他是否住在伦敦。

他的胆怯的答复是说道:"你若有五分钟的空闲,我将把我的房子指给你看。"他又如鸡叫般地笑说道:"我的意思是说从前原是我的房子。"

我愿同他往前走。他领我走得不远,走入环绕利震特大公园的一条街,后来在一所房子面前立住脚,这所房子在很煊赫的高地里。

他低声说道:"我从前住在这里。那门的右边的窗子,就是我的藏书室呀！"他深深地叹了一口气。

我也低声说道："你遇着不幸的事？"

"是我自己的过错的结果。我原是钱够用的，但是我想我多要些钱。我被人拉去做生意——我全不晓得做生意——后来黑日到了——黑日到了。"

我们回头走，慢慢走，垂着头，不言不语又到了教堂。

克利福生问道："我要问你曾否买过我别的书？"那时候我们立住脚要分手，他温和微笑问这句话。

我答称我不记得从前碰见过他的名字；我随着一时的触动问他要不要我手上的那本书；他若愿意要，我很高兴送给他。我的话还未曾说完我就看出我这句话使他欢喜。他迟疑，喃喃说不愿要！但是不久他就很感谢受了我的礼，他接书的时候欢喜到脸红。

他低声说道："我还有不多的几本书。"他好像说出来给人听见他觉得惭愧。"但是现在我很少的能够再买。我觉得我不曾谢够你，我只谢得你一半。"

我们拉拉手就各走各的路。

我当时住在金登镇。有一天下午，也许是两星期后，我已经走了一两点钟的路，已经回头走啦，我站着看大街里的一个旧书摊。有人走来我的身边；我一看，认得是克利福生,我们相见如同老朋友一般。这个堕落人在白昼现出穿得更破旧,他说道:"新近我看见你好几次,不过不愿意说话。我住在离此不远。"

我说道:"我也住在离这里不远,你是单独一个人住么?"我并不思维就说这句话。

"单独住么?不是的,我与我的女人同住。"

他的说话有奇怪的不安腔调,他的两眼望下看,他的头动得很不安。

我们起首谈摊子上的书,同时掉头走开,接连谈话。克利福生不独是一个受过好教育的人,而且是一个很有知识很有学问的人。当他发过一番议论,证明他是个博闻君子(他的特色就是太过谦虚),我就问他有无著作。他答他无著作,向来不曾写过什么东西;他说他不过是一个书蠹。他丁是微微地叫了一声就告辞走开了。

不久我们又偶然碰着。我们是在我的邻近地方的一条街角上碰面的,我看见他的面貌改变了,我很惊愕。他变老啦,他的面貌上有了一层很深的愁闷的晦气;他所伸的手是软而无力的,我们见面他不过表示很薄弱的快乐。

我带着询问的神色,他就答道:"我快要走啦,我快要离开伦敦啦。""永远不来了么?"我问。

他显然并不用力,答道:"我恐怕是不再来啦,但是我却喜欢不再来。近日我女人的健康不甚好。她要吸乡下空气,是呀,我很喜欢我们已经决计走开——我很喜欢——实在是很喜欢!"

他说话时带着一种不由自主的着重,他的两眼乱看,他的两手很扰乱地抖动。我正在要问他在国里的哪一部分找退隐地方,他忽然又说道:"我就在那里。你肯让我把我的书给你看看么?"

我自然很喜欢领受他的邀请,我们只走了两分钟就走到在一条很宽大的街上的一所房子,这里的房子在平地一层的窗子上居多挂了一个有屋子出租的纸牌子。当我们在门口立住脚的时候,他好像迟疑,好像追悔他请我到来。

他怯怯地说道:"我恐怕其实值不得你一顾。其实我并无地方好好地陈列我的书籍请你看。"

我不理他的反对,我们就走进去。克利福生急于要尽礼,领我走上窄楼梯,到了第二层楼的梯口,就打开一道门。我站在门槛上很惊奇。屋子是狭小的,无论怎样,只能刚够家庭的安乐,显然见得是只为白昼用的;有三分之一地方诚然是被一堆书占了许多,靠着两面墙堆了好几排书,堆到天花板。屋里的家具只有一张圆桌子与两三把椅子——实在没有地方多摆啦。窗子是关了的,日光照在窗上,屋里的空气是不能忍受地那么闷。印了字的纸和书皮很有气味,我曾闻过,却向来无这里那样难闻。

我说道:"但是你告诉我,你不过有不多的几本书!这里的书比我所收藏的必定有五倍那么多。"

克利福生很震动地喃喃道:"我忘记了准确数目。你是看见的,我不能排出秩序来。我还有几本在另一间屋子里。"

他领我走过梯顶,打开另一道门,示我一间小屋子。这里虽然不怎么填塞,有一面墙却被书遮住看不见了,我想到每天晚上有两个人住在屋里闻书的气味,必定是很可厌的。

我们回到起坐的屋子。克利福生起首从塞满书的书堆里取出几本来给我看。他说话说得怯怯地、不贯串地,有时深深叹一口气,有时如鸡啼地大笑,我多少窥见他的历史。我晓得他最后八年住在这几间屋子;他曾两次结婚,他只有过一个孩子,是他的第一个夫人生的,是个女儿,久已夭亡了;他的第二个夫人原是他的女儿的保姆——他告诉我这件秘密时是带着很高兴的微笑。我极其注意地听他说,我还希望晓得更多这样奇异人的环境。

我说道:"你在乡间有藏书的地方这是无疑的了。"

他立刻沉下脸来;他的忧愁眼看看我。我正在要再说话，房子里有声响，就使我留心听；楼梯上是重的脚步声，有人大声说话，好像是我所听惯的人声。

克利福生惊了一跳，说道："呀！有人到这里帮我挪动书籍。潘甫利先生，请进来，请进来！"

房门开了，走进来一个瘦长条子的人，黄红色头发，淡蓝色眼睛，突出来的腮，一张大嘴，这就表示这个人是个精壮康健的少年，却是不甚文雅的。毋怪我好像认得他的声音。我与他虽然不过是相隔许久才偶然见面，潘甫利与我原是老相识。

他喊道："哈罗！我不晓得你认得克利福生先生呀。"

我答道："我看见你也认得他，我也是一样地诧异呀！"

这个好买书的老人很诧异地瞪眼看我们，随即同新来的人拉手，新来的人很粗率地招呼他，却不敢无礼，潘甫利说话带着很重的约克州土腔，有全数表示那个地方的人的奇特态度。他来宣布诸事已经办妥，要装包及转运克利福生的藏书；现在只要决定日子。

克利福生说道："用不着忙，其实用不着忙。潘甫利先生，你替我费了许多事，我很谢谢你。一两天内我们就决定日子———两天内决定。"

潘甫利很和气地点点头，要告辞啦。我们眼眼相视；我们就一齐走出去。我到了大街上,我深深地吸一口夏天的空气,从那间闷气屋子出来,街上的空气如同在草地上那么甜美。我的同伴显然也有同样的感觉,因为他抬头看天,扩大他的两肩。

唉!这是很好的天气呀!我最喜欢在伊克利旷野散步。那里太远,我们商量好不如就在近处同行,穿过利震特公园。潘甫利要在那一方向办事,我却喜欢与他谈谈克利福生。我才晓得这个酷好书籍的老人的房东就是潘甫利的姨母。克利福生所说的他从前有钱后来堕落原是真有其事。他完全堕落了,因为他到了四十岁就不能不当书记或录事以谋生活。约在五年后他第二次娶妻。

潘甫利问道:"你认得克利福生夫人么?""我不认得!我很想认得。你为什么问?"

"我的意思不过是说,如她这样的女人,你是应该认得的。她是一个高贵妇女——是我意想中的高贵妇女。克利福生也是一个高贵男子,这是不能否认的;他若不是的,我想我早已敲他的头了。我很晓得他!我在这所房子里与他比邻同居好几年。她是一个高贵妇人,周身都是的,她的丈夫怎样能够忍受看她这些年所过的生活,我实在是不能明白。呀!设使我不能想出别的方法来使她过安乐日子,我是会变作强盗的。"

"然则她得做工过活么?"

"呀,她还做工养活他。她不是教书度日;她在拖登柯尔街的一间店里;她有一个人们所称的好事,每星期有三十个先令薪工,他们只有这点收入,克利福生却还要从中买书。"

"难道自从他们结婚以来他就不曾做过什么事吗?"

"我相信起初不多的几年他曾做事,可惜他得了病,就不做事了。从此以后他只是游手好闲。凡有地方贱卖书籍他是必到的。其余的时候他全在旧书店里嗅书味。她么?她始终不说他一句!你等到见过她你就晓得啦。"

我问道:"好吧,但是我要晓得他们为什么要离开伦敦?"

"呀,我告诉你:我正要告诉你。克利福生夫人有有钱的亲戚——以我所能晓得的说——这些亲戚们都是吃得胖胖的,全是自顾自的,一向不曾举起一只小指助她,直等到这个时候才肯帮她。她的一个亲戚就是开伊丁夫人,有人告诉我她是伦敦市的海豚的寡妇。这个女人有一个家在诺甫克。她始终不曾住过那里,不过她的一个儿子有时去钓鱼打鸟。这就是克利福生的夫人告诉我姨母的,开伊丁夫人让他们夫妻两口住在那所宅子里,不要他们租钱,还供给他们伙食。其实是要她去当管家婆,把地方收拾好,预备有人去住。"

"我可能晓得克利福生却宁愿住在这里。"

"那是自然,若无旧书店他就不晓得怎样过活。但是因为他的夫人起见,他却是很欢喜乡下有地方住。我能告诉你,这个办法来得正是时候。这个可怜女人不能再往下挨啦;我的姨母说她快要病倒啦,我晓得她有时脸色很可怕。她自然不承认,她是不肯承认的;她不是那种好说不满意话的人。她却有时谈到乡下——她从前居多住在乡下。我听她说过,我就晓得这些年来她所忍受的痛苦。一星期前我看见她,正是开伊丁夫人请他们去住,我告你我几乎不认得就是她。我生平绝未见过有人改变到这种地步!她的脸好像一个十七岁姑娘的脸。她大笑——你该听她大笑!"

我问道:"她比她丈夫年少得多么?"

"她比他至少小二十岁。"

我想了一会说道:"我看她现年约四十岁。到底不是不欢的结婚呀?"

潘甫利说道:"不欢么?为什么不欢,我肯保他们对于彼此未曾说过一句不中听的话。只要克利福生一旦忍受这样的改变,他们在世上不必再有所求啦。他将来会在他的书本中寻生活啦……"

我打岔说道:"难道你意在告诉我全数那些书都是从他的夫人的每星期三十个先令薪工买来的么?"

"不是的,不是的。第一层,从他的旧日的藏书室中留了若干册。随后当他自谋生活的时候他买了许多书。有一次他告诉我他往往每天只花六个铜圆过活,以便省下钱买书。他是一个古怪的老书虫;他却是一个上等人,你不能不喜欢他。当他走开的时候我会觉得很难过的。"

在我这方面,我但愿听见克利福生走开了。我所听见的故事使我很不安。我一想到这个可怜的女人在她的劳苦生活中得了拯救,正在盛夏的时候她可以在她所爱的乡下地方自由享受,我听了是很高兴的。从此以后克利福生可以置事于不闻不问,可以不受怪责求乐于他所积聚的书本,我更承认我一想到这一层我有多少妒忌他。无人能想象迁移他所迷的书籍往别处会使他很受痛苦。我答应我自己在一两天内去访他。我挑的是星期日,我很许侥幸会看见他的夫人。

星期日午后我正在要出门访他,刚好潘甫利来了。他的脸色很难看,当他穿过屋子的时候,他很蠢笨地碰了几件家具。他到我这里来,令我诧异,因为我虽曾告诉他住址,我却并不预料他会来访我;我猜他有他的粗野脾气的特色,就是傲骨常使他不肯同人亲近。

他一半生气,喊道:"你一向听见过如同这样的事么?全完了。他们不走啦。全因那些书!"

他嘴里喊着,匆匆忙忙,不连不贯地说着,告诉我他在他的姨母家里所听见的话。早一天的下午,克利福生夫妇出其不意蒙他们的亲戚,又是快要做他们恩人的开伊丁夫人光降。这位夫人从前一向未拜访过他们;她居然来了,想是对他们说他们快要搬家的事(我只能猜度)。他们所谈的话不很多,却被女房东听见最后的几句,因为开伊丁夫人一面下楼一面大声说话。"不能!简直不能!我不能办!你怎样能够做梦我会让你把我的房子装满发霉的旧书呀?这样的书是最不卫生的!我生平绝不晓得这样异常的事!"她就是这样走出门,上了马车走了。女房东不久有事上楼,听见克利福生夫妇的起坐间寂然无声。她预备好了借口的话就敲门,看见这两夫妇并排坐着惨然地微笑。他们立刻告诉她实在情形。克利福生夫人写了一封信给她的姨母说及她的丈夫有许多书,希望姨母许他们把书搬到诺甫克住宅,开伊丁夫人得了信就到这里来。她是来看藏书室的——所得的结果就是刚才所说的。他们只有两条路可走,要搬就得牺牲那些书,不牺牲就不能搬往那里住。

我说道:"克利福生不肯牺牲么?"

"我猜他的夫人看出他觉得牺牲太大。无论怎样,他们商量好了留着那些书,不住那间房子。这就完啦。我有许久不曾如今日这样生气啦!"

当下我反省,我容易明白克利福生的心境,我不认得开伊丁夫人,我看她必定是一个不好惹的人,受了她的恩惠就会很受重累的。究竟克利福生夫人是不是那样不欢乐?她不是那种以牺牲过活的女人么?——她是不是宁愿过一世不适意于自己的生活,也不肯改变使她的丈夫过不安乐的生活?这种见解使潘甫利生气,他就很责备他们一番,一部分是责备开伊丁夫人,一部分责备克利福生。他只能说这是"极可耻的事"。到底我是与他表同意的。

过了两三天,我要打听情形,这就使我往克利福生夫妇的住处来。我在对街走,抬头看见他们的窗子,我看见那个藏书家的脸。他显然是站在窗子那里,无所事事,也许是有了为难。他立刻招呼我;我还来不及敲门,他已经下楼走出来啦。

他问道:"你肯同我走一点路么?"

我看见他满脸忧愁。我们两人一言不发,走了一会。

我好像随随便便地说道:"你已经改了主意不离开伦敦

了么?""你是听潘甫利说的么？是的——我想我们不如仍然住在这里——暂时住在这里。"

我从来未见过如他这样进退两难的人。他低着头驼着背走；他其实是拖着走，不是举步走。一个人觉得他自己犯了特别卑劣的罪过，是可以有这种态度的。

过了一会他就说道："我老实告诉你吧，关于那些书发生了为难。"他偷偷地看我一眼，我看见他的全身的神经在那里发抖。"你是看得见的，我的环境并不见好。"他一啼一半塞住他的喉咙，"克利福生夫人的亲戚让我们住在乡下里的一所房子，却要我们遵守几个条件；不幸她反对我的书籍——这是致命伤的反对。我们夫妇两人商量好了宁愿仍然住在这里。"

我不能不问（无着重腔调）克利福生夫人是否愿意过乡下生活。我的话一说出来我立刻就后悔，因为这句话显然打中我的朋友的痛处。

他答道："我想她本来喜欢住在乡下。"他很奇怪地看看我，看得很可怜的，好像哀求我不要再提那句话啦。

我提议道："难道你不能想法安置你的书么？譬如说，你不能在另一所房子里租一间屋子藏书么?"

克利福生的脸色就够做答复；我一看就记得他是莫名一

钱的。他说道："我们不再思维这件事了。事体是商量好了，商量好了。"不必追究这个问题了。我们到了第二个分路地方就各走各路啦。

我想是不过一个星期后，我收到潘甫利来的一张明信片。他写道："果不出我所料，克夫人病重。"信片只是这两句话。

克夫人自然只能指克利福生夫人。我得了这个消息寻思了一会子——这个消息抓住我的想象，惊动我的感觉。当天下午我又在那条有意味的街上走。窗子那里无人。我迟疑了一会，我决计拜访，同潘甫利的姨母说话。就是她开的门。我们彼此向来不曾见过面，但是当我说出我的姓名及说出我急于要晓得克利福生夫人的消息，她就领我走入一间起坐室，起首对我说秘密话。

她是一个和平的约克省的女人，很不像平常的伦敦女房东。"是呀，克利福生夫人是两天前起首得病的。一起头就是晕了许久，晚上发热，失眠，请过医生来。他叫人把她从这个闷气的堆了许多书的屋子搬往另一间卧室，幸亏有一间空屋子。她躺在那里，弱极了，倦极了，几乎说不出话来，只能对她的丈夫微笑，她的丈夫日夜不离她的病榻。"女房东又说道："他不久也要病倒，他像一个鬼，好像半疯了。"

我问道:"为什么得病的?"这个善良女人很奇怪地看看我,摇了头,喃喃地说道:"理由不必求之在远。"

我问道:"她可能想到失望可以与病源有关么?"

"她自然想到。那个可怜的女人久已弱极了,几乎弱到不能支持了,这件事打击她,就把她打倒了。"

我说道:"你的姨甥与我曾谈及这件事。他以为克利福生不明白他要他的夫人多么牺牲她自己。"我又说道:"我也是这样想。但是我能告诉你,现在他起首明白啦。他不说话,但……"这时候有人敲门,一片匆匆的与颤动的声音哀求女房东上楼。她问道:"先生,什么事呀?"

克利福生说道:"我恐怕她的病更重啦,我求你立刻上楼。"他掉过他的憔悴的脸向我,认得是我,惊了一跳。

他对我不发一言,就同女房东走了。我不能走开;我在这间小屋子里彷徨有十分钟,留心听这所房子里的无论什么声响。随后听见一阵下楼的脚步声,女房东回来了。

她说道:"不算什么事。我几乎想只要无人惊动她,她可以睡着。那个可怜的女人,他骚扰她,坐在那里,每两分钟问她觉得怎么样。我曾劝他回去他自己的屋里,我看你若走去同他谈谈,可以有益于他。"

我立刻登楼到了二楼的起坐室,看见克利福生倒在一把椅子上,他的头向前垂,是绝望愁苦的样子。当我走近他的时候,他站起来立脚不稳。他却羞怯瑟缩地抓我的手,不能举目看我。我说了几句鼓励话,我意在鼓励他,可惜只得相反的结果。

他一半怨望我,呻吟道:"你不要告诉我那句话,她快要死啦——她快要死啦——无论你说什么,我晓得她快要死啦。"

"你请过一个好医生么?"

"我请过啦——可惜太迟了——太迟了。"

他又倒在椅子上,我坐在他身旁。我们有一两分钟不响,我们的寂静被雷鸣那么响的嘭嘭敲门声所打破。克利福生跳起,从屋子里往外冲;我有一半害怕他变疯了,跟出去,到梯口。过了一会子他走上来,如同从前一般蹒跚走来,还是很可怜的。

他喃喃道:"是邮差打门。我盼望有封信来。"

现在谈话好像是不可能的了,我预备好一句话为退出张本,克利福生却不让我走。

他好像受惩罚的狗一般,看看我,说道:"我要告诉你,我已经尽我的能力做啦。我的女人一得了病,当我看见(我才起首那样思维)她怎样觉得大失所望的时候,我立刻到开伊丁夫人家里要告诉她我愿卖了我的书。她不在伦敦。我写信给她——我说我很追悔我的错过——我哀求她饶赦我,求她再让我们住在她那所房子里。原有许多时间备她回信,她却不回信。"

我看见他手上拿了一本书贾的目录,就是邮差刚才送来的。他无知无觉地拆开封皮,看看第一页。随后他好像被良心所刺一般,狠狠地把目录摔丢。

他喊道:"机会已经过去了!"

他在堆积如山的几堆书间所剩下的小路上匆匆地走一两步。"她自己说她宁愿住在伦敦!她自然说她所晓得会令我欢喜的话!她几时说过不令我欢喜的话呀!我却太过刻薄,太过卑劣,竟让她牺牲她自己!"他如疯如狂地摇他的两只膀子,"难道我不晓得她出多大的代价么?难道我不能看见她的脸上露出她的心对着希望住在乡下怎样跳动么!我晓得她受什么痛苦;我告诉你,我很晓得!我同一个自顾自的懦夫一般,我让她受苦——我让她倒下来死,倒下来死!"

我说道:"时时刻刻都可以送来开伊丁夫人给你的回信。回信自然是有利于你的——这般好新闻……"

"太迟了,我已经杀了她了!那个女人不肯写回信。她是一个很俗的有钱人,我们犯了她的傲气;犯得她绝不会饶赦我们的。"

他坐下一会子,他因心里悲痛得厉害,又跳起来。

"她快要死啦——杀她的就是那堆东西!"他如疯如狂地指着那许多书。"我为的是这些书就把她的性命卖了,哎呀!哎呀!"

他一面喊一面拿六七本书,我还不明白他要干些什么,他就打开窗门,把书摔在大街上。他又摔几本;我听见书本落在街上的声响。我随即捉住他的手,紧紧地抓牢他,求他镇静他自己。

他喊道:"我必定不要这些书啦。我看见这些书就怨恨。这些书杀了我的宝贝夫人!"他呜呜咽咽地说这两句话,说完,泪珠从他两眼滚出来,我现在不难拦住他啦。他带着无限的伤感看我的两眼,他一面哭一面说道:"你不晓得她为我受尽了多少痛苦!当她嫁我的时候,我是一个毁了的人,比她大二十岁。我不曾给过她什么好处,我只给她劳苦和忧虑。我将把全数情形告诉你——我靠她辛苦所得来的工钱过活有许多年了。我还有更对不起她的事,我使她挨饿,使她穷乏,以便我可以买书。呀,太可耻啦!太无人理啦!这是我的嗜好——这样的嗜好奴隶我不亚于嗜酒或好赌。我不能拒绝这样的引诱——我虽每日说我自己可耻又发誓要打倒这样的嗜好,我还是办不到。她始终不曾责备过我;始终不曾说过一句话——不曾流露过责备的面目。我过懒惰日子。我始终不曾尝试帮她,免得她天天在店里辛苦。你晓得她在店里当伙计么?她是一个有学问的人,又是一个文雅的人,要过这样的生活?你试想看,我在那间店门口走过有上千次,手上拿着一本书回家!嗨!嗨!我竟有心肠在那里走过,想着她在店里!"

有人敲门。我走去开门,看见女房东,她满脸都是惊愕神色,两手抱住许多书。我低声说道:"不错的。放在地板上;不要拿进来。一件偶然的事。"

克利福生站在我背后;我的神色要问他所不敢问的话。我说并无什么事,我逐渐使他变作更镇静些。好在医生来了之后我才走的,他能报告病人稍有进步。病人睡了一会,好像还可以再睡。克利福生请我不久再来——他说这里别无一人理他的——我答应明天来。

翌日我果然午后就来啦。克利福生必定守候我来;我还不曾敲门,门就开了,他的脸发露有光彩的欢迎,使我惊讶。他两手抓住我的手。

"回信来了,我们可以住那所房子。"

"克利福生夫人好点么?"

"我谢上天,她好些,好得多。你昨天午后走的时候,她起首睡,睡到今天早上。回信是第一班邮差送来的,我就告诉她。"他又低声说道,"我不全地告她实在情形。她以为她的姨母许我把书带去;假使那个时候你能够在这里,你就会看见她微笑表示满意。但是我将我的书卖了,拿走了,然后才让她晓得;等到她晓得我并不爱惜……!"

他已经掉过身子走入在平地一层的起坐间。克利福生很受了刺激地走来走去,他居然牺牲了他的书,觉得很得意。他已经发了一封信给一个书贾,这个人肯买全数他的藏书。我问道:"你不留下几册么?你只带不多的几橱书是不能有人反对的;你若无书怎样过活呀?"初时他很热烈地宣言他一本也不留——从此以往一直到死,他绝不想看一本书。我又问道:"你的夫人呢?她有时会喜欢读读书,是不是?"他一听这句话,就深思起来。我们于是讨论这个问题,我们于是安排好,挑选若干本装在一个箱子里,连同其余他们的行李带往诺甫克。即使是开伊丁夫人也不能反对一箱书;我竭力劝他就当是开伊丁夫人已经应许他了。

于是决计带一箱书。他很晓得避忌,先安排好用袋装书送到楼下,再拿出来放在车上,然后运走,他办得很清静的,病人全不晓得。当克利福生把这样的办法告诉我的时候，他那种如鸡鸣的说话声音，是我向来所不曾听过的；但是我以为他的眼躲开不看从前有书盖住的那一部分的地板，当我们两人谈话的时候，他就不久变作失神，垂着头。他看见他夫人的病好了，他是欢喜的，这是无疑的了。他经过这次遭遇之后，他的面貌变老些；当他宣布他的欢乐时，他的两眼含泪，他的头摇动，这是年老人的颤动。

当他们未离开伦敦之先我看见克利福生夫人，她是个脸色淡白身材小弱的人，她并不好看，她的脸却表示一种勇敢与忠诚精神。她既不乐也不愁；当我屡次看她的两眼时，我却看出其中有很深的感谢，因为命运居然使她如愿以偿。

注释：

1 乔治·吉辛（George R. Gissing，1857—1903），英国评论家、散文家、小说家。师承狄更斯，主要描写中下阶层人民的贫穷生活。主要作品有《狄更斯研究》《新寒士街》《漩涡》等。——编者注
2 简写作克利福生。

订婚[1]

———————————————— [英] 夏洛蒂·勃朗特

盛夏的天气极好，林木极茂盛，阿狄拉采野果，疲倦了，不到天黑就睡觉，我照应过她之后，我去花园散步。

我闻见一阵香，是雪茄香，从窗户出来的，窗子是打开一点，有人可以看见我的。我于是走去果园，四围有高墙，园里的花木尤其茂盛，好像是个极景世界，我在花果林中走，月亮刚上来，我走出去较为宽敞，树木不浓密的地方，我脚步又停住了，并不是听见什么，也不是看见什么，是闻见香，却不是花香，还是洛赤特的雪茄烟香。我回头四围看看听听，只看见树上许多果子，只听见远远的鸟啼，看不见人，听不见脚步声，只觉雪茄烟香，越来得近。我一定得溜，我向一道便门走，看见洛赤特刚入门。我在爬山虎丛里，我想他不会久流连的，不过一回，他出便门回去，我只要坐下不动，他是不会看见的。

谁知不然，他喜欢黄昏的光景，同我一样，他觉得这园子里可以流连，也同我一样。他走过来，有时候举起树枝，看看果子；有时候摘个已熟的鲜果，有时候低头看看花，或闻闻花香。有一只天蛾子从我的身边飞过，飞到他那边，停在他脚下的小树上，他看见了，低头细看这个蛾子。

我想道："他现在背向着我，又在那里留心看蛾子；若是我轻轻的脚步溜出去，他是不会看见我的。"

我特为地在草地上走，不至有脚步声；我要走过的小路，离他有几尺远，我心里想，我很容易地就溜过去了。我正要从他的影子上走过，他并不转身，很安静地说道："柘晤，你来看看这个大蛾子。"

我并不作什么声响，他背后并无眼，难道他的人影，有知觉么？我初时惊了一跳，随后我走上前。

他说道："你看看这蛾子的翼，令我追想西印度有一种虫；我们在英国是不多见这样好看的蛾子的。它飞了。"

那蛾子一面飞来飞去。我就退后，洛赤特跟住我，我们走到便门，他说道："回头走，这样可爱的晚景，走回家去呆坐，是很可惜的；现在正是日落月出的时候，谁愿意走去睡觉呢？"

我晓得我有个短处，我平常答话是很快的，但是到了要紧关头，只说出一个字，或短短的一句话，就可以免得难为情，我却偏偏说不出来。这时候天色已晚，我不愿意同洛赤特两个人，在黑暗果园散步；但是我临时说不出理由对答他，使我可以走开。只好慢慢地随着他走，一面心里想脱身的法子；但是他的神色很庄重，很安静，我却不好意思露出慌乱神色：假使有什么不对，其过是在我，不在他；因为他心里是安静无他，并不觉得有什么不对。

我们向一棵野栗子树走的时候，他先说道："柘晤，到了夏天，唐菲园子是很令人可爱的，你说是不是？"

我答道："先生，是的。"

他说道："你在这里住惯了，有点舍不得这个地方——你是很喜欢天然的美景，又有留恋性。"

我答道："我的确很留恋这个地方。"

他说道："我不晓得是什么缘故，我却觉得你很关切那个傻孩子阿狄拉；就是那个老实的弗菲士太太，你也关切她。"

我答道："我爱这两个人，不过爱得不同。"

他说道："你很舍不得离开她们？"

我答道："我舍不得她们。"

他叹气说道："可惜！"又不说了，随后接着说道："世事是往往如此的，你住在一个地方，觉得很适意，很可爱，才安顿下来，又有事叫你走，走到别处。"

我问道："先生，我一定得走么？我一定得离开唐菲么？"

他答道:"柘晤,我看,你一定得走。柘晤,你只好走开,我觉得很惋惜。"

这是太大的一个打击,不过我不能被这一打击把我打倒。

我答道:"只要开步走的号令一发,我就预备走。"

他答道:"这就发号令——今天晚上我一定得发号令。"

我问道:"先生,你一定就要结婚么?"

他答道:"的确是要结婚:你向来看事看得很透的,你这句话说中了。"

我问道:"先生,快举行么?"

他答道:"很快,我的——爱迩小姐:柘晤,第一次或是我,或是谣言告诉告你,我要结婚,——要把英格林小姐抱在我怀里(这位小姐很硕大,要很伸长于才能抱得过来:我的意思并不在此——这样一位美貌小姐,是越大越好),单简言之——我是要说——柘晤,你听我说!你掉过头去,还是要看蛾子么?我要提醒你,原是你先对我说的,若是我同英格林小姐结婚,你同阿狄拉都要走开的。你这两句话,很有先见,很小心谨慎,你在人手下办事,负了责任,我很应该如此的。我很敬重你,你这两句话,原有点不满意于我的新娘子的意思,我却不计较;你远离我之后,我尽力要忘记这两句话：我只记得这两句话说得很有道理；我要照行。阿狄拉一定得进学校，你爱迩小姐一定得另找馆地。"

我说道："先生，是的，我立刻就登告白：我猜，当下——"我心里原想要说："我猜，我暂时还可以住在这里，等到我找着栖身之地，才走开。"但是因为我的声音，这时候不由我自主，恐怕说不清楚这样长的一句话，我只好停住不说。

洛赤特接着说道："大约一个月内，我就要做新郎。当下我替你找一个栖身之所。"

我说道："先生，我谢你；很叫你——"

他说道："你不必说客气话！你在我手下办事，办得好，我做东家的，应该尽点小力，帮你些小忙；我从我将来的丈母那里听见，有一个席位，还算合式：爱尔兰康诺的地方，有个比狄纳山庄，山庄里有一位奥奇勒太太，有五位小姐，我可以荐你去她家教读，教这五位小姐。我想你喜欢爱尔兰：人家都说，爱尔兰人是很热肠的。"

我说道："相离太远。"

他说道："不要紧，像你这样有知识的女子，不应嫌远，不应嫌不舒服的路程。"

我说道："路上我不怕，我只不喜欢太远：况且还有大海阻隔——"

他问道:"离什么地方太远?同什么地方阻隔?"

我答道:"离英国太远,离唐菲太远又——"

他问道:"又什么?"

我说道:"先生,又离你太远。"

我答这句话,是几乎不由自主的;同时我又几乎不能自主地满眼是泪。但是我不让我自己哭出声响。我一听比狄纳山庄、奥奇勒太太,我的心就冰冷起来;想到那时候我同我现在的东家,相隔了一片大海,觉得更冷;又想到因为门第不相当,资财不相当,俗例又有许多阻碍,更是无涯的大海把我同我所恋爱的人,远远地分离,不能相近,我的心觉得冰冷到了极点了。

我又说道:"路是很远的。"

他说道:"你到了爱尔兰康诺地方比狄纳山庄,我是永不能同你相见的了。我不甚喜欢爱尔兰,我是向来不去的。柘晤,我同你是好朋友,是不是?"

我答道:"先生,是的。"

他说道:"好朋友临别的时候是要接近几时才分手的。这里就是野栗子树,树下有张凳,我们坐在这里,谈谈你的路程,谈半点钟。我们今晚就在这里坐坐,以后再没得同坐在这里的机会了。"他让我坐下，他也坐下。

他说道："柘晤，从此到爱尔兰是很远，我打发我的朋友走很寂寞很远的路程，我心里难过；我既不能替你谋更好的馆地，也是无法。你想看，你同我有什么关切之处么？"

我这时候我的心，像是死了的一样，我不能冒险随便答他的话。

他说道："因为我有时候觉得我对于你，另有一种的感情，你在我身边的时候（如同现在你坐在我身边）。我尤其有这种感觉：我觉得仿佛有一条绳子牵系住我们两个人。若是那一片大海，还有六七百里的陆地，把我们分离了，我恐怕这条绳子，就要断了；那时候我觉得内里要流血。但是你——你要忘记了我。"

我答道："先生，我是永远不能忘记你的：你晓得——"这时候我不能往下再说了。

他说道："柘晤，你听见那夜莺在树上啼么？你听听！"

我一面听，一面哭，我忍住了多时不哭，这时候再忍不住了，我心里是非常之痛苦，从头至脚地浑身发抖。等到我能说话的时候，我只说，我但愿当初不生在世上，永远未到过唐菲大宅。

他说道："因为你舍不得这地方么？"我这时候忧愁同恋

爱搅动，我的心发生极猛烈的情感，绝不能由我自主压制下来，定必把什么别的思想、理由，一切都打倒了。这种情感一定不受埋没，要冲突出来，要我直说出来。

我说道："舍不得唐菲。我恋爱唐菲——我虽住在这里不久，我爱这个地方。我在这里过的很欢乐的日子，我住在这里，无人跐我在泥地下；无人使我变作铁石；我在这里，无人埋没我；无人隔别我，使我不能同光明正大高尚有魄力的人，交换见解——这个人是我所喜欢，是我所恭敬的，这个人见解新鲜，心思强健广大——让我同他面谈，同他散步。洛赤特先生，我深知你以后一定要我同你分离；我觉得心痛，觉得可怕。我眼看不能不分离；好像同人死一样，是逃不了的。"

他忽然问道："你从哪里看出，是不能不分离呢？"

我答道："从哪里看出来么？先生，是你放在我面前的。"

他问道："是什么？"

我答道："就是英格林小姐；一位名贵美貌小姐——你的新娘子。"

他答道："我的新娘子么？什么新娘子？我并无新娘子！"

我答道："你将来有新娘子。"

他咬牙说道："是的，我要新娘子！我要新娘子！"

我答道:"既然是这样,我一定得走——这句话原是你说的。"

他答道:"不能,你一定得在我这里!我发誓——我一定不背誓的。"

我这时候气上来了,我驳他道:"我告诉你,我一定走!你以为我能够住在这里,受你当我是个不相干的闲人么?你以为我是个无知觉的么?是一种无性情的蠢物么?你以为我能够受人从我嘴里抢了我养命的一小块面包,从我手上夺我一盅养命的水么?你以为因为我贫穷、丑陋、小弱,我是个无性情无知识的么?你想错了! ——我有性情,有知识,同你一样?假使上帝赐我一点美貌,赐我许多资财,我能够令你难以同我分离,如同我现在难以同你分离一样。我现在对你说的话,把一切什么习惯、礼俗,都撇开了,不是肉体对肉体说话——现在是我的灵魂精神对你灵魂精神说话;好像是我们两个人死后,同在上帝脚下,你我原是平等!"

洛赤特照我的话说道:"我们原是平等!"他又说道:"就是平等。"一面两手抱住我,抱在他怀里,同我接吻,说道:"柘晤,就是这样!"

我答道:"是的,是这样,然而又不能;因为你是个已结婚的人,不然,可以当作是个已结婚的人。你所娶的女子,远不如你,与你不能表同情,我实在是不相信你真能恋爱那个人;因为我曾经看见听见,你很看不起这个人。我也看不起这件亲事;我比你的人格高,——你让我走吧!"

他问道:"柘晤,你往哪里走?你要往爱尔兰么?"

我答道:"是的,往爱尔兰。我已经把我的心事告诉过你,现在我什么地方都能去。"

他说道:"柘晤,不要动,不要挣扎,不要同一个发狂的鸟一样,因为绝望要挣扎飞开,连羽毛都牺牲了。"

我答道:"我并非是鸟;网罗不能骗我;我是个自由人,有独主的毅力;我现在使出我的毅力,要离开你。"

我再一挣扎,就脱了身,直立在他面前。

他说道:"你自己的前程,你自己解决。我把我的身,我的心,一部分的财产,都送给你。"

我答道:"你不过是唱一段小戏,开玩笑,我不过付之一笑。"

他说道:"我请你在我身边,过一世——做我的第二个自己,做我的最好的同伴。"

我说道:"你已经选择好了这个人,你只好向那条路走。"

他说道:"柘晤,你太受激动了;你歇了,不要动;我也歇了。"

这时候有一阵风吹过来，吹得野栗子树的枝叶抖动，这阵风吹到不知什么地方，就停了。只听见夜莺啼，我听鸟啼，又哭起来。洛赤特很安静地坐在那里，很温柔很庄重地看我。过了一会，他说道："柘晤，你走来我身边，我们彼此解说，彼此说明意思。"

我说道："我同你分离了，不能再回来，我永远不到你身边了。"

他说道："柘晤，但是我现在叫你来，当你是我的夫人：只有你一个人，我是愿意娶的。"

我以为他同我开玩笑，我不响。

他说道："来，柘晤，你走过来。"

我答道："中间有你的新娘子挡住。"

他站起来一步走到我身边，拉我过去，说道："这才是我的新娘子，因为这是我的同等，是同我一样的人。柘晤，你愿意嫁我么？"

我这时候还是不相信他，我还是不答，还是要挣扎开。

他问道："柘晤，你还疑心我么？"

我答道："我绝不能相信你。"

他答道："你不相信我么？"

我答道："我毫不相信。"

他很气地问道:"你以为我是个说谎的么?你这个多疑的小孩子,我一定能够使你相信。我有什么爱英格林小姐的?完全是一毫都没有。我已经很费事地证明,我毫不爱她;我设法布散谣言,说我的资财,不及她所猜的三分之一,这谣言播传之后,我走去看看有什么效果;她同她的母亲果然很冷淡地待我。我既不愿意,我又不能娶英格林小姐。你——你这个奇怪,你这个几乎不像是这个世界的人!——我却恋爱,同爱我自己一样。你又贫穷,又小,又丑陋,我求你嫁我。"

我喊道:"什么我么!我在世上无亲无友,只有你一个人是我的朋友,我除了你给我的钱之外,我是莫名一钱。"

他说道:"你,柘晤。我一定要你。你愿意么?你赶快说。"

我答道:"洛赤特先生,你让我看看你的脸:你把脸向住月光。"

他问道:"为什么?"

我说道:"我要细看你的神色,当本书读,你掉过来!"

他说道:"我掉过来给你看,我恐怕我的脸如同一页撕破了翻皱了的书,是读不清楚的,你只管读:不过要快些读,我心里很难受。"

我看他的脸色是很不安宁，很红，面目很受感动，两眼发奇光。

他喊道："柘晤，你叫我受酷刑！你的真诚可靠宽宏大度的眼，无微不照地看我，我简直地是同受酷刑一样！"

我答道："倘若你是诚心，你实在地是要娶我，我只有感谢你，专心地为你，怎样能够使你受酷刑呢？"

他喊道："感谢么！"又很狂乱地喊道："柘晤，你就立刻许了我吧！你就说爱德华[2]我愿意嫁你。"

我问道："你是认真么？——你真爱我么？——你真诚愿意娶我为妻么？"

他答道："我真愿意娶你为妻；你若是以为必须我发誓，你才能满意，我就发誓。"

我答道："既是这样，我愿意嫁你。"

他喊道："我妻！"

我答道："宝贝爱德华！"

他说道："你来，你完全是我的了。"他靠住我的脸，很深沉的声音对我说道："你使我欢乐，我使你欢乐。"

过了一回，他又说道："上帝饶恕我！人力是不能干预我：她是我的了，我抱牢她。"

我说道："我是无人来干预的，我并无亲戚干预我的事。"

他说道:"最好的是没得人能干预。"

假使我不是十二分地爱他,我看他脸上那种非常之得意,听他那样高兴的腔调,难免不以为他有点野蛮;但是我现在坐在他的身边,才惊醒了那一场要同他永远分离的噩梦,到了同他缔结终身姻缘,如同到了极乐世界。我这时候,只想到终身的欢乐,他的屡屡问我道:"你觉得欢乐么?"我答他道:"我觉得欢乐。"随后他喃喃地说道:"这可以补救了,可以补救了。她不是孤零一身,无亲无友么?她不是饱受冷落么?她不是从未享过欢乐日子么?我从此以后,不该保护她么?不该爱惜她么?不该安慰她么?我的心里是爱情,我的决意是永久不变的。见了上帝,我也可以告无罪。我晓得上帝对我这个办法是许可的。世界上的人怎么样批评我,我都不管。"

但是晚上的天色骤变了,月尚未落,而我们都在黑暗中。野栗子树为什么号叫摇动?狂风一阵一阵地刮来。

洛赤特说道:"天变了,我们一定得进去。柘晤,我可以陪你坐在那里坐通夜。"

我心里想道:"我也能够陪你。"我原该把这句话说出来,但是云里忽然闪出一道电光,随即雷声大作,我只把头靠在他的肩膀,躲电光。

随即大雨倒下来。他赶快催我快快走入屋子；我们进门的时候，通身都湿透了。他替我去脱脖巾，抖我头发上的雨水，弗菲士太太走出来。我同洛赤特起先都不看见她。这时候点着灯一看，钟快到十二点了。

他说道："你赶快去把湿衣服脱下来，我的小宝贝，请你去安睡吧！"

他一连同我接吻好几次。我从他怀里挣脱出来，抬头一看，看见弗菲士太太脸色变白，神色很庄重，很惊愕。我只对她微笑，赶快跑上楼。我心里想道："随后我才解说给你听。"然而我到了卧室之后，想到她看见我们那样情形，难免不误会，我觉得有点难过。但是我心里是非常之高兴，也就顾不得了；这时候雷电风雨大作，足足有两点钟，我毫不害怕。洛赤特走来我的门口，三次问我安否，是否不害怕么？这就很能使我安心，不怕一切了。

翌晨，我还未起床，阿狄拉跑来告诉我，说是晚上大雷暴雨，那棵野栗子树，被雷劈成两半。

注释：
1 选自《孤女飘零记》(《简·爱》)第二十三回。——编者注
2 洛赤特名。

美国

蒙面牧师

[美] 纳撒尼尔·霍桑[1]

教堂办杂务的小司事站在末尔福会堂的门廊,很用力拉打钟的绳子。本村的老人们驼着背沿街走来。孩子们满脸的光彩在他们的父母身旁跳跃,有些因为穿了星期日的衣服就装作庄重。打扮得很光鲜的未婚男子们斜眼看秀美的姑娘们,以为星期日的阳光使她们比非星期日更好看。等到这大群人大多数走入门廊的时候,小司事起首打钟,一面留神看胡普尔先生的门。一看见这位牧师,就是停止打钟的记号。

小司事很诧异地喊道:"好牧师胡普尔脸上是些什么?"

凡是听见他这句话的无不立刻掉过头来,看见外表与胡普尔相似的人,一面寻思一面慢步向会堂走。他们同时一齐惊奇起来,发表许多惊讶,多过有一个外来的牧师来掸胡普尔讲经坐垫上的尘土。

格雷问小司事道:"你确实相信这是我们的牧师么?"

杂务答道:"确是好好的胡普尔先生。他原要同舒特牧师交换讲台;舒特牧师昨日派人来通知不能前来,因为要为殡葬讲经。"

这许多惊讶的原因却可以不过是很不相干的。胡普尔现年约三十岁，仍然是一个未娶妻的人，穿宗教衣服穿得整齐，好像有一位小心的夫人浆过他的领带，掸过他星期日穿的衣服的尘土。他的面上只有一件令人注意的事。他的头上扎了一件垂下的东西，是一条黑色的面纱，常被呼吸所吹动。走近细看，原来是双层的绉纱，把他整个的脸罩着了，只露口与下颔，很许并不阻碍他观看东西，不过令生物及静物变作黑暗。胡普尔脸上戴了这个黑暗面罩，向前行走得慢而安静，他的背略驼，两眼看地，一个深思的人习惯是这样，却很和蔼地同仍然向在门廊等候的人点头。但是这些人诧异到不曾对他点头回礼。

杂务说道："我实在不能觉得胡普尔先生的脸是在那块绉纱之后。"

一个老婆子当蹒跚走入会堂时候，喃喃道："我不喜欢他这样。他不过遮盖他的脸，就把他自己变成一个可怕的东西。"

格雷跟着牧师过门槛，说道："我们的牧师疯了。"

有一片谣言，说有了不能解说的事体发生，先到了会堂，使全群来此听讲经的人们都受了惊动。只有不多的几个人能够自制，不掉过头来看门口；有好几个站得直直的，全个身子转过来；同时还有几个小孩子爬在椅子上，下来的声音很吵。人们全骚动了，妇女衣服的索索声，男人的脚步挪移声，这与牧师进会堂男人应该肃静很相反。胡普尔却表现其为不理会人们的骚动。他走进来时几乎无脚步声，对两边的座位很和气地点头，且对年纪最老的鞠躬，他是一个白头老者，是某人的曾祖，坐在通廊中间的一把交椅上。这个老人很慢才觉得牧师的面目有点奇怪。他好像不理会，一直等到他登梯在讲坛，与听众面面相对，才觉得奇异。牧师一次也不曾脱他的神秘蒙面纱，当他一面诵圣歌的时候，他的呼吸吹动面纱；当他读《圣经》的时候，那片纱在当中隔开他与那页《圣经》；当他祈祷的时候，面纱重重地盖住他的仰着的脸。难道他怕他所祈祷的神圣故此遮他的脸么？

这就是简简单单一片蒙面纱的效果，就有不止一个神经娇嫩的女人离开会堂。从牧师眼光看来，脸无血色的听经群众变作可怕，几乎如同群众看见那片黑面纱一样的可怕。

胡普尔原有讲经好手的名誉，却不以演讲有力闻名：他努力用和平婉劝的潜力赢得他的听众向天上走，不肯用《圣经》的雷电般的话领导他们。现时他所讲的道理，所用的特色及态度，与他的普通经论相同。唯是在经论本身的意思或在听众的想象中，使其变作牧师向来所演讲的以此次为最努力。牧师的性情本来有多少温和的郁抑,这次颇带有更幽闷的色彩。此时所讲的题目是秘密的罪孽及我们隐瞒着我们的至爱至亲的人们不肯说出来的许多愁惨的神秘,方且瞒着我们自己的良心,甚至于忘记了无所不知的上帝能窥破。他的说话里头有奥妙的力量喷入。听经的人们,从最良善无辜的女孩子以至于心肠最刚硬的男子,无不觉得这个牧师蒙着可怕的面纱偷偷地爬过来,揭破他们所隐藏的不良行为或思想。有好几个伸张手指扪他们的心。其实胡普尔所说的话并无什么可怕的,至少是并无激烈的;但是他的愁闷声音一震动,听众就震动。与敬畏同来的有不期然而然的悲痛。听众的神经是很灵敏的,觉得他们的牧师有某种异常的性情,他们渴想吹来一阵清风吹开他的蒙面纱,几乎相信一脱面纱就会看见是另外一个生人,其神气与声音却是胡普尔的。

祈祷礼节完了,大众匆匆忙忙走出会堂,乱到不成样子,一看不见那块黑面纱,觉得精神变作轻松,且急于要把他们的幽闭已久不能宣泄的惊讶告诉他人。有些人聚在一团,相靠得很紧,他们的嘴都在中间附耳低声说话;亦有独自回家的,一言不发在那里寻思,又有大声说话的,居然大笑侮渎星期日。有不多的几个人摇头,示意说他们能够深入这个迷楼;同时亦有一两人毅然决然声称:胡普尔的两眼被晚上的灯光改弱了，所以要遮东西。再过不久一会儿，胡普尔自己也出来，他殿后。他掉过他的蒙黑纱的脸看看这一群人又看看那一群人，对于白头老者施敬，对于中年人以和蔼的威仪相见，自处于他们的朋友和宗教的向导之列，对于少年们相见以权威和以亲爱，对于孩子们则以手抚摩其头以赐他们福。他向来遇着星期日都是这样的。他对他们表示这样敬礼，他们却以诧异及惊怪的面目相答。从前总有人要与牧师并肩行走的体面，今日却无。老乡绅桑特尔自从牧师到这里来，几乎每遇星期日必请他到家吃饭的，今天并不请他，当然是偶然忘记，是无疑的了。所以他回去他的住宅，当关门的时候，回头看这些人们，他们的眼全盯在他身上。牧师在面纱后微微地惨然一笑，嘴齿边微动，当他走进去时，略略看得见。

有一个女人说道："简单的一片黑纱，无论什么女人都可以戴在她的帽子上，一罩着胡普尔的脸，就会变作这样可怕的一件东西！"她的丈夫，是本村的医生，说道："胡普尔的知性必定有了乖错。但是最奇怪的却是这种奇想的效果，如我这样心思肃穆的人，亦受其潜力。这片黑面纱虽然不过盖着牧师的脸，其潜力且及于全身，使他从头至脚变作好像鬼一般。你不觉得么？"

他的夫人答道："我的确觉得，无论怎样我却不愿意单独一个人同他在一起。我却很想晓得他怕不怕他自己单独一个人！"

她的丈夫说道："男人们有时是怕的。"

午后的礼拜，亦随以相同的环境。礼拜完了，教堂鸣钟，为的是埋葬一个少年女人。死者的亲友们聚集在会堂，较为疏远的熟人们站在门口，谈及死者的诸多好处，胡普尔出现（仍然蒙着面纱），他们就不谈啦。现在面纱却是正当的标识。牧师走入停灵的屋里，低头看棺材，同他的已死的教区民作最后的送别。当他低头的时候，面纱从他的额一直向下垂，假使她的两眼不是永远闭了，这个已死的姑娘可以看见他的脸。难道胡普尔能够怕她两眼看他，所以他那样快就把黑面纱拉下来么？当这个生人与那个死人会面，有人看见的毫无忌惮地说，当牧师揭露他的面目时，死尸微微地惊动，寿衣和小纱帽索索有声，却仍是死人的面目，并无变动。只有一个迷信的老婆子亲眼看见这件异事。胡普尔离开棺材，走入送殡的亲友们的房内，随即登梯，为死者祈祷。这是一篇温柔而极其哀感动人的祈祷文，无一句不是惨伤的，却灌以登天的希望，好像死人手挥天琴奏乐，人们听见天乐的声同牧师最悲惨的声，混杂在一起。人们发抖。当牧师祈祷的时候，说他们及他自己，与全数人类，很可以预备时候一到就该把面纱揭去，人们不大明白他的意思。抬棺材的往前慢慢行，送殡的亲友们跟着走，使全街都变作凄惨，死者在前，胡普尔戴着黑面纱在后。

有一个送殡的人对他的同伴说道："你为什么往后看？"

她答道："我幻想牧师同死了的姑娘的精灵携手同行。"

她的同伴说道："同时我也有这样的妄想。"

当天晚上本村有一对最美貌的男女结婚。胡普尔虽然算是一个忧闷的人，遇着这样的喜事却有一种沉静的高兴，往往令人发生同情的微笑，若是一种活泼热闹的快乐反不能动人。人们爱他就是因为他这样的性情。结婚者的亲友们等牧师来等得不耐烦啦，他们相信他虽然整天满脸都是奇怪的畏惧，这时候却应该消除了。结果却并不是这样。当胡普尔进来的时候，他们所眼见的第一件事，就是那片可怕的黑面纱，使白天的愁惨殡仪更加愁惨，对于现在的结婚只能预兆不吉。那时所发生于客人们的效果就是一层云雾，好像从黑纱底滚出来，且把烛光变作暗淡。结婚的一双男女站在牧师面前。新娘的冷手指在新郎打战的手中发抖，她脸无血色如同死人一般。就有人附耳低声说，前几点钟所埋葬的姑娘从她的坟墓出来行结婚礼。倘若还有人结婚是这样的愁惨，那就是敲结婚钟那次有名的结婚。行过礼之后,胡普尔举一杯酒到唇边,祝贺他们新婚的男女欢乐,说几句温和取笑的话,如同家中炉火发出令人高兴的光,应该令家人们快乐。正在这片刻间他看见镜子里他自己的模样,那片黑纱使他自己也怕起来,如同他人一般。他浑身发抖——他的两唇毫无血色,他把未尝的酒吐在地毯上——跑入黑暗地方。因为大地也蒙了黑纱啦。

翌日本村所谈的全是牧师胡普尔的黑面纱。这件事体和面纱所藏在其后的神秘成为一个话柄,供人们在街上相遇及妇女开了窗子相与讨论的材料。饭店告诉客人的第一件新闻就是这件事。孩子们上学在路上所谈的也是这件事。有一个好模仿人的小鬼用一条旧的黑手帕盖脸,把同游戏的孩子们吓慌了,几乎吓倒自己,他因为好开玩笑几乎变糊涂了。

最奇怪的是本区内原有几个好管闲事与无礼的人,却无一个胆敢问胡普尔为什么用黑纱蒙面。一向无论什么时候,稍微有这样干预的必要,他绝不会无人劝告他的,亦并不反对受他们的判决所指导。他若做错事,他就变作很不相信自己,纵使是最和平的贬斥就会令他考虑无善无恶的行为是一件罪恶。人们虽然深知他这样和蔼的弱点,在他全教区民之中却无一人愿意用朋友之谊说及他的面纱。每人都觉得有一种畏惧,既不明白地承认,亦不小心隐藏,使他将责任卸在别人身上,后来大众觉得不如请教会派一代表团对付胡普尔这件神秘事,不然就会闹出笑话来。这一个大使团太不称职。牧师以朋友礼貌接待他们。他们一坐下他就一言不发,由得来宾们完全负介绍他们的重要事体的责任。所要介绍的话柄是很浅白的。胡普尔头上扎了黑纱,把他的安静的嘴以上的面貌全遮盖了,他们有时候却看见他惨然的微笑。从他们的想象看来,那片黑纱好像下垂到心部,这就表示在他们与他之间有了一种可怕的秘密。设使脱了面纱,他们就可以自由谈及此事,要到这时候才好开口。所以坐了许久,一言不发,人也变糊涂了,看见胡普尔的眼反退缩不安,他们觉得他用无形的眼光盯着他们。后来这个代表团垂头丧气地回去报告,说道事体太重大,要全教务会议才能办得到,还许要开全教大会。

本村却有一个人不曾被黑纱所吓倒,虽可以吓倒众人,却吓不倒她。当代表团回来并无解说的时候,或不敢要求解说,她这个人有她的特色,就是有她的一种安详的能力,打定主意要驱逐其笼罩胡普尔的奇怪云雾,愈久变作愈黑。她是他的未婚妻,应该有特别权利要晓得黑纱隐藏着什么东西。她于是等到牧师第一次来探望,就老实不客气直接问他，这就使他们两人的为难变作较为容易。他坐下之后，她两眼盯住那片黑纱，却看不见那样吓倒群众的可怕的愁惨：不过是两层黑纱，从额垂至他的口，呼吸时微微地动。

她大声且微笑说道："这片纱并无什么可怕，不过是遮住我所常喜欢看见的一副面目。好好的先生，来，来，让阳光从云后出来。第一，先把黑纱放在一边；随后告诉我你为什么要戴。"

胡普尔微微地一笑。

他说道："将来总有一天，我们无论是谁都要把我们的面纱放在一旁。我的爱友，我若戴面纱戴到那个时候，请你莫怪。"

这个少年女子答道："你这句话也是一种神秘，你至少也要脱了罩住这句话的面纱。"

他说道："伊里萨白，尽我的誓辞所能许我的限度，我肯把我这句话的意思明白告诉你。你须知这片面纱是一个模型及一个符号，我必定永远戴着，无论是在光明地方抑或是在黑暗地方，亦无论独自一人抑或被群众所注视，又无论当着面生的人们或当着熟人们。无论什么人都不会看见我脱面纱，这样愁闷的遮蔽必定使我同世界分离：纵使是你伊里萨白自己亦绝不能到面纱后面！"

她很诚恳地问道:"有什么令人休戚的祸事落在你身上,使你永远遮住你的两眼?"

胡普尔答道:"倘若蒙面黑纱是追悼死者的记号,我也许同大多数的世人一般,很有些悲哀,其黑暗足以以黑面纱作个模型。"

伊里萨白力辩道:"万一世人不相信这片黑纱是一种无辜的悲哀的模型,那便怎样?你虽是为人所爱,为人所敬,就许有人低声耳语说你因为明知秘密地犯了罪作了孽,所以才蒙面。为你的神圣职业起见,你不如除去这样激发反感的东西!"

当时本村有了种种谣言,她一面暗示谣言的性质,一面红了脸。胡普尔的温和却还是同平时一样。他方且又微笑——同是一样的惨然微笑,常像从面纱下的黑暗出来的微微的光。

他只答道:"我若为悲痛而蒙我的面,尽有足够的原因;我若为秘密的罪孽而蒙我的面,世人无论哪一个不可以做同样的事呀?"

他就是用这样温和而不能降伏的顽固以抗拒全数她的苦劝。后来伊里萨白坐在那里一言不发。在几分钟内她好像是深思到失神,很许是在那里考虑,用什么新方法可以尝试使她的爱人退出这样黑暗的胡思乱想之外,这样的胡思乱想若无其他意思,就许是神经病的一种现象。她的秉性强固有过于他,也不免堕泪。但是不过一会子工夫,由忧愁而得着一种新感觉:她的两眼不知不觉地瞪着那块黑的面纱,这个时候,犹如空中的忽然一阵魍魉的光,种种的可怕四围笼罩住她。她站起来,抖抖地站在他面前。

他惨惨地说道:"到底你觉得么?"

她不答,只是用双手盖她的脸,她掉过来走出屋子。他跑上前捉住她的膀子。

他很着急地喊道:"伊里萨白!你对我耐烦些。在世上这块面纱虽然必定分隔你我,我求你不要抛弃我。我要你还是我的未婚妻,此后我的面上不蒙面纱,无黑暗阻隔我们两个人的灵魂!这片面纱并不是永远不坏的——不是永远不朽的!哎!你不晓得我是多么孤寂,独自一人在黑面纱之后有多么可怕。我今在愁惨的黑暗中,我求你不要弃我!"

她说道:"我只要你举起面纱一次,正看我的脸。"

胡普尔答道:"这是永不可能的!这是做不到的!"

伊里萨白说道:"既是这样,我同你辞行啦。"

她把膀子缩回,慢慢地走出去,到了门口,停顿一会,抖抖地瞪着他,好像深深地钻入黑面纱的神秘里。他在这样愁苦之中,还是微笑,想着不过只有一件有物质的徽章使他与欢乐分离,但是这片面纱所发出的种种可怕必定黑暗地分离最恋爱的情人们。

从此以后无人尝试教胡普尔脱面纱,或直接请他脱去,以便揭露众人以为此纱所隐蔽的秘密。人们自称为高出大众成见的,以为这不过是一种乖僻的异想,有如往往与其他的举动合理的人们的矜持行为相混,使他们得了与疯狂相似的色彩。唯是从大众看来,好好的胡普尔先生确是一个怪物。他晓得人家怕他,温和的人及胆怯的人远远看见他就走开躲他,又有许多人特为阻他的去路以示大胆,这就使他不能在大街上安心走路。后一种人的无理逼他于日落时不去他所常去的公众坟地;因为当他靠着闸门深思的时候,常常会有人躲在碑后偷看他的黑面纱。于是就有谣言说死人瞪眼看他,逼他到坟地来。他看见孩子们正在玩耍得最高兴时候,一看见他愁惨脸还相离远时,就全跑了,令他的仁慈的心很难过。他们的本能地怕他,使他尤其觉得难堪,有过于其他,不料有一种超越自然的惊惧与黑面纱的经纬组织为一片。其实他自己很怕这片面纱,所以他绝不愿在镜子前走过,亦绝不愿意在一个停而不流的喷池低头饮水,唯恐照见他自己。这就使人相信谣言不为无因,谣言说胡普尔的良心被某种太过可怕的重大罪恶所磨折，使他如受酷刑，所以不能整个隐藏起来，亦不能不这样地暗暗有所表示。所以从黑面纱底下有一片云滚入阳光中（在罪孽或忧戚两可之间）密密地裹住这个可怜的牧师，所以或爱或怜都永远到不了他。有人说妖魔鬼怪同他会合。他自己打战，外露惊怖，接连在其影子中走，在他自己的灵魂里摸索着在黑暗中走，不然就从那片令全世界愁惨的面纱向外看。人们相信，无定向的风是什么都不怕的，却还不敢犯他的可怕的秘密，从不把他的面纱吹在一边。好好的胡普尔先生，在世人旁边走过的时候，惨然对着他们的无血色的面貌微笑。

这片黑色纱有许多不良的潜力，却有一种好效果，就是能使戴面纱这个人成为一个殊能胜任的牧师。他有了这个神秘徽章的助力就变作一个很有可怕势力的人，能慑伏那些因犯了罪孽而心痛的人们。凡是听他劝导的人们特别地怕他，常比喻地说在未领他们从黑暗而入光明大路之前，他们曾同他在黑面纱之后。面纱的幽暗实能使他同全数暗晦感情表同情。犯了罪孽的人们濒死时大声叫喊要胡普尔来，要等他到了他们才断气；当他弯着身子在他们耳边低声说安慰话的时候，他们的脸同他的蒙纱的脸很相近，他们发抖。当"死神"揭露他面貌的时候，黑面纱令人惊怖就是这样！有些外路人从远方来进教堂听经，不过为的是很无聊的一件事，要看看他这个人，因为无法看他的脸。却有许多人尚未出教堂，看见他就发抖！当某某做抚院时，有一次胡普尔奉派为选举讲经。他蒙了面纱立在抚院面前，及参政们与代表们面前，曾发生颇深的印象，当年立法院所办的几件事就有最初时祖先们全数沉闷及虔诚特色。

胡普尔就是这样过活，享年长久，他的行为从外面看来是绝无包弹的，不过被幽闷的嫌疑所包裹；他为人和蔼而爱人，却不为人所爱，方且被人畏惧；他虽是个人却与众人分离，享健康与欢乐的人们躲他，受致死的痛苦的人们要他。年过一年，他黑纱上的头发白了，在新英伦的教堂间他得了名，称为胡普尔神父。当他久居此地的时候，成年的区民们几乎全数死了：在教堂里头有他们一群会同听经的人们，在坟地内的人数更多；他办他的教务到了暮年，办得很好，现在轮到他休息啦。

在这个老教士死所的有罩子的烛光之旁有几个人。他并无亲人。这时候在屋里的有正当严肃而并不感动的医师，只求减轻病人临死的痛苦，救命是不能的了。还有几个庶务，与他们的教堂其他的很虔笃的人员。还有某区的教士克拉克是一个少年，是热心的，他骑马匆匆来临死的牧师病榻旁祈祷。还有看护，并不是雇来的，她的安静爱情在秘密中、在孤寂中、在老年的孤寒中久已忍受够了，到了死期还不肯死。她就是伊里萨白！好好的胡普尔神父的白头睡在死枕上，额上还扎着黑面纱，盖住他的脸，垂至胸前，他的更为难的喘气吹动面纱。这片面纱一生盖住他的脸，使他与世界隔绝：这片面纱阻隔他，不使他与高兴的同胞们及女子的爱情亲近，把他困在最惨的监牢里，即谓困他在自己的心里；这块面纱仍然盖住他的脸，好像使他的黑暗屋子变作更黑暗，遮住他永远不见阳光。

在此以前的不多几时，他的心已经糊涂了，在现时及既往之间摇摆不定，有时向前徘徊，走入将来世界的暗昧中。有时发热病使他从床上这边滚到那边，消耗他的所余无几的气力。但当他的最抽缩的奋斗时，当他的性灵最昏乱时，并无什么思想能够保留其肃穆的势力，他仍然唯恐面纱会落在旁边。纵使这个昏迷的人能够忘记，他的病榻之旁仍有一个忠诚的女人，两眼他顾，会盖住那副老脸，她曾见过他少年时的好看的脸。后来老牧师精神及气力消耗尽了，昏昏沉沉地很安静躺在床上，脉息很微，呼吸亦愈变愈微，却曾深深地、不规则地作很长的吸气，好像他的精灵远走高飞的前奏。

某区的牧师克拉克走到床边。

他说道:"胡普尔老神父,你得解放的时候到啦。你预备揭去其隔绝永恒的面纱么?"

胡普尔初时只是微微的动他的头作答;随后他好像恐怕人误会他的意思,他努力说话。

他声音很低地说道:"是呀,我的灵魂有一种耐烦的劳倦,要等到脱了这片面纱。"

克拉克说道:"如你这样勤于祈祷的人,如你这样无过的榜样,行为与思想都是清洁的(这是指以人所可以宣判的而言);你又是教会的一个神父,是否应该在他的纪念上留下一个影子可以染污了他这样清洁的一生么?我求你不可这样!你今将往受赏,让我们为你的得胜方面而欢乐。在脱了永恒面纱以前,让我脱了你面上所盖的黑纱!"牧师一面说一面向前弯腰要揭开这许多年的神秘。谁料神父胡普尔忽然努力,使观者们骇然,他从被下伸出两手用力压住面纱,倘若克拉克要同这个快死的人相争,他是要同他奋斗的。

胡普尔喊道:"绝不脱面纱,在世上绝不脱!"

那个惊骇的牧师喊道:"你这个幽深的老人呀!你现在去受审,带着多么可怕的罪恶,重压在你的灵魂上呀!"

胡普尔呼吸很紧啦，在他的喉间作辘轳声，他却用大力，两手向前，捉住生命，要等他说完话方放手。他竟略抬起身子来；坐下，死神的两手抓住他，黑面纱垂下来，正是他一生全数可怕的事最后聚拢在一处。他生平的轻淡而凄惨的微笑现在从暗晦中闪出，留在他的两唇上不散。

他的蒙纱的脸四转对着那一圈的面无人色的观众喊道："你们为什么只对着我发抖？你们两两相对也该发抖！男人躲避我，女人们不怜我，孩子们见了我大喊大叫就跑了，全是只为的是我的黑面纱么？是不是面纱所暗晦表示的神秘使这片黑纱这样地可怕？当朋友对他的朋友揭出最幽深的衷曲，当爱人对他的最亲的爱人亦这样地揭出衷曲；当一个人并不躲闪（虽想躲闪有所不能）造物主宰的眼，很令人厌恶地收藏他的罪孽的秘密；这个时候因为我生时所蒙的面纱及死时仍蒙面纱，可以当我是一个怪物！我四面一看，哈，你们哪一个面上不蒙着一块黑面纱呀！"

当听众人人惊怕，互相躲闪的时候，胡普尔倒在枕上，只是一个蒙面纱的死尸，轻淡的微笑仍留于两唇上。他们把这个蒙面纱的死尸放在棺内，抬他到坟地。许多年来坟上的草生而死，死而生，墓碑长满绿苔，胡普尔的面变了尘土，但是一想起来他的脸是在黑面纱之下霉烂的,还是令人可怕的。

注释:

1 纳撒尼尔·霍桑(Nathaniel Hawthorne,1804—1864),美国19世纪影响最大的浪漫主义小说家。1851年,长篇小说《红字》出版后,霍桑成为公认的当时最重要的小说家。其作品充满了"原罪"思想,倡导人们行善来洗刷罪恶。他还著有《七个尖角阁的房子》《福谷传奇》等长篇小说及许多中短篇小说。——编者注

新年旧年

[美] 纳撒尼尔·霍桑

昨天晚上当十一二点钟之间,"旧年"正在遗留她的最后足迹在"时间帝国"的边界上,她见得她还有不多的节省下来的几分钟,于是她坐下,偏偏坐在我们的新市政厅的台阶上。冬天的月光照见她身体憔悴,心境悲惨,与许多世上其他行路的人们相同。她的衣服,因为受过许多狂风暴雨及劳苦工作的折磨,破坏不堪了;又因她要赶路程,不能有片刻的休息,她的那只鞋破到不值得补啦。唯是只要跋涉上前再走不多几步路,这个可怜的"旧年"就享许久、许久的酣睡啦。我忘记说当她坐在台阶上的时候她放一件东西在身边,就是一个很大的薄板箱,凡是旅行的堂客居多有这样的箱子装许多值钱东西。在这件行李之外,还夹着一本书,很像报馆的年鉴。她把这本书放在两膝上,手肘放在书上,两手托着头,这个,这个劳顿拖泥带水为世所累的"旧年"大大地叹了一口气,她回想从前好像极不高兴。

当她正在等候半夜钟声宣召她回去与已往的好些"旧年"们相聚的时候,有一个少年姑娘用脚尖轻轻地走路从火车站来。她显然是一个异乡人,很许是搭夜车到这个市镇来的。这个少年美秀姑娘满脸都是笑容,这就表示她蛮有把握会受人们欢迎,不久她就要同他们认识啦。她的衣裳很轻薄,不甚合这个时候穿的,衣服上还有些飘带及其他装饰品,不久许就会被狂风所刮走,不然受了烈日所晒就要褪色,因为她要在烈日下走她的多改方向的路。她却仍然是一个好看的人,她的面目很有希望,且是写不出来的希望,无论什么人看见她总不能不预料会有很可欲的事从她的仁爱帮助,办成求之已久的好事。或是这里或是那里很许有不多的几个忧闷的人们往往被如她那样有希望的少年姑娘们所玩弄,他们现在不相信"新年"啦。我自己却很相信她;我若再活五十年,我计算我仍可以从每位接连相继的姑娘得到值得过活的事物。

"新年"——就是这个少年姑娘——把全数她的物件装在一个既不大亦不重的篮子内,挂在她的膀子上。她很亲爱地敬礼那个快快不乐的"旧年";就坐在市政厅台阶上陪她,等候记号以便游行世界。"新年"与"旧年"原是两姊妹,都是"时间"的孙女儿;虽然这一个面貌比那一个老得多,这是因为受过辛苦及烦难,并不是因为年纪,她们相差不过一岁。

"新年"初次见礼之后,说道:"我的姐姐,你好像劳倦到几乎要死。你住在无限空间的这一部分时,你干些什么?"

"旧年"用很重的腔调说道:"我全记在我的'纪年'里。其中并无能使你消遣的事;你不久从你自己的阅历就会得着这诸多事体的知识。读之令人生厌。"

虽是这样说,她还一页一页地翻那本书看,在月光之下浏览,对于她自己的本传觉得有不能抗拒的兴趣,她追忆其中诸多事体却不快乐。她虽然称这本书为她的"纪年",原来不过就是一八三八年的《沙林报》;这个精明的"旧年"很相信这个报的准确,她以为就不必自己动笔记载她的历史。

"新年"问她道:"在政治方面,你做了什么?""旧年"说道:"我在合众国所走的方针,我供认我虽很该惭愧——我却必要承认我的政治方针摇摆无定,有时摆向民党,这就使政府党大呼得胜,现在又高举好像是反对党的几乎扫地的大旗;所以历史将难以晓得我是怎么一回事。但是急进的民党党员们……"

她的妹妹打岔道:"我不喜欢这样的党员绰号。"她对于这件事体好像是很易怒的:"我们若避免政治的讨论,很许我们分手时都高兴些。"

"旧年"本已被这样的无理争论闹到半死，就答道："我很愿意。我不理会民党或守旧党名词，连同他们关于银行及分国库，放奴[1]，提沙士[2]，佛罗力大[3]之战，及一百万其他问题，（你不久就会晓得的）——若无这些事体的附耳低声再到我的耳边，我是殊不理会的。唯是这许多事体曾得过我的大部分的注意，舍此以外我几乎不晓得告诉你些什么。在加拿大边界上有过一种很奇怪的战事，曾以自由及爱国主义名义流血；却必要等到将来，也许要等好些年，才能够说明这两个神圣名词是否用得得当。对于世事我有我的愚见，我觉得最令我不欢的无过于眼见高等的精力糟蹋了，人的性命及欢乐抛弃了，为的是往往不明智的事，更往往无成效。最明智的及最好的人们坚信人类的进步是向前的又是向上的，所走的路径的辛苦及烦恼即用以磨砺长生不死的朝山人的种种瑕疵，等到他们把事体做完了，就无瑕疵存在啦。"

富于希望的"新年"说道："也许会的，也许将来我会看见这样快乐的一天！"

"旧年"严肃地微笑，答道："我不相信这个日子会这样近。你将来盼望这一天，愈久愈不到，你会生厌的，你将要掉过头来拿如这个沙林一般的朴实小市镇做消遣，我从前屡次这样做。我们现时坐在新市政厅的台阶上，这是当我行政时完成的。在华盛顿的国会议事堂是政党争逐的地方,是一个下棋的大棋盘,这里却是规模很小政党争逐的地方,你看见会大笑的。争权夺利热烈如焚的大志在这里找燃料;这里爱国主义大胆替人民说话,富于美德的经济力持减政,不使点街灯的人有任何分外的出息!这里的市政参事们,围着市长的宝座下以卖弄他们的元老威势,市政会员们觉得他们掌管自由。说句简单话,人类的弱点及强点,激情及政策,人的趋势,他的目的及所以达到目的的方法,他个人的品性及在众人中的品性,都可以在这里研究,如同在国家的大舞台研究;在这里研究有一大便利,无论所从学得的怎样不幸,其规模之渺小仍然能使观者微笑。"

"新年"问道:"你曾做过许多事改良这个市政么?我从我所看见的不多地方看来,这个好像是古老的,年多日久的市镇。"

"旧年"说道:"我曾开辟铁路,每年你会听见六次钟响(有过一度鸣钟传齐一所西班牙寺院的和尚们念经),宣布火车的来去。古老的沙林现在热闹得多,有过于我初次看见。每次有异乡人好几百从波士顿坐火车来。大街上有面貌甚生的人。装客乘火车的大小马车在街上走。蛎房店及其他商店多开许多,以供应每日来这里的暂时客人。但是还有一种更要紧的改变等候着这个古老市镇。社会自由循环会扫除其堆积日久的无限之多的发霉的成见。有一种是本地居民们自己所不甚觉得的古怪脾气将被外来的事物所摩擦，日久就会磨灭了。其结果有许多是好的，亦有不多的几件事是不好的。无论是好或不好，资财的权力及贵族的势力很许会从此减少了，自从古时以来，在这里的富翁与贵族所拥的权力极其坚固，有过于新英伦的任何其他市镇。"

"旧年"说了许多话，说到剩下不多的残喘，现时掩了她的"纪年"，正在要走。她的妹妹却留她一会，问她那个大箱子（她拖在身上很辛苦的）装的是什么。

"旧年"答道："这箱子里不过是不多几样的不相干的东西，是当我闲逛的时候拾来的，我行将放在古董橱里。我们管流年的姐妹们绝不带走世上的任何值钱的东西。这里有若干时髦衣服的模型，居多是由我兴的，已经全过时了。你将用其他一样暂时的作替代。这些小瓷瓶装着好些美貌女人们的花容月貌，有许多心怀觖望的女人们恨我偷去这些好东西。我还有许多男人们的黑头发，我既取来之后只留些灰白的或一毛不留。寡妇们的及其他哀痛的人们在最后十二个月间曾受过安慰的，他们的眼泪都收藏在几十个香水瓶里，塞好且封好了。我有几扎情书，很动听地喷出永久的、其热如火的爱情，墨水几乎未干就变冷了，且消灭了。况且我这里还有一堆各色各样不同的几千件悔婚及其他破坏的事物，会是很轻的、很小的地方就够装了。我所有最重的东西就是一大包不能如愿以偿的希望，不久以前却是很轻松的，足以涨满某某的气球。"

"新年"说道："我这个篮子里头有许多希望。原是一种香花——一种玫瑰花。"

肃穆的"旧年"答道："这些花不久就失去香气。你还有其他什么东西带来以担保那许多心怀怨望的人们欢迎你？"

她的妹妹微笑道："我老实告诉你，我带来的很少，其实并无什么，不过是不多的几本年鉴及年历，还有给孩子们的过年礼物。但是我很热心望世人好，我立意要尽我的所能，增进他们的幸福。"

"旧年"答道："这是个好主意，我趁此机会要说，我有许多各色各样不同的主意，现在已经不新鲜况且发霉了，再带着这些陈腐主意往前走，我觉得很难为情。设使不是我怕市镇的官员们会发一张拘票来拿我，我当然会立刻全摔在大街上；我的薄木板盒子里头还有许多其他事物，但是把整堆这些东西拿去拍卖，旧家具的拍卖场亦不会有人肯还价的；这些东西到了你手或他人手上既是不值一文，我就不必逐一告诉你了。"

"新年"问道:"难道在我的行程中也必要拾起这样不值钱的东西么?"

"旧年"答道:"那是一定的,你若不用担负更重的行李,那又何妨。我的宝贝妹妹,我必要同你分手啦,力劝你,从这个易怒的、不讲理的、不体恤的、不怀好意的及行为不好的世界,切勿希望感恩或好意。这个世界的人们无论怎样好像热心欢迎你,无论你做什么,无论你喜欢怎样尽量给他们欢乐的方法,他们还是说不满意的话,还是要求你无权力给予的事物,仍然希望有一年可以完成他们的计划,这些计划却是绝不应该想出的,假使完成,亦不过给人以不满意的新机会。这些无理取闹的人们若会见得有可以容忍你之处,却要在你永远走开之后。"

这个心里正在高兴的"新年"喊道:"我要尝试把世人教明智些,明智过我初与他们交接时。我将撒手将造化许我散给他们的无论什么好事物,我将教他们感谢他们所已有的,且谦抑的希望多得;他们若不是绝对的糊涂人,他们必定会自卑地享受欢乐,当然会让我做一个欢乐年。因为我的欢乐必倚赖他们。"

"旧年"一面举起她的负担,叹气说道:"我的可怜的妹妹,我为你叹惜。我们是'时间'的子孙,天生我们受困难的。人们说'欢乐'住在永恒的大宅里;我们却只能一步一步地领世人前往,作许多不平之鸣,况且我们必要死在门槛上。你听呀,我的劳苦工作完了。"

伊墨尔孙博士的教堂的高楼打十二点钟;在市镇那一方面的法林博士的钟响应;正在打钟点的时候,"旧年"不是走得无影无形就是消灭了——无论是天使们的明智及权力,姑且不说其刻薄待她的亿万人们,能够劝这个已往的"年"回来一步。她会同"时间"及全数她的同类,此后必定同人类算账。初出闺门的"新年"将来也是这样,她当那大钟停打的时候,就从市政厅的台阶站起来,多少带点畏怯,就在世界游行。

有一个更夫,很想查问,看看她的样子,却毫不疑心他是对"新年"本人说话,就喊道:"恭贺新年!"

"新年"说道:"谢谢你!"她从她的篮子里取一朵"希望玫瑰花"给更夫,说:"但愿自我同你告别之后,这朵花长留香气。"

她随即更快地在寂静的大街走过;当时有睡醒的人们听见她的脚步声就说道:"新年到来啦!"无论在什么地方,只要有一堆喜欢在半夜热闹的人们,都要喝酒恭祝她的健康。

她闻见空气被濒死的人们（他们苟延残喘候她来埋葬他们）的秽气所变浊了（这个世界的空气所难免），就叹气。但是尚有亿兆的人们活着欢迎她来，所以她很放心走她的路，在几乎每个人家的大门口台阶上散有表示的花，有些人拾起来戴在胸前，有些人却用脚践踏了。小信差却能说今天凌晨他装满他的篮子全是贺年的信，且切实告诉他全个市镇，及我们的新市长，市政参议们及市政会员，都要跑上前取一份。和气的赞助人们，你不偿还"新年"的愿么？

注释：
1 即解放黑人奴隶。——编者注
2 美国州名，今译田纳西。——编者注
3 美国州名，今译佛罗里达。——编者注

梦外缘

[美] 纳撒尼尔·霍桑

有许多事体实行潜移默化我们一生过活的方针和我们最后的命运,我们只能晓得一部分,并不能完全晓得。有无数其他事体走到我们身边,走得很近,却并无结果就走过去了,有时方且露出他们走近的踪迹,我们由其穿过我们心中的亮光或影子的反射所以知其走近。我们若能晓得全数我们命运的诸多变迁,我们的生活就会有太多希望或害怕,太多得意或失望,我们就无一刻的真正安宁。我可以用大卫·斯万的一页秘史阐明这个意思。

我们一向与大卫无干,一直要等到他二十岁的时候,有一天他从他生长的地方在大路上走,往波士顿,他的叔伯辈在那里开一间杂货店,用他站柜台。他是新汉普社人,出身良家子,受过平常学校教育,最后一年在某学院受古学。他从日出就起程走到日中,天气正热,他走乏了,又愈走愈热,只好遇着第一个便当阴凉地方就歇下来,等候驿车。眼见不远就有一小丛枫树,好像专为他种的,中间还有很适意的幽深处可以歇息,还有一个爽神的喷泉,好像向来不为别人，专为大卫这个旅客而设的。他用他的渴极的嘴唇吻喷泉，不问曾否有人吻过在先，随即倒在泉边，用柳条手绢裹好几件内衣及一条裤子作枕头。阳光不能到他身上，昨天下过大雨，风刮不起尘土；这床青草褥子比鸟绒褥更好。喷泉在他身边潺潺作响；树枝如做梦一般在他头上在空际摇摆；大卫·斯万就酣睡，很许在酣睡中做好梦。但是我们所要说的是他所不曾梦见的事。

当他在树荫酣睡的时候，别人却是很清醒，过来过去，有步行的，有骑马的，有坐各式各样马车的，在满是阳光的路上，在他的卧室之侧走过。有些人既不往左看，又不往右看，就不晓得他在这里；有些人不过随便付诸一瞥，心中原是很忙的，不能容纳那个酣睡人；有些人看见他那样熟睡，就禁不住大笑；又有几个人心里含满了蔑视，多余的毒就向大卫身上喷。有一个中年寡妇，当无人在近的时候，伸头向树荫深处看，心里供认这个少年睡着了，美秀颇能迷人。有一个劝人戒酒的演讲师看见他，就把这个可怜的大卫作为晚上演讲的材料，说最可怕的莫如醉倒在路旁，这就是一个可怕的榜样。但是无论是贬，是褒，取笑、蔑视及不足重轻，其发生于大卫的效果都是一样的，或毫无关系的。

他不过睡了一会子，就有两匹骏马驾了一部棕色马车从容走过，刚好在大卫休息地方面前歇下来。车辖跌出来，车子脱了轮，只微有损伤，不过使一个年纪稍大的商人及他的妻室暂时受惊，他们原是坐车回波士顿的。当车夫和仆人正在重新安放轮子的时候，这两夫妇就在枫树下躲太阳，看见喷泉及睡在其旁的大卫。哪怕是最贫贱的人，睡着的时候，居多令人肃静，商人脚步就放得很轻，他的痛风脚能够许他走得多么轻，就走多么轻；他的太太很小心不使她的裙作索索声响，唯恐忽然惊醒大卫。

老商人附耳低声说道："他睡得多么甜呀！他呼吸从容都是从深处出入的，不用麻醉的鸦片剂就能够这样熟睡，值得我的收入大半；因为这样的酣睡表示健康及心安。"

他的太太说："且表示少年。健康及安宁的年纪不是这样睡的。我们的睡不如他的睡，我们的醒亦不如他的醒。"

这两个有了年纪的夫妻愈看这个不知姓名的少年愈有趣，这个少年简直是拿路旁及枫树的荫做他的密室，头上有浓荫的缎帐遮盖他。这个老太太看见有一线倘来的光照他的脸，就设法把树枝拨开拦住光线。她做过这小小一件好事，就起首觉得如同他的母亲一样。

她附耳低声对她丈夫说道："造化好像安排好了，教他睡在这里，且当我们失望于我们老表的儿子之后，教我们来这里找他。我觉得我能够看见他很像我们的已死的查理。我们喊醒他，好不好？"

商人迟疑，说道："为什么喊醒他？我们并不晓得这个少年的品性。"

他的太太还是低声，却很认真地说道："你看他面貌多么开展！""你看他睡得多么心安！"当这两夫妇附耳低声说话的时候，这个酣睡人的心并不乱跳，他的呼吸亦丝毫不扰乱，他的面貌亦丝毫不露注意的神色。幸运神却正在弯腰低头看他，正要给他许多黄金。老商人原有一独子，不幸死了，无承继家产的嗣子，只有一个远亲，他却很不满意他的为人。有些人处这种环境有时会做奇怪的事，比魔术家所做的还要怪得多，会惊醒一个贫穷熟睡的人享富贵。

他的太太婉劝他道："我们惊醒他吧？"

仆人在后说道："马车预备好了。"

老夫妇一惊，脸红了，赶快走开，彼此互相惊奇为什么会梦想做此极其无理取闹的事。商人背靠着背垫，忙于设计盖造一所富丽的养老院以栖不幸的商人们。当下大卫·斯万享受他的午睡。

马车走了不到一两里地，就有一个美秀的少年姑娘在路上轻步走来，这就表示她的小心脏在她的胸里确是怎样地跳。很许就是这样快乐的走动使她的袜带松了丢下来——可以不必忌讳说这句话。她觉得这条丝带（假使是条丝带）松了，她转身走入枫树荫下，看见一个少年男子在喷泉边睡！她立刻脸红起来，艳如玫瑰，她为什么侵犯一个男人的卧室来结袜带，她正要用脚尖走路躲避开了。但是睡觉人的身旁有了危险。一只大蜂在他的头顶上游荡，轰轰作声——一时在树叶中飞，一时在一片一片的阳光飞过，一时飞入黑暗处看不见了，最后它好像要落在大卫的眼皮上。蜂螫的毒有时会杀人的。这个姑娘的心是自由的，又是善良无害的，就用手帕打蜂，用力扫荡它，把它逐出枫树荫。这是多么甜美的一幅画呀！她做过这件好事之后，气喘喘的，脸色深红，偷偷看这个不识姓名的少年男子一眼，她为他曾在空中同那个毒东西作战。

她想道："他是个美少年。"脸变作更红。

为什么不能有场好梦，其力量变得很大，竟把梦境打开，使他在梦景之中看见这个秀美的小姑娘？至少也应该有欢迎的微笑，使他满面发生光彩，为什么竟会无有？照着古老而美好的意思，有一个姑娘的灵魂从他的灵魂分离，他所热烈思想而莫名其妙的就是这个姑娘；他所渴想相会的就是她，她来啦。他用完全热情恋爱的唯有她，她所能够吸收到她的心里最深处，唯有他的爱情——现时她的影像在他身边的喷池里微微地发红；这个影像一过，其欢乐的光彩永远不会再照在他的生活上啦。

这个小姑娘喃喃道："他睡得多么酣呀？"

她走开了，不过她的脚步不如她来的时候那样轻啦。

这个女孩子的父亲，是邻近地方的一个发达商人。碰巧这个时候他正要找一个如大卫·斯万这样的少年，假使大卫在路边同她相识，他就会做了她父亲的伙计，其余诸事就会自然而然地相继发生。好运，最好的运又在这里偷偷地走近他身边，她的裙脚碰了他，他却会不晓得。

这个女孩子才走到看不见，就有两个人转身走入枫林之下。两个都是黑脸，头戴布帽，拉下来盖住眼眉。他们的衣衫恶劣，却带多少麻利。这两个是匪徒，无一定的生活，正趁现在不做其他事体有点空闲时候，拿上次所做不法的事所得的公利作赌本，在树下赌纸牌。一看见大卫在喷泉旁边睡着了，这一个就对那一个附耳低声说道："咄咄！你看见他枕着一捆东西么！"

那一个点头，眨眼斜视。

第一个说道："我敢同你赌一杯白兰地酒，那里有一个袖珍本子，或一堆小辅币藏在他的几件内衣里。若不在内衣里,必定在他的裤子袋里。"

那一个说道:"倘若他醒来,怎么样?"

他的同伴解开他的背心,指指一把小刀子的柄,点头。

第二个匪徒喃喃道:"就是这样吧!"

他们走近这个无知无觉的大卫,当一个用小刀指向他心脏的时候,那一个起首搜他头下的那捆东西。这两个凶恶的、多皱的、罪犯的、害怕的鬼脸向下看大卫的脸,假使他这时候忽然醒来,看见这两个面目太过凶恶,很会误作恶鬼的脸。不独这样,假使这两个匪徒掉过脸来看看喷水池,他们也几乎不会认得这两个影子就是他们自己的脸。好在大卫此时睡得最酣,从前在他娘的怀中酣睡也不过这样。

一个附耳低声说道:"我必要拿走那捆东西。"

那一个喃喃道:"他若一动,我就用刀刺死他。"

不料正在这个时候有一条狗,一面走一面嗅,走到枫林之下,轮流地看这两个坏人,随即看看那个安静酣睡的人,随即饮喷池的水。

一个匪徒说道:"吓!我们现时不能做什么啦,狗的主人必定紧随在后。"

那个说道:"我们不如吃点酒就走路。"

那个带着小刀的把小刀放回原处,掏出一把手枪来,并不是用单独一粒子弹杀人的。不过是一瓶酒,有一个锡杯子用螺丝拧在口上。每人吃了一杯,心里很舒服就走开了,一路上说了许多笑话及大笑好几次,所笑的就是他们未曾办的恶事,他们一路走一路乐。过了不多的几点钟,他们把这件事全忘了,他们并不曾想象到值日的记事功曹已经记下他们的杀人大罪,字迹是永远不能磨灭的。至于大卫·斯万仍然睡得很甜,死祸临头他既不知;死祸的影子消灭了,他重新又得生命他也不晓得。他睡,却不如初时那样安宁。一点钟的安睡曾从他的有弹力的身体夺去几点钟辛苦所累他的疲倦。现在他动啦,现在他动口唇啦,却并无声响;现在他对他所梦的白日出现的鬼影含糊说梦话啦。一阵车轮声从路上来,愈走愈近,在大卫睡梦的将散的浓雾中冲过,原来是驿车到了。他跳起来,他全数的意思还在。

他大声喊道:"车夫,装客么?"

车夫答道:"车顶上有地方。"

大卫爬上去,很快乐地向波士顿车走,并不回头一顾变迁如梦一般的喷池。他不晓得曾有财神影子在喷池水上放过黄金色的光,亦不晓得爱神的形影曾对潺潺的泉声叹气,亦不晓得死神的影子曾经威吓他,要流他鲜红的血染池水,这几件事出现于他躺下酣睡的短短一点钟之内。不问是睡时或醒时我们听不见这几乎要演成的怪事的轻轻脚步。这岂不表明有一宗监察一切的造化安排,一面只管有若干无形的及意料所不及的事变在我们所走的路上接连冲出阻碍我们前进,在我们的生活中仍然有恒有序,足以使我们有部分的预料可能?

会揭露秘密的心脏

[美]爱伦·坡

我从前与现在诚然是神经娇嫩——极其可怕的脆薄;但是你为什么要说我是个疯子?这样的神经病磨砺我的感觉——既不是毁了我的感觉——亦不是使我的感觉变作迟钝。在全数官觉里头,我的听官尤为锐利。天上与地下的声音,我全听见。我听见地狱里的许多声音。你怎么能够说我是疯了?你听呀!你看我能够怎样清楚[1]地——怎样镇静地把全篇故事告诉你。

我不能说这个意思初时是怎样会进我的脑海的;但是一经概念这个意思,这个意思就日夜都缠住我。我却并无目的。我又并不怀忿怒。我爱这个老人。他始终并不曾对不起我。他始终不曾侮辱我。我不想他的金钱。我想是他的眼睛,是他的眼睛!他有一只秃鹫的眼——有一只暗蓝眼,其上有一层膜。无论什么时候,他的眼一看我,我的血就变凉了;所以逐渐——很逐渐地——我就打定主意,要这个老人的命,从此永远看不见那只眼。

要点就在此。你却误以为我是疯了。疯子不晓得什么东西。但是从前你该看看我。你该看我进行得多么聪明——多么小心——多么有先见——用什么瞒骗手段!在我快要杀这个老头子之前的一个礼拜,我同他最要好,是向来所未有过的。每天晚上,约在夜半的时候,我转他的门闩,开了门——轻轻地开门!等到我慢慢地开门,足容我的头伸进去的时候,我放进一个黑灯,是四围全遮严的,不容光线出来的,随后我才伸头进去。呀!你假使看见我,你会笑我多么巧妙地伸进头去!我动我的头动得慢——动得很慢很慢,使我不必惊动老头子睡觉。我要费一点钟工夫,才把我的全个头伸入门缝,只伸到我能看见他睡在他的床上为止。哈!——一个疯子会如我这样明智的么?等到我的头很伸入屋里的时候,我就很小心地打开我的灯,很小心很小心地打开(因为钉铰响)——我只打开一点点,只许单独一条薄光线落在那只秃鹫眼上。我照了七个长夜——每晚都是大约在夜半——但是我看见那只眼总是闭的;所以不能动手;使我难受的,并不是这个老人,不过是他的恶眼。每天早上当天破晓的时候,我大胆走入他的卧室,大胆同他说话,用亲热腔调喊他的名,还问候他昨晚可睡得好。假使他疑我每天晚上约在夜半,当他睡着的时候我进来看他,你就可以晓得他当然是一个城府极深的老人。

177

到了第八天晚上，我比向来更小心开门。我的手动得很慢，一个表的指分针比我的手动得更快。在今天晚上之前，我一向未曾觉得我自己的能力——我自己的敏捷的程度。我几乎按不住我的得意。只要想到我在那里，逐渐逐渐地开门，他还梦想不到我的秘密动作，或思想；我想到这里几乎要掩嘴笑；还许他听见我；因为他好像受了惊，忽然在床上动。我说到这里，你也许以为我往后退——我却并不退后。（他因为怕有盗贼，把窗户紧紧地关闭），所以他的屋里是墨漆黑的，所以我晓得他不能看见门开，我不停地慢慢慢慢地推门。

我已经伸进头去，正在要打开我的灯，不料我的大拇指在锡制的钉铰闪了一下，老头子在床上跳起来，喊道："谁在那里？"

我不动不响。足有一整点钟我不曾动我的筋骼，当下我并不曾听见他躺下。他还坐在床上留心细听；——同我一样，一夜复一夜地，细听墙上的无声响的声音。

过了一会我听见微微的呻吟声，我晓得是精神恐怖的呻吟。这不是痛苦的或忧愁的呻吟——呀，不是的！——这是低微的被压下去的声音，当人被惊怖所塞满时，从灵魂的深处发出来的。我很晓得这样的声音。当全个世界都睡着了的时候，有几个晚上，正在夜的半的时候，这样的声音从我自己的心里冒出来，连同其可怕的回响，使其令我迷惑的恐怖变作很深。我说我深晓得这种声音。我虽然晓得这个老头子的感觉，我虽然可怜他，我的心里却在那里偷笑。我晓得他自从听见初次的微响以来，他就在床上躺着不能睡。他从此以后就逐渐怕我。他曾尝试思维这都是无理由的害怕，却做不到。他曾对自己说道："这非别的，不过是墙炉的风声，不过是一只小老鼠在地板上走过，不然，不过是一只蟋蟀，只叫了一声。"是呀，他正在那里尝试用这几样的猜度以自慰：但是他见得全属无用。全属无用；因为当"死"走近他的时候，"死"的黑影偷偷地先走，笼罩住这个牺牲、原是他所不觉得的影子的凄惨潜力使他觉得（虽然他的眼不曾见，他的耳不曾闻）我的头在屋里。

等到我等了许久，很耐烦地等，并不听见他躺下，我就决意打开我的灯，露一条很小很小的缝。我就是这样打开——你不能想象我是怎样偷偷地打开——等到后来，有单简的一线淡光，如同蛛丝一般，从灯缝射出来，落在那只秃鹫眼上。

那只秃鹫眼是睁开的——睁得很大——我看见这只眼，我就变作狂怒。我看见那只眼看得极清楚——是一片暗蓝色，其上有一层可怕难看的膜，使我的骨髓都变冷了；但是我看不见老人的面或老人的身：因为我好像由于本能的，把灯光很准地，照在个那受天谴的地点。

我不是曾经告诉你，说你所误以为疯狂病，不过是感觉尖利么？——我说现在我的两耳听见一种低而哑的快声，好像是一个表裹在棉花里头的声音。我也深晓得这种声音。这是老人心脏跳动[2]的声音。我听了使我更加狂怒如同鼓声激动军人奋勇一般。

但是我还不动手，站着不动。我几乎不呼吸。我抓住灯，不动。我接连尝试怎样能够手不颤动地把灯光照在眼上。当下心脏的可怕的跳动增加，时时刻刻变作更快更响。那个老人的恐怖必定到了极端！我说，心脏跳动的声音越变越响！——你注意我这句话么？我曾告诉你我的神经娇嫩。我其实是这样。这时候正是夜深，我正在沉埋于这所旧房子的可怕的寂静中，这样怪异的声音，激动我变作不能节制的恐怖。但是再有几分钟，我还不动手，还站着不动。但是脉搏变作更响，越变越响！我想那个心脏必定炸裂。到了这个时候，一种新的着急抓住我——我恐怕邻居会听见这样声音！老人的死期到了！我大喊一声，打开我的灯，跳入屋里。他喊了一次——只喊了一次。我立刻拖他到地板上，拉那张重的床压住他。随后我看见这件事体已经做到这个地步,我就很高兴地微笑。但是有好几分钟,那个心脏还在那里带着遮蔽住的声音跳动。这却并不使我不安;因为隔墙是听不见的。后来跳动声音停止了。老人是死了。我挪开那张床,细验尸体。他是的确死了。我把手放在心脏上,放在那里好几分钟。心脏并不跳动了。他是实实在在地死了。他的眼不会再使我见了害怕。[3]

等到我把这许多事体办完之后,是四点钟——还是同夜半那样黑。正打四点钟的时候,有人敲街门。我心里很安然的,走下去开门——因为我现在还有什么可怕的?有三个人走进来,十分客气的,自称为警员。他们说有一个邻居晚上听见一声叫喊;疑心出了犯法的事;告到警察局,他们奉派来搜查这所房子。

我微笑——因为我有什么可怕的?我请他们进来。我说,那一声叫喊,是我自己在梦中叫喊。我说老头子下乡去了,不在家。我领我的客人们到处看过。我请他们搜——请他们好好地搜。后来我领他们到他的卧室。我把他的金银财宝给他们看,都放得安安稳稳,无人动过。我深信他们不会晓得,我就很热心地从他处搬几把椅子进来,请他们就在这个屋子里休息,当下我自己晓得我完全得胜,我就忘其所以，放胆把我自己的椅子放在收藏尸身的地点上。

警员们满意。我的态度，使他们深信。我是异常地放心。他们坐下，当我很高兴地答复时，他们闲谈寻常的事。但是不久我觉得我自己逐渐变作脸无血色，想他们走。我觉得头痛，我幻想我耳鸣：他们还坐在那里，还在那里闲谈。耳鸣变作更清楚：——两耳接连地鸣，变作更清楚：我更自由地谈话，意在驱除这样的感觉；但是两耳不停地鸣，越鸣越清楚——等到后来，我觉得这样的响声不是在我的耳朵里。

我的脸现在变作很灰白，这是无疑的了；——但是我说话说得更流利，说话的声音更高。但是我所听见的响声变作更响——这时候我能作什么？我所听见的是低而哑的很快的响声——很像裹在棉花里头的一个表的声音。[4] 我张开大口呼吸——但三个警官却听不见。我说话说得更快——说得更热烈；但是那种响声不停地增加。我站起来，用很高的声音与很激烈的状态，辩论不相干的事；但是响声还是不停地增加。他们为什么不走？我用很重的脚步走去，好像被这三个人的观察所激恼——但是响声不停地加大。上帝呀！我能做什么？我嘴里喷沫——我发狂——我诅骂！我摇动我所坐的椅子，用椅子摩擦地板，磨得格格有声，还是不相干，响声接连变作更大，盖过全数其他声音。响声越变越大——越变越大！那三个人仍然闲谈得很高兴，还微笑。难道他们听不见那响声么？上帝呀！——不是的，不是的！他们听见——他们疑心——他们晓得！——他们看见我恐怖，在那里嘲笑我！刚才我是这样想，现在我还是这样想。但是无论什么痛苦，都比这样的痛苦好！无论什么都比这样的嘲笑好受！我不能再忍受这样诈伪的微笑！我觉得我必得大喊，不然就得死！现在更有声响——听呀！更响！更响！更响！更响！

我喊道："奴才们！不要再装假啦！我供认这件事！——挖起地板！在这里挖；在这里挖！——这是他的可怕的心脏的跳动响声！"

注释：
1 原文作健康。
2 亦作脉搏。
3 他先把尸首斩作几块就藏在地板下，藏得很巧妙的，毫无痕迹。
4 读者须参见前文。

深坑与钟摆

［美］爱伦·坡

我病了——我受了日久的极端痛苦，病到要死；后来他们松了我的绑，许我坐下，我觉得我的官觉舍我而去啦。我两耳所听见的最后的清楚声音就是判词——可怕的处死的判词。此后我所听见的审判异端的裁判员的声音，好像混成一片，如在梦中的不清不楚的哄哄声音。这种声音使我心里得着革命的臆想——也许是由于这样的声音在我的想象中使我联想到机轮的声音。不过在很短的时间是这样；因为不久我听不见声音了。但是有一会子工夫，我却曾看见；但是我所看见的是多么可怕的一种张大失真的事！我看见穿黑袍子的裁判官们的嘴唇。从我看来，他们的嘴唇是白的——白过我在其上写这几句话的纸——薄到不成样子；同他们的刚决——同他们的不能摇动的果断——同他们的严厉的不顾人身所受的酷刑的极严重的神色相比，就变作那样薄。我看见他们的两唇还在那里喷出我的罪名，自我看来，这样的判词就是要置我于死。我看见他们的嘴唇动，说置人于死的说话。我看见他们的嘴唇在那里开合伸缩要说我的名姓；因为无声音相继，我就发抖。当我在片刻间害怕到糊涂的时候，我还看见软而几乎看不见的蒙墙的黑色壁衣，在那里摇动。后来我看桌上的七支高蜡烛。初时这几根蜡烛戴着慈善的面目，好像是会打救我的白而小的安琪儿；不料我心里忽然觉得一阵可以致死的恶心，我就觉得好像我触着电池的电线，通身无一纤维不发抖，同时那些安琪儿形像，全变作无意义的恶鬼，拿火光作头，我就晓得他们不会救我。于是有思想偷入我的幻想里头，如同一种浓厚的乐音一样，使我想到在坟墓里头必定有可乐的安息。这个思想是慢慢地与偷偷地走入我的幻想中，我像经过许久才能够完全领略；但是等到后来我的精神刚会正式地觉得与存养着这样思想的时候，那几个裁判官的形影好像是演魔术一般，就不见了；高蜡烛沉没了；烛光全灭了；只看见一片黑暗弥漫；无论什么感觉都好像被一阵下坠，如同灵魂堕入地府一般所吞没了。随后就是一片静寂，一片长夜。

我已经晕倒了；我却不说我的知觉是全失了。我既不尝试划清界限，亦不实写，我还有剩下未失的什么知觉；只晓得我的知觉并非全失。我是酣睡么——不是的！我是精神错乱——不是的！我是晕倒么——不是的！我是死了么——不是的！即使是埋在坟里，也不是无论什么都全失了。不然的话，人类就无所谓长生不死。我们从最深沉的酣睡醒来，我们就打破某种梦境的蛛丝网。但是一秒钟之后（这样的网是很脆薄的）我们就忘记了我们做过梦。我们从晕倒复活的时候，原有两个程站：第一站，得回精神上的知觉；第二站，得回体魄的知觉。据我看来，很许是当我们到了第二站的时候，我们假使能够记得第一站的印象，我们就会见得这许多印象，很能使我们记得那边空处的事。那边的空处是什么？至少我们也要晓得我们怎样辨别什么是该空处的影子，什么是坟墓的影子？但若我所谓第一站的诸多印象是不能由我们自主的追忆，然而过了许久之后，这许多印象不是会不求其来而自来，我们却在那里惊奇，是从哪里来的？凡是向来未尝晕过去不省人事的人，是不会在发光的煤中看见奇异的宫殿，与狂乱的见惯的面目；不会看见许多人所不看见的空中的凄惨境致；不会寻绎一朵新花的香味——这种人的脑海遇着从前一向所绝不注意的音乐，后来听了会被其意义所迷惑的。[1]

计到这个时候为止，我还未睁开我的眼。我觉得松了绑，面向上地躺着。我伸手，我的手很重地坠下来，坠在湿而硬的东西上。我随着我的手放在那里几分钟，我一面努力想象，我在什么地方，我是个什么。我久已想用眼观看，我却不敢。我怕初次睁眼所看见左右前后的事物。我并非怕看见可怕的事物,我所恐怖的是无物可观看。后来我心里带着一种狂乱的拼命,我就快快睁开两眼。到了这个时候就证实我所最恐怖的思想。永久长夜的黑暗包围我,我为呼吸而挣扎。极深沉的黑暗好像逼压我,且使我喘不出气。空气是受不了那样的闷。我还是安安静静地躺下,努力运用我的理性。我追忆审判异端的法庭的进行办法,且从这点外抽我的实在情形。判我的罪名是已经判定了;从我看来可像是已经过了许久。我却并无一刻臆度我自己是实在死了。无论我们在小说里头读过这样的事,其实这样的臆度完全与实在的阅历不符;——但是我要晓得我现时在哪里,我所处的是什么情形?我晓得这样的法庭一定了罪,罪人居多就处死,我受审的当天晚上有人受了死刑。难道他们送我回监牢,听候下次的牺牲么?下次要过几个月才执行。我立刻晓得这是不能的。他们立刻要许多牺牲。况且我的监牢,及在妥力度(Toledo)[2]的全数死囚的监牢,都是有石地板的,并不是完全无光的。

一个可怕的臆想现在忽然一阵一阵地逐我的血到我的心脏,在一个短时间,我又晕倒不省人事。我一醒过来,立刻跳起来,浑身发抖。我如疯如狂的向上下左右前后伸我的手。我不觉得有什么东西；我却不敢动一步，恐怕我会被一个坟的墙所阻。我的毛管无一不喷出汗来，额上有许多大而冷的汗珠子。这样我不知后事如何的痛苦，越久越厉害，后来使我忍受不了，我就很小心地向前挪步，两臂伸出，努力使我的两眼从眼眶突出，盼望看见暗淡的光。我向前走好几步；还是空的，还是黑的。我呼吸得较为自由。这就表现我的厄运至少也不是最可怕的。

我现时仍然接连小心向前踏步，我就想起纷至沓来的妥力度的令人惊怖的事体的一千种的空泛谣言。我听人说过监牢里的诸多怪事——我常当这样的故事全是谣言——这些谣言是奇怪的，又太过可怕，我们不可大声说，只可附耳低声地说。他们把我监在地下的黑暗世界，难道是要饿死我么；不然，是什么更厄的命运在那里等我？我深知我的裁判官们的性情，我就很晓得结果必定是处死，还要比寻常的死，死得更痛苦。使我想着，或使我惶恐的，就是怎么样死法，什么时候死。

我所伸出的两手后来碰着硬的东西。碰着的是墙，好像是石墙——很光，很黏，很冷的。我用手扶着墙四面地走；我读过古时的记载，就使我很小心很疑惑地走。这样的办法，却使我无法晓得我的监牢的大小；因为我只管走了一周，走回到我最初出发的地点，我却不能晓得就是这个地点；因为四围的墙好像是完全一律，无所分别的。所以我就要找当我被领入法庭时在我衣袋里头的刀子；原来刀子是没有了，他们脱了我的衣服，换上一件粗哔吱袍子。我原想用力把刀尖戳入石墙的小缝，作一个起点的记号当我心忙意乱的时候，这样的为难虽然好像是不能推倒的，其实不算是很为难的。我于是撕下一部分的衣边，把这条衣边放得直直的，与石墙作一直角。当我瞎摸，绕牢行走的时候，我走完一周，不能不碰着这条碎布。至少我是这样想：不料我不曾计及这所牢的大小，或不曾计及我自己的气力衰弱。地下又湿又滑。我勉强努力向前走了一会子，我就跌倒在地。我过于疲倦，使我倒在地下不起来；不久我就睡着了。

当我睡醒的时候，我伸直一只手，我摸着身边有一个面包有一瓶水。我太乏了，不曾反省这件事，急于吃喝。过了一会子，我重新绕牢走，走得很辛苦，后来居然碰着那条碎布。计到我倒地的时候为止，我曾计过我走了五十二步，当我再走的时候，我计过又走了四十八步；——就走到那条碎布。两共是一百步；我拿两步作一码计，我就猜度这个监牢周围是五十码长。但是我摸着墙上有好几个角，所以我猜不着这个地牢的形状；因为我不能不猜这是个地牢。

我这样的研究并无多少目的——确无什么希望；不过是一种空泛的好奇，使我接连研究。我不循墙走啦，我决计在牢里的地面上横走。初时我是极其小心地前进，因为地面虽然好像是坚硬物料造成的，却是湿而软的，一不小心就要跌倒。后来我壮着胆，毫不迟疑地踏实脚步走；努力尽我的所能，走一条直线。我就是这样走了十步或十二步，我从袍上撕下来的碎布，绊我的两脚。我在上面走，跌倒在地，跌得很厉害，面向地，背朝天。

当我跌倒很慌乱的时候，我并不曾立刻晓得有一件令人惊讶的事，但是过了几秒钟之后，当我还是躺在地下的时候，却令我注意。令我注意的事如下——我的下颌靠着监牢的地板，但是我的两唇和我的头的上部，虽然好像比我的下颌低，却并不靠着什么东西。同时我的额好像泡在湿冷的水汽里，我的鼻子嗅着腐败的菌类的特别气味。我伸出我的手，才晓得我跌在一个圆坑的边上，我就发抖，当时我自然无法晓得这个圆坑有多少大。我在坑边下瞎摸石作，居然拆下一小碎块，摔在坑里。我有好几秒钟细听碎石下坠的碰着坑边所发生的回响；后来听见碎石入水的阴沉声音，继以很大声的回响。同时我听见一种声音好像是头上开门及关门都是很快的声音，同时有一片暗淡的光忽然在这黑暗地方闪了一闪,又忽然灭了。

我才明白他们预备害我的办法,我方且庆幸我及时跌倒,使我免了一死。我若向前再走一步,我就坠入深坑,世界就不复见我这个人了。我读过许多审判异端的法庭的处死故事,我从前以为是造谣言,以为是不足信,不料是真的,我所幸免的一死,就是其一。受酷刑的牺牲们,可以选择怎样送命的方法,或择身体受最痛苦的死,或择精神受最可怕的恐怖的死。留给我受的,就是第二种的死。我受苦日久,我的脑筋变薄弱了[3],等到后来我听见我自己的声音就会发抖,无论从什么方面看来我已经变作适合于受留以有待的那种酷刑。

我一面手脚发抖,慢慢地瞎摸走回石墙;我决计在墙边等死,也不冒坠入深坑的可怕的危险,我的想象想到牢里有好几个深坑,分布各处。假使此时我的心境不是这样,我就许有胆子跳入一个深坑,立刻使我的愁惨告终;但是现在我是一个真懦夫。况且我不能忘记我所读过的关于这样深坑的故事——书上说过,他们置人于死的方法是极可怕的,他们要人慢慢死,不要人忽然就死了。

我的精神受了惊扰,我有许久都不能睡;后来我又睡着了。当我睡醒的时候,我又在我身边摸着一个面包一瓶水,同前次一样。我的渴火如焚，我一气把水喝完了。这瓶水里头必定放了药；因为我才饮完，就变作不能抵抗的困倦。我就酣睡——睡到同死一般。我自然不晓得我睡了多久；但是当我又醒的时候，我能看见四围的物件。一片纷乱的硫磺光使我能够看见这个牢有多么大，是什么形状，我初时却不能决定这样的光是从哪里来的。

我很猜错了牢的大小。石墙的全周不过二十五码。这件事实，在几分钟内，使我发生很多的无谓的烦难；实在是无谓！因为我既被许多可怕的环境所困，我的监牢的大小，能够有什么关系？但是我的灵魂非常的注意于不相干的事，我就忙于努力要解说我的测量为什么错了。我后来忽然明白了。当我第一次测勘的时候，我计到我跌倒的时候为止，是走了五十二步；我必定是离那条碎布不过是一两步；其实我已经几乎走了地牢的一周。随后我睡着了，当我醒后，必定曾回头走——所以会臆度周围比实数加倍。我心乱，使我不曾留意我起首周行的时候墙在我的左边，走完的时候，墙在我右。

牢的形象，我又猜错了。当我摸着走的时候，我碰着好几个角，所以使我推得牢形是不整齐的；倦极或酣睡之后醒来，只看见一片完全的黑暗，这样的效果是很有力的呀！那许多角其实不过是在相离或远或近的几个稍微凹入的地方，或壁龛。地牢的大概形象是四方的。我初时以为是石墙，现在看来好像是铁壁，不然就是其他金属类制的，是大块金属类的板造成的，凹入的地方就是合缝或斗榫的地方。这个铁筒的全面画满许多可怕的及令人不敢看的形状，这是和尚们遵信骷髅或枯骨所想出来的。墙上画的是恶鬼作吓人的状态，有许多骷髅，还有其他更为实在可怕的形状。我看见这些奇形怪状的轮廓是清楚的，颜色不是变暗淡，就是剥落了，这好像是潮湿的结果。现在我才看出地板是石的。中间就是圆的深坑，在那里张开大口，我幸免被其所吞噬；但是牢里只有这一个深坑。

我很费事才看见这许多东西，却看得不清楚；因为当我睡熟的时候，我的身体大改变了。我现在直直地仰面躺下，躺在一种低的木架上。他们用一条像马肚带的长皮条把我很结实地绑在架上。这条皮带在我身上及四肢绕了几周，只剩我的头不绑，只剩我的左手不绑，使我能够用力伸手自取食物，这是装在一个陶制碟子上，放在我身边的地板上。我一看那瓶水拿走了，我很恐怖。我说我恐怖，因为我被受不了的渴火所焚烧。好像是使我受酷刑的人们有意使我发渴的，因为碟子里的食物是咸辣的肉。

我抬头看，测量我的监牢的天花板。牢顶有三四十尺高，很与边墙的造法相同。在一块护板上画了一个极其奇怪的人形，使我全副精神注意在这个东西上。所画的是平常代表时间的神，并不手执镰刀，却执另外一种东西，我随便一看，猜是一个大钟摆的画像，有如旧钟上的钟摆。但是这架机器有点特别，使我更注意细看。当我直接向上看的时候（因为这件东西刚好在我的头上），我幻想这个东西在那里动。一会子之后，我幻想证实了。这件东西所摆过的地方是短的，自然是摆得慢的。我细看几分钟，多少有点害怕，却带着更多的诧异。后来我看这样的无趣味的摆动看到疲倦了，我掉过我的两眼看牢里的其他物件。

一阵轻微的响声使我注意，我向地板一看，看见几只非常大的老鼠在地下走过。他们是从在我的右手我刚好看见的深坑跑出来的。当我一面看的时候，他们成群地匆匆走上来，被肉味所引，无不带着很饥饿的眼。我要费许多力，还要处处留意，才把他们惊走了。

大约过了半点钟，也许是过了一点钟（因为我只能约略计算时间），我才举目又往上看。我这时候所看见的情形，使我慌乱及迷惑。原来那钟摆的摆度已经增加到几乎一码了。自然的结果就是速率大增。但是最惊骇我的，还是钟摆显然是向下坠。我现在看见钟摆的下端是一片如新月形的闪光的钢刀（我不必说我看见了很害怕），从新月的这一角到那一角约有一尺长；在上的两角及下边，都显然是很锋利的，如同剃刀一样。其大与重，也像剃刀，从边上起往上斜，越斜越大，到了上边变成一件结实而宽广的东西。这是挂在一条重铜棍上的，全件东西在空中摇摆时还嘶嘶有声。

我现在深信和尚们很聪明地制造酷刑，使我受苦。法庭人员晓得我知道那个深坑——使人惊怖的深坑，原是为如同我这样大胆的一个不服彼教的人而设的——谣传以为这个代表地狱的深坑，是他们全数酷刑的极点。我不过是偶然幸免坠入深坑的，我晓得出其不意地走入，或被陷走入受痛苦的地方，原是稀奇古怪地死在牢里的一重要部分。我既不曾坠入深坑，他们的毒计不复要推我入坑；所以才用另外一种与较为和平的酷刑等候我（因为别无他法）。我说较为和平呀！当我想到用这样的一个字眼时，我的心里正在痛苦的时候，我还不免半笑。

我用不着说我所受非人所能受的很长久的惊怖，那时候我在那里数那把钢刀的摇摆次数！这把钢刀逐寸地，逐线地向下坠，隔了一会子工夫才觉得钢刀下来，这一会子工夫好像就是多少年代——钢刀往下坠，仍然往下坠。过了许多天——很许是过了好几天——这个东西离我很近,在我头上摇摆,一阵一阵的触鼻苦味扇我的脸,利钢的气味吹入我的鼻子。[4] 我祈祷——我以祈祷麻烦上天,求上天使这把利刀快快坠下来。我变作疯狂,用力强逼我自己向上冲,与那把可怕的弯形利刃相碰。随后我忽然倒下来,变作镇静,躺在地下对着那把闪光杀人的利刃微笑,如同一个小孩子看着难得的耍货一般。

还有一会子我变作完全不省人事;这一会子是短的;因为当我苏醒的时候,那个钟摆并未曾下坠多少。但是也许这一会子是很长的;因为我晓得有几个恶鬼看见我晕倒,他们能够任意停止钟摆。当我醒过来的时候,我还觉得很——觉得说不出来的那样病痛与衰弱,好像是经过许久不食的。在这样的时期里头,虽然饱受痛苦,人性还是嗜食的。我很痛苦地用力伸出我的左手,伸到我的束缚所能容的程度,取老鼠所食剩的一点东西吃。当我放一部分的食物在我的两唇之内的时候,我的心里忽然来了一种只有一半成就的欢乐思想——有希望的思想。但是我与希望还有什么相干?我说是只有一半成就的思想——世人有许多这样始终未完成的思想。我觉得是欢乐的思想——是有希望的思想;但是我又觉得当这样的思想正在成就的时候,已经毁灭了。我努力要完成，要追回这样的思想，也是枉然。受苦日久，几乎已经毁灭全数我的平常思想力。我变作一个灵性薄弱的人——变作一个痴人。

钟摆的摆动与我的身长作直角形。我看见那把利刀要横割我的心部[5]，这把钢刀要摩擦我的哔叽袍子——摩擦过了又回头再摩——摩了又摩。这把钢刀的摆度虽然是很可怕的宽（有三十多尺），下坠的势力，虽然嘶嘶有声，足以把铁壁切开，但是在几分钟里头，钢刀所能做到的，不过是磨损我的袍子。我想到这里就止住了。我不敢再往下想。我毫不放松地用心想这一层——好像我这样想就能够在这里阻止钢刀下坠。我强逼我自己冥想，当钢刀在袍子上摇摆的时候的刀子的声音——冥想摩擦哔叽时使脑筋发生的特别的透骨的感觉。我冥想全数这些无关重要的事，想到我的牙齿发抖。

钢刀不停地往下爬。我以下坠的速率比较旁行的速率，我是欢乐如狂地作这样的比较。我是个受了天谴的人，嘴里只管喊摆向左啦！——摆向右啦，——离得很远啦；一只老虎偷偷地走到我的心部啦！我轮流地大笑与大喊，乐的意思多就大笑，怕的意思多就大喊。

钢刀向下坠——确是毫不留情地往下坠！现在摇摆不过离我的胸口三寸！我用狂力挣扎，使我的左手可以自由。我的左臂只是从肘至手是自由的。我虽很用力亦只能取我身边的盘子送到我的口,再远就不能了。假使我能够解开自肘以上的束缚,我就可以捉住那个钟摆,尝试阻止其摇摆。我倒不如尝试阻止一座冰山!

钢刀下坠——仍然不停地下坠——仍然是不能免地下坠!每摆一次,我就张口,我就挣扎。每摆一次,我是浑身发抖地缩作一团。我的两眼跟着钢刀的向外或向上的摆动,带着最无意识的绝望着急,看他摆;钢刀下来我就发抖地闭上两眼,嗨,这是说不出来的痛苦,还不如死了,反得了解放!我却仍然抖动每条脑筋,在那里想,这部机器只要稍微往下坠,就会催促那把锋利闪光的斧子,坠在我的胸口。原是希望使脑筋发抖——使骨骼缩做一团。原是希望打胜酷刑——原是希望附耳对在审判异端法庭的监牢里的死囚说话。

我见得再摆十次或十二次,就要把钢刀坠到我的袍上,忽然有绝望的全数锋利的与淡定的镇静,与我这样的观察同来。在好几点钟里头——或许在好几天里头——到了这个时候,我是第一次运用思想。现在我才晓得束缚我的带子或马肚带,只有单独一条。那把如剃刀那样的新月形钢刀,只要第一刀横过绑我的带子的任何部分,就会割断了,我用左手就可以解缚。但是钢刀与我的身体很相近这是多么可恐怖呀！我只要稍微挣扎，就是送死，又是多么可怕呀！现且施酷刑的走狗们，难道不预料到这一层，预作准备吗！在我胸口绕过的带子，必定是那把摆刀所经过的地方么？我恐怕我的薄弱的希望，又好像是最后的希望，不能达到目的，我就抬起头来，看清楚我的胸部的地位。那条马肚带，捆我的四肢及身体，都是捆得很紧的——只有杀人刀所过的地方是松的。[6]

在我所躺的低架子的左右前后，在好几点钟里头，堆满了老鼠。这许多老鼠是很野的，大胆的，又是贪食无餍的；他们的红眼冒着火看我，好像只要等到我不动，就要来吃我。我想道："他们在深坑里，习惯吃什么东西？"

我用尽我的气力要阻止他们，也阻止不了他们吃了盘里的东西，只剩一小部分未吃。我在盘子的左右，摆手驱逐他们，成了习惯；后来这样不由自主地一律摆手，失了效力。老鼠们贪食，往往用他们的利齿咬我的手指。我把剩下的有油而香的食物的小碎块，磨透我的手所能到的束缚；随即从地板举我的手，我仍然屏息躺在那里不动。那些老鼠们初时看见这样的改变——看见我不动了，就惊怕。他们很惊恐地缩回去；有许多走回深坑里。但是这不过是俄顷的事。我计算到他们贪食,并未算错。他们看见我不动,有一两只最大胆的老鼠跳上架子,嗅那条马肚带。这就好像是一个暗号,叫他们都冲上来。于是有许多老鼠重新结队跑出来。他们围住木架不走——他们在木架上走,有几百只在我身上跳。钟摆的有序的摆动,殊不惊扰他们。他们躲避钢刀,都聚在敷了油的带子上。他们成队地挤着我——他们聚在我身上,越聚越多。他们在我的喉咙外扭;他们的冷唇要亲我的唇;他们挤在一堆压我,使我只能喘一半的气;我所觉得的憎恶,世界上还没得名字称谓,使我的胸腔涨满,而且带着一种稠的黏湿感觉,冰冷我的心。但是再过一分钟,我就觉得挣扎要完了。我清清楚楚地觉得我的束缚是松了。我晓得被老鼠咬断的地方不止一处。我用一种超出人力的刚决,仍然躺下。

我的计算并不曾错——我忍受许多痛苦,亦不为无功。后来我觉得我是自由了。绑我的带子一段一段地挂在我身上。但是钟摆已经坠到我的胸口上,已经割断袍子的哔吱。已经割穿袍子底下的内衣,钟摆又摆过两次了,有一阵很尖利的疼痛感觉,透过每条脑筋。[7] 但是免死的时候到了。我一摆手,救我性命的老鼠们吵吵闹闹地快快跑了。我镇静小心,慢慢地在一边动,缩着身子,我就溜出带子的束缚之外,钢刀够不着我。至少在这一刹那间,我是自由的。

自由呀!——我还在审判异端的法庭的掌握中!我刚从我的可怕的木架子床下来,在监牢的石地板上踏脚,那时候这件地狱的刑具不动了,我就看见有无形的力,穿过天花板,拉了上去。我心里拼命地记着这件示教的事。我的一举一动原来都有人窥看。自由吗!——我不过逃出这一种的痛苦死法,又走入其他比死还要痛苦的酷刑。我带着这样的思想很害怕地滚我的两眼,四围看看包围我的铁壁。监牢里头显然是有非常的改变发生——初时我不能领略得清楚。我在好几分钟的如同梦境的与发抖的冥想里头,我忙于作无连贯的猜度,却猜度不着什么。我在这个时间,初次晓得照看监牢的如同硫磺的光,是从哪里来的。原来是从一条窄缝进来的,这条窄缝约有一寸宽,在墙脚下绕牢一周,所以好像也是,其实是,与地板完全分离的。我努力要从这条缝往外看,自然是看不见。

我尝试无效,就站起来,我立刻明白牢里忽然改变的神秘。我已经说过,墙上的人物的轮廓,虽然是颇清楚的,颜色却是剥落的,不清楚。现在这些颜色忽然变作惊人的及最浓的光,俄顷又不见了,使墙上所画的鬼怪得了一种面目,即使是脑筋比我更结实的人看了也要发抖。从前看不见有什么东西的地方,现在有凶悍如鬼的活现的恶魔眼,从一千个方向,瞪着我,还闪出令人恐怖的火光,我不能强逼我的想象当是不真实的。[8]

不真实呀!——当我呼吸的时候,我的鼻子嗅着烧红铁片的气味!一片令人喘不出气的恶味灌满牢里!一阵更深的闪光,时时刻刻聚在瞪看我受苦的魔鬼眼。一片更浓厚的红光,弥漫于所画的可怕的血。我喘气!我张口呼吸!哎唷!——这无疑是惊扰我的人们的计划!哎唷,他们是最残忍的人,是最凶恶如魔鬼的人。我躲闪烧红的铁壁,走到牢的中心。当我想着我快要被火烧死的时候,我却想到深井是凉的,我一想到这一层,就如同得了甘露[9]一般。我就跑到会淹死人的坑边。我用尽我的目力往下看。从烧红的牢顶所发的光,照见坑里的最深的地方。但是当我很慌乱的俄顷间,我的知性不肯使我明白我所看见的情景。后来我的知性——我的知性闯入我的灵魂里头——在我的发抖的悟性里头,焚烧其自身。哎唷!我要说话也说不出来——!哎唷!可怕呀!——哎唷,我宁愿受别的恐怖,也不愿受这样的恐怖!我大喊一声,从井边跑开,两手握着我的脸——痛哭。[10]

热气增加得很快,我又向上看,如同发疟那样发抖。牢里第二次改变啦——这次的改变,显然是形象改变。我是同上次一样，初次努力要领略或晓得是发现什么。我的疑惑却并不久。我既躲过两层危险，审判异端的法庭急于要报复，恐怖王不再在那里游疑啦。这所监牢原是四方的。我看见两个铁角现在变作锐角——那两角自然就变作钝角。这样可怕的差别增加得很快，改变的时候，还带着一种低微的隆隆声，或呻吟声。这个监牢忽然变作斜方形，但是改变并不停止——我既不希望停止，亦不愿其停止。我原可以披烧红的铁壁在身上，当是从此永恒平安的衣服。我说道："死呀，无论怎样死都可以，我却不愿死在深坑里！"傻子呀！我为什么不会晓得，他们烧红铁壁，原为的是要逼我跳入深坑？我能够抵抗烧红的铁壁么？假使我能够，我还能够受得了铁壁的压力么？现在这个斜方形越变越窄，变得极快，使我没得时间考虑。斜方形的中心点，及其最长的地方，刚好在张开大口的深坑上。我缩回去——但是向里挤的铁壁逼我上前，我抵抗不了。后来在监牢的坚硬地板上，无一寸立足地，能容我的烧焦的及扭动的身体，[11]我不再挣扎了，但是我的灵魂的痛苦，由一片响而长的叫喊，及最后的绝望的叫喊，发泄出来。我觉得我踉踉跄跄地走到坑边——我掉过我的两眼，不敢看……

我听见一阵嘈杂轰轰的人声！还听见一阵很响的许多喇

叭声!听见一阵如同一千雷响的难听的声音!烧红的铁壁向后退!当我正在晕倒,就要跌入深坑的时候,有一只伸长的手,捉住我的手。原来是拉沙尔(Lasalle)将军的手。法兰西军队入了妥力度城,审判异端的法庭落在其仇敌们手上了。

注释:

1 作者善写他的幻见。
2 今译托莱多,西班牙古城。——编者注
3 原文作放松。
4 说得可怕,作者以此擅长。
5 说得更可怕。
6 他于是尝试执行。
7 又是越说越可怕。
8 简直是一幅地狱变相图。
9 原文作树木所流出的芬香而能治病的树胶。
10 加倍写深坑的可怕。
11 到了山穷水尽地方啦。

失窃的信

[美] 爱伦·坡

我在巴黎,有一天晚上坐在我的朋友杜平(Dupin)的小书房里,我正在冥想刚才所谈的两件命案,房门打开,我们的老朋友巴黎警察长吉(G—)先生走进来。[1]

我们热烈欢迎他;我们不看见他有好几年了,这个人原是可鄙的,却是颇有趣的。我们本来坐在黑暗里,杜平现在起来要点灯,却又坐下,并未曾点,因为吉先生说他特为来有事同我们商量,其实是来请教我的朋友,因为有一件公事,使他很为难。

杜平就不点灯,说道:"倘若这件事是要反省的,我们不如在黑暗里考察。"

警察长说道:"这又是你的一种怪见解。"这个人凡是他所不能明白的都叫作"怪",所以他在绝对全是"怪"事里头生活。

杜平给客人一支烟筒,滚一把舒服椅子过去,请他坐,说道:"很是的。"

我问道:"现在是什么为难呀?我希望不是又出了暗杀

案子。"

"不是的；不是那一路的案子。其实这件事是极单简的，我相信我们自己也能够办得很妥的；不过我想杜平会喜欢听听这件事体的详情，因为这个案子是太奇怪啦。"

杜平说道："既单简，又奇怪。"

"是呀；却并不是准确的奇怪。因为这件事是很单简的，却使我们不能破案，我们很疑惑。"

我的朋友说道："也许是事体是十分单简，所以使你们走岔了路。"

警察长尽情大笑，说道："你说的是什么胡话！"

杜平说道："也许这件案子的神秘有点太过浅白。"

"嗨！谁曾听过这样的一种见解？"

"也许是有点太过显然不证自明。"

我们的客人乐到了不得，"哈，哈，哈，呵，呵，呵"地大笑——且说道："杜平，你还要使我笑到要死！"

我问道："眼前所说的，究竟是怎么一回事？"

警察长用很长一口气，不慌不忙地，一面还冥想着，吸了一口烟，在他的椅子上坐定，答道："待我来告诉你们。我只用几句话就告诉你们；但是我先要警告你们，这事件要严守秘密，假使有人晓得我把秘密告诉你们，很许我会失丢我现在的差使。"

我说道:"请你说。"

杜平说道:"或不说。"

"好,我告诉你们;有一个地位很高的人亲自告诉我,有一件最要紧的公文,在帝王的宫殿被人偷了。晓得是谁偷的;这是确实无可疑的;是看见他偷的,并且还晓得这件公文还在他那里。"

杜平问道:"这是怎么会晓得的?"

警察长答道:"我们从这件公文的性质晓得的,这件公文若不在贼人那里,立刻就会发生种种效果——这就是说,他到底必定有个用意,利用这件公文,他若一用,就会有种种效果,现在却并未发生那种效果,我们就晓得公文还在他那里。"

我说道:"请你说明白些。"

"好呀,我姑且放胆说,这件公文,使那个得到手的人,在某处得着某种势力,在某处就变作极其可宝贵的。"这个警察长喜欢用办外交的套话。

杜平说道:"我还是不甚明白。"

"还是不明白么?也罢;若对第三人揭露这件公文(我姑不举其名),就会使一个在最高地位的人的体面发生疑问;

这就使得着这件公文的人,有权操纵这个贵人,他的体面及安宁,因此就有了危险。"

我打岔说道:"但是这样的操纵权,要靠窃贼晓得失主晓得是窃贼偷的。谁敢……"

吉先生说道:"窃贼就是狄(D—)大臣,他无论什么事都是敢作敢为的——好的坏的都敢做。他偷公文的法子,不独是很巧妙的,还是很大胆的。我说的这件公文,我不妨坦白告诉你,其实是一封信——失主是在宫内的深闺里,独自一人收得这封信。她正在读这封信的时候,另一个高贵的人忽然走进来打岔,她却尤其要隐瞒,不愿这个人晓得。她匆匆地要把这封信摔在一个抽屉里,可惜来不及,只好把这封已经拆开的信,放在桌上。好在收信人的姓名住址在上面,信里的话并未露出,无人看见。正在这个当口,狄大臣进来。他的尖利眼,立刻看见那封信,认得姓名住址的笔迹,看见收信人的慌乱,窥见她的秘密。他照常匆匆地办了几件公事之后,就拿出一封信来,同桌上的信相仿佛,他打开,装作读信,随即把这封信放在桌上的信旁。他随即又谈国事,谈了有十五分钟。后来他告辞,却从桌上把那封不是给他的信拿走了。那个正经的收信人当着那第三个人站在她身边,自然不敢说那个大臣拿错了。大臣走了出去;留下他自己的信在桌上,却是一封无关紧要的信。"[2]

杜平对我说道:"你所问怎么就使大臣的操纵权完全,都在这几句话里头了——偷信人晓得失信人晓得是偷信人偷的。"

警察长答道:"是呀,偷信人得了这样的势力,前几个月就利用这种势力,以达他的政治目的,利用到会发生危险的程度。失了这封信的人,无日不深信必定要找回她的信。但是不能彰明较着做这件事。她被逼到绝望,到底只好把这件事交给我办。"

杜平在一片如旋风一般的浓烟中,说道:"我看,她所能托付的,或她所能想象的,只有你一个人,没得更比你聪敏的了。"

警察长答道:"你恭维我;但是她很许存过这样的意思。"

我说道:"我显然见得诚如你所说,这封信还在大臣手上;既是因为拿住这封信,却不用这封信,所以使他有了势力。一用这封信,势力就完了。"

吉先生说道:"诚然是这样;我是根据这样的深信进行的。我的第一件事,就是透彻地搜大臣的住宅;我的最为难的事,就是只管搜他的住宅,却不给他晓得。最要紧的就是我得了警告,若是给他理由疑心我的计划,就会发生危险。"

我说道:"但是你办这样侦察的事,是很在行的。巴黎的警察,从前办过好几次了。"

"是呀;因此我并未绝望。况且大臣的习惯,给我以很大的利益。他居多是整夜不在家。他所用的仆人并不多。他们睡觉的地方,离他们主人的房子很远,况且居多都是那不勒斯人,是很容易被人醉倒的。你是晓得的,无论巴黎什么房舍或什么密室橱柜,我都有锁匙能够开。有三个月来,几乎无一天晚上,我不亲身遍搜狄大臣住宅的。这件事体,与我的面子有关系,我不妨告诉你一件大秘密,酬劳是非常重的。所以我要等到我完全满意晓得偷信人比我还要麻利,我才肯罢手,不然,我是不肯罢手不搜的。我想我已经搜过大臣住宅的无论哪一个角落了,凡是可以隐藏这封信的地方,我都搜到了。"

我提议道:"很许大臣虽然拿着这封信,他却藏在别处,不藏在他自己宅子里,是不是?"

杜平说道:"这是不甚能够的。以宫廷现在的特别情形而论,尤其是我们所晓得狄大臣所在的阴谋秘计的旋涡中,一遇必要的时候,就得立刻把信拿出来,所以拿到这封信虽然是很要紧的,立刻能够交出来,也是几乎一样要紧的。"

我说道:"你说要能够交出来么?"

杜平说道:"这就是说要能够毁灭了这封信。"

我说道:"既是这样,这封信显然是在他家里。至于在他身上这一层,我们可以说是不会有的事。"

警察长说道:"确是这样。曾经有过两次,有过装作剪径的人,在路上行劫他,还是我自己亲身很严密地,搜过他的身。"

杜平说道:"你其实可以不必费这样的事。我猜狄大臣不完全是个傻子,既不是傻子,必定自然预料会有人剪径的。"

吉警长说道:"他虽然不完全是一个傻子,他却是一个诗人,我看诗人与傻子相差不过一间。"[3]

杜平很想了一会,喷出一阵烟,说道:"我虽然也犯过作打油诗的罪过,我却赞成你这句话。"

我说道:"你何妨详细说一遍你是怎样搜信的。"

"我们用许多工夫无处不搜到。对于这种事体我有过长久的阅历。我是整所地搜,逐一所屋子搜;每间屋子,天天晚上搜,搜一星期。我们先搜每间屋子的家具。我们凡是抽屉都打开;我预料你晓得,凡是一个受过正式教练的警员,不晓得什么叫做秘密抽屉。凡是这样搜查的时候,若让一个秘密抽屉幸免搜查,这个人就是一个蠢人。事体是很浅白的。在每个密室及橱柜,随处都要搜到。我们有很准确的方法。细微到一条线的五十分之一,也不能幸免我们的搜查。搜过橱柜,就搜椅子。我们用长针探椅垫,你曾见我用过。我们连桌面都拆卸下来。"

"这是为什么?"

"要隐藏东西的人,有时把桌面卸下来,或把同样布置的家具拆卸;随后卸下椅脚,把东西藏在空处,随后把桌面安上。床柱的顶与脚也拿来藏东西用。"

我问道:"难道不能敲空处,听声辨出来么?"

"倘若放好东西之后,四围用棉花垫满空处,是听不出来的。况且我们这次进行搜寻,是不可以有声响的。"

"据你所说,既有种种方法可以隐藏东西,你就不能把所有的家具都全数拆卸下来搜。譬如说,一封信可以挤成一条薄的螺旋卷子,其大小及形式,与一条大的织针无异,就可以插入支椅腿的横棍里头。你曾把全数椅子都拆卸么?"

"诚然不曾全拆;但是我们有更妙的方法——我们用一架最有力的显微镜看宅里的每把椅子的横条,每件家具的榫头。假使有任何新近才拆卸过的痕迹,我们会立刻看出来。譬如一粒或锥或钻的木屑,会显出来同一个苹果那么大。若是胶黏处有什么扰动——榫头有什么非常的分离——都足以使我们看破。"

"我猜你查看过镜子,查看过镜片及衬板,你又用针探过床及被褥,与帷帐及地毯。"

"这是自然呀;我们既这样绝对完全查看过家具的各部分,就查看宅子本身。我们把全个面积分开若干部分,每部分都有号数,以免遗漏;随后我们逐一方查看,全查遍了,相连的两所房子也查过了,都是如从前一样,用显微镜查验的。"

我喊道:"你把毗连的两所房子都查看到了,你必定费了大事了。"

"我们很费事;但是酬劳却是非常的重。"

"你连房子的院地都查看过么?"

"院地全是砖铺的。这倒不使我们多费事。我们查看砖缝的绿苔,看得并不曾受过扰动。"

"你自然看到狄大臣的文件,和他藏书室里的书籍?"

"一定呀;我们把无论什么包封包裹,都打开看过;我们不独每本书都打开看,每页都翻开看过,我们与有些警官们不同,他们只打开抖抖,就满意了。我们还量过每本书皮有多么厚,量得极准确的,还要很细心地用显微镜看过。假使有一本书的装订是新近扰动过的,我们是绝不会不看出来的。有五六本书是新近才装订的,我们都用针在直处小心探过。"

"你曾查看地毯下的地板么?"

"这是自然呀。我们把每块地毯都挪开,用显微镜看木板。"

"你查看过墙上所糊的纸么?"

"查看过。"

"你们查看过地窖么?"

"我们查看过。"

我说道:"既是这样,你是算错了,那封信并非如同你所料,不在他的宅子里。"

警长说道:"我恐怕你说着了。杜平,你有什么条陈给我?"

"你重新透透彻彻地再查。"

吉警长答道:"这是绝对用不着的。我晓得我现在活在世上,还不如我晓得那封信并不在宅子里那样切实。"

杜平说道:"我无更好的条陈给你。你自然很准确地晓得那封信的形状,是不是?"

警长说道:"我晓得。"——他于是掏出一本记事册来,就大声读那件被窃公文的里面详细形状,尤其是外面的形式。他读完不久之后,就走了,他整个地变作很垂头丧气,是我从前所未见过的。[4]

过了约一个月后,他又来探望我们,看见我们很像前次一样在那里吸烟闲谈。他拿烟筒吸烟,坐下来,谈些平常的话。后来我说道:"好呀!吉警长,那封被偷的信怎么样了?我预料你到底打定主意,你的手段斗不过这位大臣,是不是?"

"是呀,我说了一句诅骂他的话;我却照着杜平的条陈,再搜一遍[5]——白费了许多事,我晓得是白费事的。"[6]

杜平问道:"你说酬劳是多少钱呀?"

"很多的钱——是很重的赏——我不必愿说准确数目是多少;我却要说一句话,无论什么人,能够找着那封信,我肯自己给他一张五万法郎的支票。事体是越久变作越要紧了;新近才倍加酬劳。假使出到三倍的重赏,我已经尽我的能力办,不能再多出力了。"

杜平吸烟,一吸一喷,一面拖长声音间断断地说道:"吉警长,是呀,我其实——以为——你不曾努力——不曾用尽你的心力。我想——你还可以——稍微再用一点心,是不是?"

"怎么?——怎样用法?"

"你还问什么——扑[7],——扑——对于这件事,你原可以——扑,扑——请教人出主意,是不是?扑,扑,扑。你记得阿卑尼提(Abernethy)的故事么?"

"我不晓得;不如把阿卑尼提吊死吧!"

"可不是!吊死他,我是欢迎的。但是有一次有一个有钱而舍不得花钱的某君想了一个好主意,要一毛不拔,骗这个阿卑尼白给他一个医方。他因为要达这样的目的,于是在一个私人聚会里头,特造一种平常的会谈,把他自己的病情,告诉这个医生,假作有一个人犯了这种病。"

"这个舍不得花钱的人说道:'譬如说,这么一个人的病状是这般这般;医师,你吩咐他吃些什么?'"

"阿卑尼提说道:'吃什么!当然是领教的好。'"[8]

警长有点不安,说道:"我是很愿意领教,并且愿意花钱领教。只要有人肯帮我忙,我实在是愿意给这个人五万佛郎。"

杜平打开一个抽屉,拿出一本支票本子,答道:"既是这样,你不如照着你所说的数目,填一张支票给我。你一签了字,我就把那封信给你。"[9]

我惊奇到了不得。警长好像是绝对的受了雷击一般。他有几分钟说不出话,也动不得,张着大嘴,瞪着两眼,两眼好像快要跳出眶子来，看着我的朋友，表示他不肯相信；随后他好像多少恢复原状，一手执笔，停了几次，眼望空处几次，后来填了一张五万佛郎的支票，签了字，递过来给杜平。杜平细心看过支票，放在他的袖珍册子里；随后用锁匙开了一个写字桌的抽屉，取出一封信来，交与警长。警长欢喜到了不得，抓住这封信，手抖抖地打开，两眼很快地看看信上的话，夺路向房门走，随即不告而去，冲出房子，冲出大门，自从杜平请他填支票以至他出大门，并不曾发一言。

我的朋友等他走过之后，就解说他的办法给我听。

他说道："巴黎的警察，自有他们的能办事的才干。他们坚忍、聪明、诡诈，很透彻地晓得他们职务的需要。所以当吉警长把他们在狄大臣宅子搜查的情状告诉我们的时候——我就完全相信他曾做到一种令人满意的搜查——这是指他的努力所及的程度而言。"

我说道："他的努力所及的程度么？"

杜平说道："是的。他所用的办法，不独是这样办法中的最好的，他们并且办得绝对地完备。假使那封信是放在他们的搜查所及的地方，他们必定搜得出来，这是无可疑的。"

我听了不过大笑——他说这番话，却好像是很认真的。

他接连说道："在这种办法里头，他们的办法是好的，并且执行得好;这样办法的不完备,在乎不适用于这件案子,又不适用于偷信的大臣。警长的极聪明的方法,不过是一种希腊强盗的床[10],他强逼他的计划,以凑合这个案子。但是他有时把事体看得太深,有时反看得太浅,所以常常错误;他不善推理,有许多小学生推理,比他推得好。我知道有一个孩子不过八岁,他猜双单猜得很准,人人都称赞他。这样玩意是单简的,是用石子猜的。这一个人手执若干枚石子,要那一个人猜是双或是单。猜中的赢一子,猜错的输一子。我所说的那个小孩,把学校里的石子全赢过来。他自然有他的猜法;他的猜法不过是观察与量度对方的诡谲。譬如说,对方简直是一个老实头,举高他的紧握的手,问道:'是双或是单?'我们的小学生答道:'单。'输了;但是第二次猜,他却赢了,因为他对自己说道:'这个老实头第一次抓的是双,他的诡谲程度,只足以使他第二次抓单的;所以我猜单。'——他果然猜单,赢了。他若遇着一个老实头比第一个稍高些,这个小学生就盘算道:'这个人见我第一次猜单,第二次他受了初次的冲动,就会想到一种单简的变化,从双变到单,如同第一个老实头一样;但是他再一想,就会使他想到这样的变化未免太单简,最后他就决计同前次一样抓双数。所以我猜双。'——他猜双,果然赢了。这个小学生的这样推理,他的同学们称为'幸中'——到了最后的解剖,究竟是什么?"

我说道:"这不过是使推理人的用心同对方的一样。"

杜平说道:"是的;我问那个小孩子,他用什么方法才能够透彻地晓得对方的心理,他原是靠这样赢对方的,我所得的答话如下:'我要晓得一个人是多么聪明,或多么愚蠢,或多么好,或多么坏,或要晓得当下他的思想是什么,我就摆布我的面色,尽其可能,要与他的面色准确地相同,随后我就等候,看我的脑里或心里发生什么思想或感情,好像是要同我的面色相称。'在这个小学生的答话里头,就包含全数虚假的城府,世人都说洛士佛科(Rochefoucauld)、拉布吉(La Bougive)、马基雅弗里(Machiavelli)、康帕内拉(Campanella),城府甚深,其实都是假的,看小学生的答话便知。"

我说道:"倘若我明白你的说话,以推理人的心猜着他的对头的心,全靠他量度他的对头的心,量度得准确。"

杜平答道:"因为其实用的价值,全在乎此;警长与他的部下屡次失败,第一层由于猜不着,第二层由于量度不好,或由于并未量度对方的心理。他们只考虑他们自己的心思巧妙,当他们搜寻秘藏的东西时候,他们只想到他们自知秘藏东西的方法。他们也有对的地方——他们自己的聪明，就是众人的聪明的忠实代表；但是一到一个犯罪的人的诡谲，与他们的诡谲不同，这个人自然打倒他们。只要这个人的诡谲高过他们，或往往低过他们，他们总要失败的。他们考查案件，并不改变他们的宗旨；最多不过是当被异常的紧急情形所逼时，或被异常重大的赏格所逼时，他们推广或扩大他们的老办法，却并不改变他们的宗旨。例如狄大臣这件事——他们曾变化他们的办法的宗旨么？他们为什么要用钻子，用探条，听声音，用显微镜察看，还要把大臣宅子的地面分作若干方寸，如记号数？——这都不过是推广利用一个搜查的规则，或一套规则，这许多规则都是利用关于世人的诡谲的一套见解，这个警长执行他的职务日久，就习惯用这样的成法。难道你看不出来，他以为世人偷了一封信，必定想法秘藏——虽然不一定在椅子腿上钻一窟窿，以藏这封信——至少也要藏在人所想不到的窟窿里或角落里，这样的思想，与使人藏信在椅子腿里的窟窿一样，他并不证明理由，就以为世人必定这样办法？难道你看不出来，这样很费心思想出来的秘藏的地方，不过是遇着平常事体所用的；亦只有知识平常的人用的；因为凡有秘密收藏的事，搜查人首先预料偷物人必定收藏，必定很费心思秘密藏起来；所以要搜出这样东西，并不全靠搜查人们的思想尖利，只靠他们小心、耐烦与决定；但是遇着要紧案子——其实从警员的眼光看来，就是重赏的案子，——善用这个问题所需的几种的属性，是绝不会搜查不出来的。我曾说过，假使所偷的信是藏在警长所搜查到的地方的范围里头——换而言之，即谓假使收藏方法是在警长所晓得的方法里头，是必定会搜着的，你现在就会明白我这几句话。谁知这个警长却完全迷惑了；他所以失败的原因，就是因为他臆度这个大臣以能诗名，所以必定是一个傻子。这个警长觉得，凡是傻子都是诗人；他从此就推论到凡是诗人都是傻子，他不过是犯了不能掉转来说的毛病。"

我就问道："他真是一个诗人么？我晓他有一个兄弟；两兄弟都有文名。我晓得这个大臣著过一部很有学识的微分学。他是一个算学家，不是一个诗人。"

"你错了；我深知他；他既是一个算学家，又是一个诗人。既是这样，他是善于推理的；他若只是一个算学家，他是绝不能推理的，就会在警长的掌握中。"[11]

我说道："你的这种见解使我惊异，世人的见解正与你的见解相反。你的意思并不是不顾千百年来想过深透的见解。学者久已当算学的推理为尽善至美的推理。"[12]

我说道："我晓得你同巴黎的代数学家争辩；但是我请你往下说。"

"我只相信抽象逻辑的推理，此外无论研究任何其他特殊形式的推理，我以为无用，无价值，我是要驳的。我尤其要驳从算学研究所引申[13]的推理。各种算学都是形学及量学；算学的推理不过是推用逻辑于观察形与量。学者臆度所谓纯粹代数学的道理为抽象的或普通的道理，就是大错。这样的错误蔓延得很广，我很惊怪这样的错误变作这样普遍。算学的几条公理，并不是普通的真理。例如形与量的关系的真理，反用于道德，往往大错。以道德学而言，积合其分，则等于全，居多是不对的。以化学言，这条公理也是不对的。以此考虑动机，亦要失败的；因为两个动机各有其价值，这两个动机合拢起来，不一定等于其两个价值的总数。此外尚有许多其他算学的真理，都不过是在'关系'的范围内是对的。不料算学家由于习惯从这样有范围的真理推论，好像这样的真理是绝对普遍适用的——世人诚然误以为是绝对普遍适用的。布赖安特（Bryant）在他的很有学识的'神话学'里头，说过错误的一种相似的来源，他说：'我们虽然不信非基督教人的寓言，我们却接连地忘记了，反从寓言上推理，以为是实有其事。'代数学家原是非基督教人，却相信非基督教的寓言，他们反从代数学推理，这却不甚是因为他们忘记了，好像居多是由于一种不可解的头脑不清楚。[14]"

我听了杜平末后这句话，只付诸一笑，他却接连说道："我的意思是说，假使这个大臣不过是一个算学家，警长就用不着给我这张支票。我却晓得这位大臣既是一个算学家又是一个诗人，所以我所用的办法要适合于他的知识，要虑到他所处的环境。我又晓得他是一个巧宦，且晓得他是一个大胆的阴谋家。我考虑到如他这样的一个人不能不晓得平常警员的办法。他不能不预料（结果曾证实他果然预料）有人躲在路上，搜他的身。我反省到，他必定预料有人秘密搜查他的住宅。他有好几天晚上不回家，警长很高兴，以为是可以助他成功，我却以为不过是这位大臣的诡计，以便警察有机会彻底搜查，使他们早日相信那封信并不在他的住宅里——吉先生最后果然相信并不在那里。我还觉得刚才我很用心详细告诉你的全串思想，与警察搜查藏物的不易的宗旨有关的——我还觉得这全串的思想必定曾在那位大臣的心中经过。这就会逼他看不起全数平常秘藏物件的深秘地方。我曾反省，他不能那样缺乏聪明，有如想不到他的第宅的最深秘的地方，都会被警长的两眼、探条、钻子及显微镜所搜查到，犹如最平常的橱柜一样。总而言之，我曾看到他若不是被费事的计算所诱而用单简办法,他自然会被逼而用单简办法。也许你还记得,当他初次来见我的时候,我曾提醒他说,因为这件神秘事原是很浅白的,所以就许反使他觉得这样为难,警长听了大笑。"

我说道:"我很记得他大笑。我真想到他会大笑到发抖。"

杜平接连说道,"有质的世界,有许多事体,与无质的世界,极其谨严地相类;所以只要给辞令的武断以多少真理的色彩,这样的比喻或类似,就可用以巩固一篇理论,且可用以装饰一篇实写。例如顽固力的原理,在物理学里头,在玄学里头,是一样的。物理学的一条原理说,推动一件大东西,难过推动一件小东西,其后来所得的力距[15]与所用的推动力为正比;玄学亦有这样的一条原理,说较为宏大的知性,其动作较为有力,较为永恒,所发生的效果又较多,非下级的知性所能比,但是当这样高级知性进行的时候,其最初几步却不甚容易进行,阻碍较多,又有许多迟疑。我再问你;你向来注意过放在店铺门上的街名么,哪一种最令人注意?"

我说道:"我向来未曾留意这件事。"

他说道:"有一种谜,是在地图上玩的。甲要乙在地图上找一个市镇名、河名、国名或帝国名——单简说来,就是要在颜色杂乱及字画交加的地图上找地名。初上手的人,居多要对方找一个笔画极细的地名;一个行家却不然,他选笔画较粗,字体较大,分布得很长,从地图这一端起,到那一端止的地名。这就如同字体与招牌太大的街名相同,因为太过显而易见,反令人不注意;这样的眼目不留意,确与知性不留意相类,凡是太过逼人注意的,与太过切近,几乎可以用手触的、不证自明的事物,知性就会错过,不加考虑。但是这样一个要点,好像是警长所想不到的,或看不起的。他绝不想到那位大臣很许,或很会,把那封信放在全个世界的鼻子下,这是最好的办法,阻止那一部分的世界,不使看见那封信。[16]

"我越省及狄大臣的大胆的,悍然不顾的,及善于观察的聪明;我越省及他若是意在利用那封信,必定放在易于取用的地方;我又越省及警长的确切无疑的凭据,证实那封信并不在那位大臣的平常所能搜查到的地方的范围里头——我就觉得这位大臣因为要秘藏这封信,反用范围极大而巧妙的方法,简直不去秘密收藏那封信,我越反省到这一层,我越觉得满意。

"我的肚子既满装着这许多意思,有一天,我就戴上一副绿色眼镜,偶然走去大臣的宅子,拜访他。我看见狄大臣在家里打呵欠，在那里走走站站，无所事事，装作极其厌闷的神气。其实他很许是最好活动的人——当无人看见他时，确是这样。

"我也要装模作样，我就说我的两眼怕光，叹息我必得用眼镜，我既有眼镜遮护，我就很小心很透彻地，察看这个房间，一面却装出只注意于与大臣谈话。

我特别留心察看在他身边的一张写字的大桌子，桌面纵横纷乱地堆着各式各样的信及其他文件，还有一两件乐器与几本书。我很详细很费事察看了许久，却不见有什么使我特别怀疑的东西。

"后来我的两眼四围地看，看见一个纸糊的精致而无价值的信插，用一条脏的蓝带，挂在炉台中间底下的一个小铜钮上。这个信插分开三四隔，放了五六个名片及单独一封信。这封信却是很不干净又是很团皱的，几乎在中间撕作两截——好像是有意弄成这样的，初时好像以为这封信无用，要整个地撕了，后来改了意思，或不果撕。信上有一个大黑印，印的是"狄"字，印得极显明，信面有女人所写的小字，写的是狄大臣的自己名姓。这封信是殊不经意地插在信架的上一层一隔里头，还好像是看不起这封信，随便插在那里的。

"我一瞥见这封信,我就晓得这是我所欲搜得的信。从外表看来,这封信诚然与警长所详细读给我们的绝不相同。这封信的印是大而黑的,印的是"狄"字样;警长所说的是小而红,印的是"斯"氏的公爵徽章。这封信的封面是写给大臣的,是女人所写的细字;警长所说的信是写给某亲贵的,字画是粗豪有决断的;只有信的大小是相符的。但根本上的不同,未免太过些;这封信肮脏;这封信的不干净及撕过的情形,与狄大臣的实在有条理的习惯,太不相符,这就表示他有意欺人,意在使看见这封信的人,误以为是无价值的信件;这几层情形,与把信放在极其显著的地方,凡是来访的人都能看见,与我从前所得的结论,准确地相符;我就说,这许多情形,很有力地赞成我的疑团,我来访他,原是有意疑心这封信在这里的。

"我尽我的可能,拖长我的拜访,逗留不去,我一面同大臣支持着一种极有精神的讨论,我深知这样的讨论,绝不会不使他注意,又绝不会不激动他的,其实我是注意于那封信。当我查察的时候,我心里记着信的外表,及在信插的某处;后来我揭露一件事,消灭了我所可以存留的无论什么小疑团。当我细心察看纸边的时候,我看见纸边不该那样擦损太过。擦损的情形,就像一张硬纸折叠与压过之后,掉过方向仍在，同此边上再折叠。我看破这一层就够了。我看得很清楚，他把信封翻出来，把里面变作外面，如同我们翻手套一样，重新写姓名住址，重新加印，我就与大臣告辞，立刻走出来，留下一个金鼻烟壶在桌上。

"翌日我去探他，取我的鼻烟壶，我们又很认真地接续昨天的谈话。我们正在讨论的时候，听见大响一声，好像是手枪声，从第宅的窗下发出，继以接连几次的可怕叫喊，还有一堆闲人的大声叫喊。狄大臣立刻走去开窗，往外看。当下我走到纸糊的信插，取那封信，放在我的衣袋里。另放一封外表相像的信，这是我在寓所小心学制的；用面包作印，很容易摹仿狄大臣的印章。

"大街上的骚扰，是一个手执一枪的人的疯狂行为闹出来的。他在一群妇孺队里放枪。所放的是空枪，并无子弹，众人当他是一个疯子或一个醉汉，就放他走了。他走过之后，狄大臣从窗子走来，我一得着那封信，我也走到窗子。不久之后，我就同他告辞。那个装疯的人，原是我花钱雇来的。"

我问道："你为什么放一封同样的信，以替代你所取去的信？你为什么当第一次拜访的时候，不公然把那封信抢来就走？"

杜平答道:"狄大臣是一个肯拼命的人,又是一个有胆的人。况且他的第宅并非无与他同利害的侍从。假使我照着你的条陈,硬夺那封信,我就许死在他的面前,不复能生还。巴黎的良民,就许再不听见我这个人。但是撇开这几种考虑不计外,我还有一个目的。你晓得我是有政党成见的。我办这件事,我的所作所为,如同我是那位贵夫人的党友一般。她在那个大臣的掌握中,有十八个月啦。现在这个大臣却反在她的掌握中啦;因为他并不晓得那封信已经不在他自己手里,他将进行一切,好像那封信仍然在他手中一样。这样一来,他就免不了立刻害了自己,他在政党上就是毁了自己。等到他倒的时候,不独倒得很快,而且倒得很难堪的。世人只管说上台难下台易,说得好听;卡塔拉尼对于歌唱也曾说过,无论哪样的爬高,还是爬高易,爬下难。以现在这件事而论,我对于爬下来的人并不表同情——至少我也不可怜他。因为他是可怕的怪物,他是一个无道德的聪明人。"[17]

注释:

1 此段话为译者所加。——编者注
2 叙事有精神而周密。
3 作者自己是个大诗人,何以这样挖苦诗人。

4 这一大篇幅写警长办案，那样劳苦费事，以反衬下文。

5 这一句包含许多劳苦事。

6 杜平也晓得。

7 喷烟声。下仿此。

8 上一个 take 解作吃；下一个 take 解作领，即是请教医生。

9 说得这样容易，反衬上文那样费事为难，妙极。

10 这个强盗只有一张床，捉了人来放在床上，身长的斩了他的头或他的脚，身短的把他牵长，以凑他的床。

11 这几句话很奇辟。

12 他于是力驳法国算学家不应称代数学为解析学。

13 亦作外抽。

14 你对代数学家说你的理由，使他明白你的意思之后，你得赶快走开，不然的话，他是很会挥拳把你打倒的。

15 或力量。

16 我们中国有言"人能明见万里，而往往失于眉睫"。

17 他说他放在信封里头的是一张空白纸，写了两句引来的诗，狄大臣认得他的笔迹，一看见就晓得是他把信搜去的，以雪从前他上过狄大臣的当的耻辱。

法国

隐士

———————————————————[法] 莫泊桑

从甘尼至拉那普有一片大平原,在平原间有一片古老高地,其上有许多高树,树林间住着一个老隐士,我们同几个朋友来访他。

当我们回家的时候,我们在路上谈从前所有的许多奇怪的无教职的隐者,现时却没有这种人了。我们想猜着是哪几种道德上的理由,以及找着是什么愁苦,驱逼古时的人们住在荒凉地方。

我们有一个同伴忽然说道:"我晓得有两个隐者——一个是男子,一个是女人。那个女人现在必定还活着。五年前她住在柯尔西伽岸边山顶上的无人管的遗迹里,离居民十五或二十公里。她同一个女仆住在那里。我去看她。她从前必定是一个高贵女人。她接待我的时候是很客气,而且是很娴雅的,关于她的事迹我全不晓得,又不能打听出来。至于那个男隐士,我把他的不祥动作告诉你。

"你们回头看呀!你们看见那座尖的多树的山,独自在拉那普背后,在爱司特利诸峰面前,本地称为蛇山。我所说的隐士，十二年前住在那里，在一所小古庙里。

"我既听见有人说及他，我就决计要同他认识，有一天三月早上我从甘尼骑马出发。我到了拉那普的小客店，我把马留在店中，起首登那座奇怪山，高约一百五十或二百米，满山都是香树，尤其是某名种树，香气刺鼻，使人不安，山上多石，常看见长蛇在碎石上溜过，走入青草里就看不见啦。称为蛇山是很对的。当你在大太阳之下在斜坡往上爬的时候，有时这许多蛇好像是在你的脚下产生出来的。蛇实在是多不过，你不敢再往前去，觉得异常地不安，却并不是害怕，因为这里的蛇是无毒的，只是一种神秘的恐怖。我好几次有过特别的感觉，觉得爬上古时的一座神圣的山，一座满是神秘的香山，山上长满名种香树，是蛇所居，山顶冠以一所庙宇。

"这所庙宇现时还存在。他们告诉我是所庙宇；因为我唯恐糟蹋了我的幻见，所以我并不求晓得更清楚。

"所以有一天是三月天的早上，我借口赏鉴乡间的风景，我就登山。到了山顶我就看见墙，又看见一人坐在一块石上。他的头发虽然是很白的，他的年纪还不曾过四十岁；他的须几乎是黑的。有一只猫缩在他的两膝上，他在那里玩猫，好像不理我。我绕这堆坍塌的遗迹四面走一次，有一部分被树叶、干草、青草及石头遮住围住，就是他所住的地方，我就向这个地点走。

"在这里所看见的景致是好极了。右有爱司特利，山尖是天然造成的奇异雕刻，一片无涯的大海延长在意大利的有许多山嘴的海岸。对面就是甘尼，带着洛林诸岛，平坦而青绿，好像是浮在水面的，末了一个岛向着大海，是一座古老有雉堞的炮台，带着几座望楼，矗立波涛之上。

"你从远处能够看见在青绿山边上好像有无数的鸡卵下在海边，其实就是盖在树林里的一长串的别业及白色的小村落，矗立山边的就是阿尔卑斯山，许多山峰仍然有积雪盖住。

"我喃喃道：'天呀，这是大观啦！'那个人抬头说道：'是呀，但是你若天天看，这样的美景就变作单调啦。'随后他，就是我所说的隐士，谈了话，因我耽延着他，就谈到疲累了。

"这天我并不盘桓甚久；我不过竭力要晓得他的愤世是什么色彩。他所给我的特别印象就是讨厌世人，无论什么全厌倦了，他对于他自己与世上其余的人都是无希望地从变幻中清醒过来，又是极其讨厌的。

"我同他谈了半点钟之后我就走了，八星期后我回来访他,随后那一星期,以后是每星期都来访,所以我们在两个月里头就变作朋友了。

"五月底有一天傍晚我决定是好机会到了,我带些食物以便同他在蛇山吃饭。

"南边种花如同北边种麦子,妇女熏身与熏衣的香料就是在这个地方制的,今天晚上是香气扑人的晚上,今天晚上所有种在花园和种在山谷的无数橘子树所喷出来的香气使人闻了敌不住就变作困倦,使老年人闻了会做恋爱的梦。

"我的隐士显然是很欢喜地欢迎我。他愿意分享我的晚餐。我使他喝一点酒,他却久已不曾尝过酒了。他就高兴起来起首谈他的往事。原来他常住在巴黎,好像过一个放荡的不娶妻的男子的生活。

"我忽然问道:'什么事使你发生这样好笑的意思,要住在山顶上呀?'他立刻答道:'呀!这是因为我受一个人所能阅历的最可怕的震动。我为什么把我所遇的不幸隐瞒着不告诉你呀?我所遇的不幸很许使你怜悯我!我向来不曾告诉过人,我却要在这一次晓得他人的见解,还要晓得他怎样判断我。

"'我是生长在巴黎的,我长到成人就在巴黎过活。我的父母遗给我每年好几千法郎,我由于亲友的势力得了一个安静从容的差使，我本是一个不曾娶妻的人，我就是一个富人。

"'我自从少年以来就过不娶妻的男子的生活，你晓得这是什么生活。我既自由，又无家累，我决计不娶一个法定的妻室。有时我同这一个女人过三个月，有时同那个女人过六个月，随后有一年没有同伴，我在一大堆的妇女里头，只要是买得到的，或一见就成的，我就要。

"'这种无味轻佻生活却与我适合，我的性情喜欢新鲜，喜欢无规则，这样的生活能令我满意。我在大街上，戏院里，咖啡馆里过日子，常是出门的，常是无一定的家的，我却是住得很舒服的。这里有万千人浮在世界上过日子，如同瓶塞木浮在水上一般，我就是这样的一个人，这种人以巴黎的城墙为世界的城墙，这种人无论什么都不顾，对于无论什么都是无情的。我就是世上所称的一个好人，既无学问又无短处。我不过就是这样。我批评我自己是批评得很对的。

"'从二十岁至四十岁我的生活过得安稳或过得很快，并不曾遇见什么异常的事体。一个人吃饭、喝酒，不晓得为什么大笑，一个人的两唇找着全数他所能吃的，吻着全数他所能吻的，此外诸事都不管，这种单调的年月，我很快地过了许多，不过都是长而匆匆过去的年月，既轻狂又浮华，并不在心里留什么可以纪念的好印象。一个人当过少年，变作年老，并不曾做过他人所做的任何事体，并无什么熟人，无什么根底，无联系，几乎无朋友，无家，无妻，无子女。

"'所以从我二十岁起，我所过的生活是无事做的生活，等到我四十岁那年。我因为要庆祝我的四十岁生日，我就请我自己一个人在很大的一所咖啡馆吃饭。吃过大餐之后我同我自己商量我该做些什么。我觉得我想去看戏；随后我记着我往拉丁区去，当我做学生的时候我曾住在这一区。所以我就穿过巴黎的中心区，并不曾先想好就走入一间有女招待的啤酒馆里。

"'伺候我这张桌子的女招待很是个少年美秀活泼的女子。我请她吃酒，她立刻答应吃。她坐在我对面，用她的习惯看人的眼盯着看我，不晓得她所要招待的是何等样人。她是一个淡黄头发的女人，其实是一个淡黄头发的女子，是一个新鲜少年女子，你会猜在她的胸衣下的肌肉是玫瑰色的，又是丰满的，我用恭维的、傻的态度同她说话，这是我们对这种女子说话常用的态度；她其实是很能迷人的，我就忽然想起带她走——我常记着要庆祝我的四十岁生日。这既不是要久等的事又不是为难的事。她对我说，她自由了两星期，她答应等到她的工作完了的时候同我在小酒店吃晚饭。

"'我恐怕她骗我溜跑了——你绝不能说可以有什么事发生,亦不能说谁会走进这些啤酒店来,又不能说会有什么吹进一个女人的头脑里——所以我整晚在啤酒店里等候她。

"'在前一两个月我也是自由的,留心察看这个美秀的、初次出来恋爱的女子从这张桌子走到那张桌子,我对我自己诘问值不值得与这个女子同居几时。我现在对你说的是一件极平常的事,是男子们在巴黎所常做的。

"'你勿怪我说这许多粗俗的琐事。凡是不曾用一种有诗意态度恋爱过的男子们,选择妇女如同在肉店里挑一块羊排一般,只要肉好,别的都不管了。

"'所以我就同她到她自己的住处——因为我敬重我自己的被褥。原来是一所做工的小女子的宿舍,在五楼,干净而穷苦,我在这里过了很快乐的两点钟。这个小女子有一种娴雅态度,又有很少有的动人之处。

"'当我快要走出屋子的时候,我走向炉台,要把议妥的礼物放在那里,这是在我与她约定第二次相会之后,女子还睡在床上。我空空洞洞瞥见一个无圆罩的钟,两个花瓶,两张照片,一张是很旧的了,有一张是照在银板上的,我随随便便弯着身子向前看这张照片,我一看见就有许久说不出话来,我变作很糊涂,不能明白……原来是我自己的照片,是我自己的最早的照片,当我在拉丁区当学生的时候所照的。

"'我忽然拿起来,更详细地察看。不错的;我觉得要大笑,我觉得是很出其不意的,又是很奇怪的。

"'我问道:"这个人是谁?""这是我的父亲,我却不曾见过。是妈妈交给我的,告诉我留着,也许有一天这张照片可以有用于我……"她犹疑,起首大笑,又往下说道:"我不晓得怎样会有用于我;我看他不见得肯承认我。"

"'我的心起首乱跳,如同一只跑脱的马乱跑一般。我把照片放还原处,平放在炉台上。我并不晓得我自己做什么,我从衣袋里掏出两张每张一百法郎的钞票放在照片上,赶快走了,一面喊道:"我们不久再会……小宝贝,我走啦,我走啦。"我听见她答道:"等到星期二再会。"等到我出门,我看见下雨啦,我快快地在街上走。

"'我一直走,我糊涂了,失神了,尝试激刺我的记性!这是可能的事么?是可能的。我忽然记得有一个女子在我们闹翻之后一个月写信给我说她有孕。我不是撕了就是烧了这封信,把这件事完全忘记了。我应该看看放在女子的炉台上的那张女人照片。但是看了我会认得么?据我看来那张好像是一个老女人的相片。

"'我走到码头。我看见一张长凳,我坐下。这时候还是接连下雨。有些人打伞走过。我觉得人生是无味的,令人难过的,全是愁苦、惭愧与有意的或无意的毁人名誉的事。我的女儿么?……巴黎,这个大巴黎,黑暗、凄凉、污秽、愁惨、墨黑,带着全数关闭的房舍,满是奸淫、乱伦、强奸、幼稚。我追忆他人告诉我的话,说桥下有许多不名誉的犯淫的人。

"'我本来不想,又本来不晓得,我做了一件好比这些不管名誉的人们所做的事。我走上我自己女儿的床!

"'我正在要把我自己摔入海里。我是疯了!我走来走去走到天亮,我随后回我自己的住处想想。

"'随后我做以为是最明智的事。我叫一个公证员传那个女子来,问她她的母亲当日处于什么情状中给她那张照片,她猜是她父亲的照片;叫这个人只说是一个朋友交给他办的一件事。

"'公证员照行我所吩咐他办的事。原来是当日那个女人濒死的时候指出这张相片就是她女儿的父亲,在场的还有一个牧师,还把牧师的名字告诉我。

"'随后我还用这个无名氏朋友的名义把我的一半身家,约合十四万法郎,给这个女子,不过她只能用这笔款子的利钱。我随即辞世——我就到了这里。

"'当我在这里的海岸散步时,我找着这座山,我就停留在这里——我再停留几时,我却不晓得。你看我怎么样,你看我所做的事怎么样?'

"我一面答他一面伸手给他:'你已经做了你所应该做的事。有许多人看这样不名誉的致命伤的事,看得不甚重要。'

"他往下说道:'我晓得,我为这件事几乎变疯了。据我看来我好像有很灵敏的感觉,我却向不疑心到我会有的。现在我怕巴黎,一如信教人必定怕地狱。我不过是头上受了一下打击——这一打击好像一个人在街上走过的时候被一块瓦打在头上一般。前些日子我好些啦。'

"我同情我的隐者。我听了他所说的故事,我的心很震动。

"我又见过他两次,随后我走开啦,因为五月后我绝不逗留在南方的。

"第二年我回来,这个隐者不复在蛇山啦;我以后绝不曾听见过他的消息了。

"这就是我的隐士的故事。"

暴发户

—————————————————————— [法] 莫泊桑

你是晓得的,杜邦特尔肥胖,好脾气,是一个快乐人的榜样,他的两片肥脸如同熟苹果那么红,他的沙色小胡子在他的厚嘴唇上卷起来,他的一双突出来的眼既不表示欢乐又不表示忧戚,令人想起母牛或公牛的两只安静眼,他的长身子安在两条小的弯胫上,乐剧的跳舞队里的一个女子给他一个绰号,称他为"起瓶塞子的螺丝"。

杜邦特尔不怕费事生长在人世,有很重的家产,值好几百万,这才配作一个人家的继承家产的独子,他的祖先是卖家用器具的,有一百多年了。

他自然同其他自重的新发财的人们一样,要显出他是个人物,要当一个联欢社的社员出出风头,还要当着众人出风头,因为他在和吉拉特读过书,晓得几句英国话;因为他在鲁安的陆军里当过十二个月的兵役;因为他是一个过得去的歌者;又因为他会赶马车与打网球。

他常是很有研究地穿得好看;无一不学到十足,他从三四个目空一切地提倡时髦派头的人们学会说他们的话,戴他们所戴的帽子，述别人的俏皮话，他又如同在课堂里学功课一般，把他人所说的故事和笑话牢记在心，到了小聚会的时候再转述出来，他听朋友乐到大笑，他也跟着大笑，并不晓得人家为什么笑。

他自然完全是一个傻瓜，却是一个很好玩的人，我们很该原谅他。

查礼·杜邦特尔有过好几次恋爱事，也曾晓得当恋爱的时候虽然花了钱，三次之中却有两次不会产出欢乐的，过了一个星期他又晓得那些女子全是骗他的，使他完全变作笑柄，他就打定主意安顿下来做一个令人起敬的娶过妻室的人，他既不因为打算盘亦不因为什么理由，却专要从爱情上娶亲。

他在奥徒伊，有一天秋天的下午，看到联欢社前站着许多美秀女人，其中有一个女子娇嫩可爱如苹果花；她的头发如金丝，她的身体又极其苗条柔软，令人追忆教堂的古时着色玻璃上所画的圣贤们的轮廓。她又有点神秘，她有放假期内的一个小女学生的可爱的天真烂漫神气，同时又有一个文明女子的态度，表示已经晓得无论什么事体的所以然及怎样发生的，这样的女子有少年人的丰富与活泼精神，正在很认真地等候结了婚就可以许她心里想什么就说什么与做什么，且许她寻乐寻到够。

她的两脚很小,一个女子的一只手就能够抓住这两只小脚,她的腰又是很小的,一只手镯就可以束得住,她的弯弯的睫毛飞扬好像蝴蝶的翼,她的鼻子是无礼的又是多欲的,她有一种空洞的、嘲笑人的微笑,使她的两唇变作一朵玫瑰花的花瓣。

她的父亲是一个赛马会的会友,他们说,一到大赛马的时候,他居多总是输的,他还是放胆向前,用异常的冷静及手段维持他自己。他能够证明他的祖先们曾在过大查理的朝廷,却不如他人所说是当乐工或厨师的。

她的少年和她的美貌以及她父亲的家世眩惑了杜邦特尔,扰乱他的神经,简直颠倒了他的心,这几件事凑拢起来使他觉得在欢乐的蜃楼海市中。

他赌过一场纸牌之后,有人介绍他与她的父亲相认,就请他同他打猎,一个月后,他就向特雷西·孟塞小姐求婚,她果然嫁了他,他就觉得很快活,如同矿师找着金矿苗一般。

这个少年女子用不着二十四点钟就看出她的丈夫不过是一个令人好笑的傀儡,她立刻考虑她怎样可以用最妙的方法逃出她的樊笼及欺骗这个可怜的傻瓜,这个傻瓜却死心塌地地爱她。

她毫不怜悯地亦毫无顾忌地骗他;她骗他好像由于本能的憎恶,她觉得好像不独要使他成为一个笑柄,她还要忘记了她对于他要守贞洁的。

她是很苛刻的(女人不恋爱全会变作苛刻),喜欢做大胆及无理的事,无论什么都要看,无论什么险都敢冒。她好像一匹小马被阳光、空气及自由所醉,在草地上乱跑,跳篱,跳沟,乱踢,很快乐地嘶叫,在长而甜美的青草里打滚。

杜邦特尔却仍然是很安静的;他毫不怀疑,他的夫人虽然拒绝他,同他吵闹,常时装作不适或疲乏,以便摆脱他,当人们告诉他故事,说某人做丈夫被其妻所骗,他是第一个先大笑。她好像乐于用说话批评他,用她的破他的迷惑的答复及她的外表上的颓丧,使他难堪。

他们两夫妇很好应酬,现在他称他自己杜[1]·邦特尔,还想到花钱捐一个教王属下的职衔;他只看某某几种报,与奥尔利安公爵们常通信,想养几匹赛跑的马,后来他居然相信他实在是场面上的一个人,就大摇大摆,被庞然自大所吹胀,拉方丹[2]告诉人一段故事,说一条驴子驮了许多圣贤遗骸,受人敬礼,杜邦特尔自己也是这样享受他人的鞠躬,因为他从未读过拉方丹的寓言。

不料忽然有许多匿名信扰乱他的安宁,出其不意地就撕了在他眼前的蒙面纱。

初时他不读匿名信就撕碎了,很看不起地耸耸两肩;但是他所收到的匿名信实在多,写信的人突出加在 i 字的点,及加在 t 字的杠线,要他看得明白,这个不欢的人起首受了惊扰,起首留心观察。他很详细地打听过,就推得结论,他不复有权利嘲笑其他的丈夫们啦,他晓得他也是一个斯卡纳赖尔[3]。

他晓得被夫人所骗,大发狂怒,运动全体秘密侦探访查,他接连演他的戏,有一天晚上出其不意地带同一个警官走入一间很舒服的小房子,这是一个未娶妻的人收藏他的夫人的不正当行为的地方。

特雷西被她的丈夫袭击,很恐怖,不知怎样是好,躲在帐后,同时她的爱人(是马队军官)一见自己被这样的不名誉事体所拖累,又被穿着正式制服的人们所拿获,觉得很难过。他发怒皱眉,他还得节制自己不把与他同犯罪的女人摔出窗外。

警官用司空见惯的冷静看这出小戏,预备证实这次是捉奸在床的,用嘲笑声音对请他来帮忙的丈夫说道:"先生,我必得问你的全名姓。"他答道:"我的全名姓是查理·约瑟·爱德华·杜邦特尔。"当警官照着他的口授写下来的时候,他忽然又说道:"警官先生,杜邦特尔请你分写作两字,杜·邦特尔!"

注释:
1 在法国,"杜"和"德"一样,都是贵族身份的表示。——编者注
2 现译拉·封丹(La Fontaihe,1621—1695),法国著名的寓言作家。——编者注
3 斯卡纳赖尔,法国作家莫里哀的剧本《斯卡纳赖尔》中的人物,为人多疑,疑心妻子不忠。——编者注

不祥的马夫

——［法］莫泊桑

有一个奥地利的银行家,有一天揭露出来他的家里被窃。贼人从他的卧室偷去许多珠宝,一个镶嵌金刚钻的值钱时表,他夫人的小画像,像架也是用金刚钻镶嵌的,还有一大笔钱,共值十五万甫罗林[1]。他走去见警察长报告被窃,但是同时他要求警官徇情踏勘的时候极其安详与体恤,因为他宣言他毫不疑及无论什么人,不愿控告无辜的人。

警察长说道:"第一件,你得把时常到你屋子的人们的名姓告诉我。"

"没得别人,只有我的夫人,我的儿女与我的仆人约瑟常进我的屋里,我却肯担保我这个仆人如担保我自己一般。"

"说是这样,你以为他绝不会做这样的事的?"

银行家很着重地答道:"我决计肯担保他。"

"很好,你可记得当你第一天晓得被窃或前一二天曾否有过不属于你的家庭的人偶然走入你的卧室?"

银行家想了一会,随后带点迟疑说道:"没得人,绝对没得人进来过。"

这个富有阅历的警官颇被银行家的稍微不安及俄顷间的脸红所动,所以他就拿银行家的手,直看他的脸说道:"你不曾对我说开诚布公的话;有过人同你在一起,你要隐瞒这件事,不告诉我。你必得把一切事体告诉我。"

"没得,并没得人进来过。"

"既是这样,现时我只能够疑及一个人——就是你的仆人。"

银行家立刻答道:"我肯担保他的诚实。"

"你也许错了,我却不能不盘问这个人。"

"你可以许我求你当盘问他的时候,尽你的可能体念他么?"

"你只管放心好啦。"

一点钟后,银行家的仆人就到了警察长的私室啦。这个警官先很细密地察看他,随即得了结论,相信这个人有这样一副诚实及毫无不安的脸,与这样神色不变的眼睛,是绝不能做贼的。

"你晓得我为什么传你来么?"

"警官先生,我不晓得。"

警察长接着说道:"你主人的家里出了很重要的窃案。你疑心什么人么?在最后这几天里头有谁到过那间卧室?"

"没得别人进去过,只有我,我主人的家属进去过。"

"我的好友,你不明白么,你说这句话,你岂不犯了嫌疑么?"

仆人说道:"先生,你当然不相信……"

警官答道:"我必不可以相信什么;我的职务只是查察与跟寻我可以揭露的线索。在最后几天里头,若只是你进去过卧室,我必定要你负责。"

"我的主人晓得我……"

警察长耸耸两肩:"你的主人曾担保你的诚实,我却以为还不够。现在我所疑的只是你,所以,我必得拘押你,我心里却是很难过的。"

仆人迟疑了一会说道:"既是这样,我宁愿说实话了,因为我的名誉比我的地位贵重得多。昨天有人在我主人卧室里。"

"这个人就是……?"

"一个女人。"

"是他所认得的女人么?"

仆人有一会儿不答。

后来他说道:"我只好说出来。我的主人遇着一个女人——先生,你须知她是一个美秀女人;他好像很爱她,去看她,自然是偷偷地去看她,因为设使我的女主人晓得了是会吵闹的。这个女人昨天在我们的房子里。"

"只是他们两个人么?"

"是我领她进去的,她在卧室里。我得立刻去请主人,因为那时候他的预闻机密的录事要同他说话,所以那个女人独自一个人在卧室里约有一刻钟。"

"她叫什么名字?"

仆人答道:"她名塞西利亚·卡——她是个匈牙利人。"他同时说出她的住址。

警察长随即请银行家来,现在与他的仆人面面相对,就不能不承认仆人所供的事实,他却承认得很难受的;警察长于是下令拘捕塞西利亚·卡。

不到半点钟,奉派去拿人的警察长回来说道,她昨夜已经离开她的住处,很许也离开京都了。这个不幸的银行家几乎绝望啦。他不独被窃十五万甫罗林,同时他还失去一个美貌女人。他用亚细亚式的奢侈品包围这个女人,无论她有什么最怪异的嗜好,他无不供应使她满意,又无论她怎样的麻烦他,压制他,他无不甘心忍受。他想不到她会这样不顾廉耻地骗他,况且他现在同他的夫人吵闹过,全数家庭的和睦告终了。

警察长只能派侦探寻那个女人,她逃走就是承认犯罪,但是没得什么用处。现在银行家的心里没得爱情了,只是怨恨及急于报复,哀求警察长用尽方法拘捕那个美貌女贼治罪,无论要花多少钱他全肯担任,也是枉然。派了许多特别侦探去尝试找寻塞西利亚·卡,她却毫不体恤,不让她自己被人拘拿。

过了三年这件不乐闻的故事好像被人忘记了。银行家得了他夫人的饶恕,警署好像不努力再找寻那个美貌的匈牙利女人。

现在我们要说伦敦啦。有一个很有钱的贵妇在社会里头很出风头,很令人注意,她用她的美貌与她的行为降伏了许多男子。她要用一个马夫。许多人求这个差使,其中有一个少年男子,相貌与态度都很好,使人得了印象以为他必定受过很好的教育。这个贵妇的女仆以为这样的一个人很值得保荐,立刻领他到女主人的起坐室。当他入室的时候,他看见一个美貌淫荡的女人,最多不过二十五岁,一双发亮的大眼,蓝黑头发,这样的头发好像使她好看的面貌加倍有光。她躺在榻上。她看见这个少年男子,看见他有浓密的黑头发,两只有光的黑眼珠,在她的能深入的注视之下,只好向地下看,她见了很满意,好像特别喜欢他的瘦小有力的身子,一半怠惰、一半骄蹇地说道:"你叫什么?"

"我叫拉左司·玛里阿西。"

"你是匈牙利人吗?"

她的两眼露出一种奇怪神气。

"是的。"

"你怎样到这里来的?"

"我们国里有许多人要亡命出国,我就是其中的一个;我原是个良家子弟,本是杭尼的一个军官……现在必得出来为人服役,我若找着一位如你既是这样美貌又是一个贵族的女主人,我是要谢上帝的。"

这个美貌女子名苏小姐,微微一笑,露出两排如珠的牙齿。

她说道:"我喜欢你的面貌,我有意雇用你,只要你满意于我的条件。"

她的女仆看见苏小姐看这个男仆一眼,就对自己说道:"这是一个贵家妇女的怪脾气,不久就会消灭的。"但是这个有阅历的女人这一次却猜错了。

苏小姐实在是爱上拉左司,拉左司却以礼待她,她就很不高兴。有一天晚上,她想去看意大利乐剧,她先吩咐备车,后来又吩咐不要备,有一个贵族很喜欢她的,正在预备来跪在她的脚下,她却拒绝不见,反吩咐打发她的马夫上来。

她一看见他就说道:"拉左司,我殊不满意于你。"

"玛当,为的是什么?"

"我不复愿意你在我的左右啦;这是你三个月的工钱。你立刻离开我的住宅。"她起首很不耐烦地在屋里走来走去。

马夫答道:"玛当,我愿服从你的命令,我却不领我的工钱。"

她急忙问道:"为什么不领?"

拉左司说道:"我若领了,我就算是受了你三个月的节制;我愿意立刻享自由,以便我可以告诉你,我在你手下当差并不是为的你的几个钱,我只为的是我爱你,且崇拜你是一个美貌的女人。"

苏小姐喊道:"你爱我呀!你为什么不早些告诉我?因为我爱你,又以为你不爱我,我才想打发你走,不要你在我的面前。你已经很挫折我,你必得受苦。立刻过来跪在我脚下。"

马夫果然跪在这个美貌女子面前,从此就变作她的最得宠的姘夫。她自然不许他吃醋,因为那个少年贵族还是她的正式爱人,他所享受的快乐就是替她还债,除他之外她还有一大群的所谓"好朋友",这许多人有的侥幸得着她的微笑,他们蒙她允准有时送她罕见的鲜花,有时送她一只鹦鹉,有时送她金刚钻。

苏小姐同拉左司越亲近,她越觉得不安,因为他屡次带着毫不隐藏的貌视神色看她。她完全在他的潜力之下,又怕他。有一天他正在玩她的黑头发时,他嘲笑她说道:"世人常说相反的相引,但是你却同我一样的黑。"

她微笑,把黑色的假头发扯下来,坐在拉左司身边的女子立刻变作一个最可爱的淡黄色头发的女人,拉左司很留心看她,却并不诧异。

约在夜半时他出了住宅,说是去照应那几匹马,她就休息。两点钟后她从酣睡中惊醒,看见一个警官和两个警员在她的床边。

她喊道:"你们找谁呀?"

"我们找塞西利亚·卡。"

"我是苏小姐。"

警官微笑说道:"呀!我认得你;请你把假的黑头发拿下来,你就是塞西利亚·卡。我用法律名义拘拿你。"

她讷讷地说道:"天呀!拉左司害了我。"

警官答道:"玛当,你错了;他不过执行他的职务。"

"什么呀？拉左司——我的爱人么？"

"不是的，拉左司么，他是侦探。"

塞西利亚下床，再过一会就晕倒在地板上。

注释：

1 一种银币。——编者注

丹麦、荷兰、俄罗斯

野天鹅

———————————————————— [丹麦] 安徒生

到了冬天我们这里的天鹅都飞往一个地方,古时有一个王曾住在那里,他有十一个儿子,一个女儿为伊理萨。这十一个兄弟都是王子,往学校去的时候每人胸前都挂一个宝星,腰间都挂一把刀。他们用金刚钻笔在金石板上写字,他们能够容易读书,又能够一样容易地记得,人们立刻能够晓得他们是王子。他们的妹妹坐在玻璃小凳上,有一本满是图画的书,这本书几乎花了半个国才买来的。

呀,这些孩子们诚然是快乐;可惜他们的快乐不能久长。

他们的父亲原是该地的国王,娶了一个黑心的王后,心里不喜欢这些可怜的孩子们。他们第一天就觉得她不是个好人。宫里大排筵宴,孩子们以招待来宾作嬉戏,她不给他们糕饼与烤苹果吃,只给他们一茶杯的沙土,吩咐他们可以当是真的糕饼。

下一星期她就打发他们的小妹妹到乡下的一个种田人的小房里;不久她在国王面前说王子们的许多坏话,国王就不复理他们。

这个黑心王后说道:"你们不如飞出王宫,出去问世求生活。你们不如变作不会作声的大鸟。"她心里原想他们变作很难看的鸟,她却做不到,他们变作十一只很好看的野天鹅;他们从宫里的窗口飞出,当他们从宫苑上飞向远处树林的时候,他们作一种特别的叫喊。

当他们从伊理萨所睡的乡下人的小房子旁边飞过的时候,天还是很早的。他们在房顶上盘旋,伸长他们的脖子,拍他们的翼;但是无人听见他们,看见他们,他们只好向前飞。他们高飞,飞入云间,从这里飞入广大的世界,后来飞到一个黑暗树林,这个树林斜斜地伸到海边。

可怜的小伊理萨站在小房舍的一间屋子里,没得东西玩耍,只好玩一片绿叶。她在绿叶上作了一个小孔,从孔里看太阳,好像看见她哥哥们的明眼;温和的阳光每次射在她脸上,她以为是哥哥们吻她。

她所过的都是孤寂日子。倘若有风从一大堆的玫瑰花丛吹过的时候,风常对玫瑰花附耳低声说道:"有谁能够比你更美呀?"玫瑰花就摇头答道:"伊理萨比我们美。"倘若那个老婆子当星期日坐在门前读祈祷歌,风就会吹一页一页的书,对书说道:"有谁能够比你更虔诚呀?"那本祈祷歌就答道:"伊理萨比我更虔诚。"玫瑰花与祈祷歌所说的都是单纯的实话。

她到了十五岁就回宫。不料王后一看见她长得这样美,就怀了满肚的怨恨。她很想也把她变作野天鹅,如同她的哥哥们,但是现在她还不敢,因为国王要见他的女儿。

王后一早就走入浴室,这是云石盖造的,里头有许多软垫子,有意想所能到的顶好看的地毯与帷幔;她带了三只蛤蟆进来,她吻这三只蛤蟆,对第一只说道:"等伊理萨进来,你坐在她头上,使她变作如你一样地蠢笨。"她对第二只蛤蟆说道:"你坐她额上,使她变作如你那样的面目丑恶,使她的父亲不会认识她。"她附耳低声对第三只蛤蟆说道:"你歇在她的心上,使她居心不良,这就会使她发生痛苦。"她于是放三只蛤蟆在透光的水里,这水变绿,她随即喊伊理萨,帮她脱衣服,帮她入浴盆。当伊理萨把头浸入水里的时候,一只蛤蟆立在她的头发上,一只站在她的额上,一只立在她的胸脯上。她却好像并不看见它们;等到她从水里站起来的时候,只看见三朵罂粟花漂在水面。假使这三只蛤蟆不是有毒的,假使不曾被女妖所吻,是会变作三朵红玫瑰的。因为蛤蟆落在她的头上与胸上,所以才变作花。她自己原是极虔笃极善良的人,无论什么妖术都不能有变化她的能力。

那个黑心王后一看见她并无改变，就用胡桃油擦她的身，擦到她的周身变作黑黄色，王后又用臭膏擦她的脸，又使她的头发胶成一团，后来就辨认不出她就是美貌的伊理萨。

她的父亲一看见她就害怕，宣言她不是他的女儿。只有守夜的狗与燕子们还认得她，可惜它们都是可怜的禽兽，一句话也说不出来。

可怜这个伊理萨只是哭，想她的远在他乡的十一个哥哥。她心里很痛苦，偷偷出宫，终天在田野上及泽地上走，后来走进一座大树林。她不晓得她自己往哪里去，她却觉得很愁苦，她渴想找她的哥哥们，他们与她相同，都是被逐出宫的，她打主意去找她的哥哥们，等到找着了才肯罢手。

她在树林里不久天就黑了，因为她走了长路，这时候就跪在柔软的苔上，诵她的祈祷文，头靠一株伐余的树身。那时候四周寂静，空气温和，有千百萤火照耀四周的青草与绿苔，如同一片绿火；她若轻轻地触一条小枝，萤火就如雨一般落下来，好像若干点落星。她终夜梦见她的哥哥们。她以为他们还是在小孩子的时代同在一处嬉戏，用金刚钻笔在金石板上写字，看那本值一半国帑的画书。不过他们这时候不是在石板上做算数，都是在其上写他们所建立的勇敢事功，与他们所作所见的事；画本上的东西全是活的——画本上的鸟唱歌，其上的人物从书本上走出来同伊理萨及她的哥哥们说话。不料她只要翻过一页书，那些鸟与人物又跳回原处，秩序不乱。

她睡醒的时候，太阳已经很高了。她却并不能看见太阳，因为高树的枝子在她的头上交加成为弧形，只在叶与叶间看见走动的日光如同一片金黄色的纱巾摇动一般；树木喷出一阵阵的香气，有许多鸟几乎立在她的肩上。她听见潺潺流水声，这是几条大溪流入一个湖的声音，湖水很清，可以看见很美的沙底。湖边四周长了很密的丛林，鹿所经过的地方开了一个大缺口，伊理萨从此可以走到水边。湖面很清，当无风吹动树枝与丛林的时候，无论在光处或在阴处的树叶——反照在湖底，观者以为是画在湖底的。

伊理萨一看见湖里自己的影像，那样黄黑，那样丑恶，就害怕。她用手沾水洗她的眼与额，就看见她自己的皮肤又是白的。她于是脱衣服，走入水中，在这个大世界上不能找出一个比她更美的公主了。

她穿上衣服，整理她的长头发，走到溪边，用掌捧水送入口里，随后走入树林深处，自己也不晓得要做些什么。她想她的哥哥们，相信上帝不会抛弃她的。上帝命野苹果长大以喂饥饿的人，上帝领她到一株树边，这株树有许多果子向下坠。她就在树下用中饭，她把树枝放回原处之后，她走入树林中最黑暗的地方。这里是很寂静的，她能够听见她自己的脚步声，与她踩干树叶所作的声音。这里并无一鸟，树枝又大又密，日光不能射入。高的树身密密相靠，当她向前观看的时候，她就觉得好像她被大木所做的栅栏围住了。她一向不晓得有这样寂静地方。

晚上很黑。并无萤火闪光。她很忧愁地躺下，安心睡觉。她以为头上的树枝分开，上帝用怜惜的眼从高处向下看她，同时还有许多小安琪儿在上帝的头上与腋下盘旋。

翌日早上她睡醒，她不能说这是一场大梦，抑或是实有其事。

她随后起行，走不到几步就遇到一个老婆子，手上拿了一个篮子，满装浆果。老婆子给她果子吃，伊理萨问她曾否看见十一个王子骑马在树林走过。

老婆子说道："不曾看见；我昨天却看见十一只天鹅，头戴金冕，在这里附近在河上凫水下去。"

她随即领伊理萨往前再走，走向一个斜坡，有一条曲折的小河在坡脚流过。小河两岸的树木的多叶的长枝子向前发展，长到两边的树枝相碰，凡是两岸树木的枝叶不能长到交加的地方,树根就从土壤中出来,就绕在河面的树枝上,向下悬挂。

伊理萨同老婆子告辞,沿着小河的岸边走,走到小河流入一片空阔大水的岸边。

这个小姑娘看见眼前是一片大海,是很壮观的,却看不见一片帆,或一只小舟。她怎样向前走?她看看滩上无数的石子,被海水摩擦到很光滑——有玻璃,有铁,有石,什么都有,被波涛洗刷,得了水的形状,却比她的嫩手还软得多。她想道:"水是不辞劳疲地向前滚,顶硬的东西也被水摩擦了——我要学水那样不辞劳疲。不停流的清波呀!你教会我了,我谢谢你。我的心告诉我,你肯送我去见我的宝贵的哥哥们!"

有十一根白色天鹅的毛放在湿的海草上,伊理萨拾起捆在一起。鹅毛上有几滴水在那里抖动,却无人能够说这是几滴露水,抑或是眼泪。在海滩上原是很寂寞的,她却不觉得寂寞,因为海是常变的,在几点钟内变化种种形象,最悦目的山景,要一整年才能够现出这许多变化。天上若发现一片浓黑的云,海就好像要说道:"我也会怎样露出昏黑形象。"随即起风,波浪把白色露出来。云若变作玫瑰色,风就睡着了,海就好像一片玫瑰叶——一会是白的,一会是绿的。但是无论怎样平静，近海滩处常有微动，那里的海水如同一个酣睡婴儿的胸脯一般，微微地起落。

正在日落的时候，伊理萨看见十一只野天鹅，头戴金冕，向岸边飞，如同一条长的白带，一个挨着一个飞。伊理萨走上斜坡，躲在小树林里；天鹅们走近她，拍他们的大白翼。

日一入海，天鹅们的羽毛脱了，伊理萨的哥哥们变回原形，是十一个美貌王子站在那里。她大喊一声，因为他们虽然变了，她晓得与觉得必定是他们。她滚在他们的怀里，喊他们的名字，王子们一看是他们的小妹妹，看见她长得这样美，都很欢乐。他们又哭又笑，立刻相告他们的后母怎样虐待他们。

最长的王子说道："我们十一个兄弟只要太阳在天上，就变作野天鹅飞往各处；太阳一落我们就复现人形。所以我们到了太阳快落的时候必要找着停足地方，因为到了这个时候我们若仍然在云中飞，一复人形就会坠入海里。我们并不住在这里。在大海的那一边，有一片大地同这里一样华美；不过路太远。我们得渡过大海，路上并无一岛，只有一块孤零的小石露出海面，地方太小，我们挤在一堆也不够立足。倘若波涛太大，会在我们头上冲过。有了这一小块不毛的石头,我们还得谢谢上帝,使我们能够当复变人形时在那里过夜,因为若无这块小石,我们永远不能探望我们所爱的本国,因为我们要在每年最长的雨天飞过去。所以我们每年只能回家一次,我们在这里只能停留十一天,就得在树林上飞过去,我们从那里就能看见我们所生的地方,我们父亲所住的地方,与我们母亲所葬的教堂。我们在这里觉得树木与丛林都与我们有关系,我们看见野马在高原上跑,一如我们少年时所看见的一般;我们见烧炭的人们唱古老歌,我们当孩子时听见这样的歌就跳舞;说句简单话,这就是我们所生的地方,我们不由自主的飞回这里;我们在这里遇见我们的宝贝的小妹妹。但是我们只有两天在这里逗留,此后我们必要飞渡大海,往一个华美地方却不是我们的。我们既无大船又无小舟,怎样带你同去?"

妹妹问道:"我怎样能够破了害你们的邪术?"

他们说了几乎一夜的话,只睡了不多几点钟。

她的哥哥们又变作天鹅,她听见他们在她的头上盘旋的拍翼声就醒了。他们绕大圈子飞,后来飞得很远了;只有最年少的哥哥仍在这里陪她。他的头伏在她怀里,她抚摸他的翼,两人整天在一起。到了晚上,十个哥哥回来;等到日落,他们复现人形。

其中有一个说道:"我们明天必要飞走,要过了一整年才回到这里来。我们却不能这样抛弃你。你有胆陪我们走么?我们手臂很有力,足以送你过树林;我们全数的翼,为什么就不能背你过海?"

伊理萨说道:"是呀,你们带我一起去。"

他们费了一夜工夫用软的树皮及像线的菅制一个网,制成之后又大又结实。伊理萨躺在网上,等到日出,她的哥哥们变作天鹅,用嘴衔网,同他们所亲爱的妹妹飞上云间,她还在网上酣睡未醒。阳光照在她脸上,就有一只天鹅在她的头上盘旋用大翅遮她的脸。

他们飞离陆地很远,伊理萨才醒。她以为她还在梦中。她见她自己被人抬到高处,远离海面,觉得奇怪。她的年纪最小的哥哥采了一枝满是味厚好吃的浆果和一束香根放在她身旁,以便她随时取食。她微笑谢他,她认得在她头上盘旋遮蔽她的天鹅就是这个哥哥。

他们飞得很高,往下看最大的船不过像一只小海鸥浮在水上。有一大团的云在他们后头,好像一座大山,伊理萨看见云上她自己的影子与十一只天鹅的影变作很大。她一向还未见过这样好看的一幅图画。当太阳升得更高,那一团的云离得更远的时候,她就看不见浮在空际的幻影。

他们在这一长天里头向前飞,如同一支箭在空中飞过一般,他们还是向前飞,不过比向来走得慢些,因为他们要抬他们的妹妹,所以走得慢些。快到傍晚的时候,伊理萨看见落日心里就着急起来,因为此时还看不见山。她好像觉得天鹅们拼死命地用力鼓翼。可惜呀!他们被她所累,不能向前快飞,到了日落他们必恢复人形,就坠入海中淹死。他们怎样从心里祈祷安全!——还是看不见石。黑云到了;一阵一阵的狂风报告大风快来啦,同时许多云聚成一大片吓人的浪,好像一块铅一般向前走。随后电光相继打闪。

太阳现时到了海边。伊理萨的心跳得很快,天鹅们下坠得很快,她心里想她也必定下坠。但是到了这个时候,他们又在空际飞。太阳已经有一半入海,他们看见下面有小石。这块石露出水面,不过有海狗头那么大。太阳落得很快,这时候不过有星星那么大——他们刚好脚踏实地。阳光灭了,好像一片烧着的纸的最后一点火星,他们现在手拉手围住他们的妹妹;石头是很窄的,刚好够他们立足,并无余地了。

波涛打这块石,湿雾落在他们身上,接连有电光照耀,随后就是相继不断的霹雳;妹妹与哥哥们手拉手坐下唱圣诗,从此得了希望和勇气。

将近破晓的时候,空气清洁与平静;太阳一出,天鹅把伊理萨抬走,离开这片石。

海上仍然波涛汹涌,从上看下,深绿色的波浪顶上还是有白浪花,如同千万只天鹅在水上游行。

太阳升得更高,伊理萨看见面前空际有一座山,岩上有一堆一堆的发光的冰,岩间耸出一座堡砦,至少有一里长,还有一层层的柱廊。其下有好几丛的棕榈树,风吹树顶作波浪起伏,还有许多花,有磨盘那么大。

她就问他们所要到的是不是这个地方?他们摇头;因为她所看见的不过是仙女摩吉安那的华丽的、常时变幻的堡砦,原是云所造成的,无人能进去的。伊理萨还在那里看,大山、树林与堡砦忽然都坍了,从坍堆中出现二十所庄严同样的教堂,每所都有高顶的尖塔与尖弧形的窗。

她以为她听见风琴响声,其实她所听见的是波涛声。

等她走近那几所教堂的时候,教堂变作一大队的船,好像在她脚下行驶。她向下看,才晓得是一团团的浓雾,在水面溜过。她就是这样接连看无穷无尽的景致接续相继。后来她看见他们所要到的实地,那里有最好看的青山,山上有柏树林,有高台,有堡砦。离日落还远,她坐在一个山涧前的石上,石山长满娇嫩的绿藤,好像一块绣花地毯。

她的最小的哥哥领她到他的卧室,说道:"我们要晓得你今晚作什么梦。"她说道:"但愿上天示梦,使我晓得怎样打救你们!"她心里忙于想着怎样打救她的哥哥们,她就热诚求上帝助她——她的热诚使她睡着了还接连在那里祈祷。她随后以为她在空中飞行,飞到摩吉安那的云堡,仙女出来欢迎她,仙女虽打扮得很美丽,却像她从前所遇的老婆子,这个老婆子从前曾在树林给她浆水,曾把戴金冕的天鹅们所在的地方告诉她。

仙女说道:"你的哥哥们是可以打救的,不过你得有勇敢与毅力足以打破魔术。你有么?水比你的嫩手还要柔软些,却能够把石消磨了;水却是无感觉的,不如你的手指能觉楚痛;水是无心的,不会受你所将受的忧虑。你看见我手拿的刺手的荨麻么?你所睡的山洞四周都长了许多这样的荨麻;唯有长在教堂院子的可以合用,你须牢记我这句话。这些草是刺手的,你必得摘来。你用脚踩这样的草,你就可以取出麻来,你用麻织十一件长袖的甲,你把甲披在十一只天鹅身上,立刻就可以破魔术。却有一事你须牢记,从你初起首做这件事,以至你办完这件事,中间无论经过多么长的时候,你却不许说一句话,你一说话,就有利刃刺你的哥哥们的心,一刺就死。他们的性命全靠你缄默不响。你要牢记了。"

同时她用荨麻触伊理萨的手，就如同火烧一般，使伊理萨从梦中惊醒。天已大亮了，有一棵荨麻在她身边，一如她梦中所见的。她双膝跪下谢上帝，走出山洞，起首做她的事。

现在她用嫩手摘难看的荨麻，她的手好像觉得火烧一般。她的手与臂都起了泡；她甘受痛楚，希望打救她所亲爱的哥哥们。她赤脚踩荨麻，起手纺织麻。

太阳下山，她的哥哥们回家，看见她哑口不言，很惊恐。他们以为又是他们的黑心后娘又演邪术。他们一看她的两手才晓得她甘受痛楚替他们做事；最少年的哥哥滴泪，泪珠落在她手上，发烧的泡消灭了。

她终夜纺麻，因为她要打救了亲爱的哥哥们才肯罢手。第二日天鹅们全不在家，她独自一人坐在家里；她却觉得时光过得很快。她已经制好一件麻甲，又起首制第二件。

她听见山中有喇叭声，她惊了一跳。喇叭声走近了——她听见狗吠声，她很惊恐，跑入山洞里，她把她所摘的与已经纺好的麻捆作一束，坐在上面。

这时候有一只大狗从山间的窄口跳出来，随后接连有好几只大狗很快地跳出来；群狗大叫，跑回去，又跑回来。不过几分钟，全数的猎人都站在山洞前，其中有一个最美貌的就是本地的君主。他走向伊理萨,他所见过的女人以她为最美。

他问道:"美貌姑娘,你怎样到这里来?"伊理萨摇头。她不敢说话,因为与她的哥哥们的得救及性命有关;她把两手藏在围身底下,不使国王看见她手上的泡。

他说道:"你不可逗留在这里,你同我来吧。你的性情若与你的面貌一样好,我就愿意把绸缎及丝绒衣服与你穿上,把我的金冕放在你的头上,请你住在我的最华丽的宫里。"他高举她放在他的马上。她啼哭,扭她的手,国王却说道:"我不过是愿你欢乐。将来有一天你会谢我的。"

他扶住她坐在他的前面,随即在山中打猎,其余的猎人,在他们的后面打猎。

快到日落的时候,他们看见面前就是华丽的都城,与城中的教堂及圆房顶。国王领她入宫,宫里有几个大喷池在白石大厅中喷水,大厅的墙与天花板都有绘画做装饰。她却无心看这许多好东西,她只是流泪与哀伤。她却愿意随妇女们替她穿上王者的衣服,用珠子结她的头发,用细软的手套套她的发痛的手指。

当她穿上华丽的衣服走出来的时候,她是迷目地美丽,宫里所有的人更同她深深地鞠躬。国王选她做他的新娘子,总教长却摇头，附耳低声对国王说这个树林里的美女大约是一个女魔，迷了国王的两眼，且使他的心变糊涂了。

国王却不听他的话，吩咐奏乐，摆列最珍贵的食品，同时有许多极美的女子在她的前后左右跳舞。有人领她走过花香扑鼻的花园，走过几间极华丽的房子，却并不能赢得她的两唇微笑，亦赢不得她的两眼发光。她好像是愁苦的影子。国王随即开了一间与她的卧室相连的小屋子，这所卧室与她所从来的山洞一般，地下铺了一张很值钱的绿地毯。地板上放了一捆麻，是她从荨麻纺出来的，她所制成的甲悬在天花板。这许多东西都是一个猎人以为是奇怪事物拿到这里来的。国王说道："你可以设想你自身在少年时的家里。这是你在山洞时所做的活计，现时你在华丽之中可以追想少年时事作消遣。"当伊理萨看见她所以为最有趣味的事物的时候，她满脸笑容，脸上复现红光。她想到打救她的哥哥们，就吻国王的手，他一面搂她在怀里，吩咐鸣钟庆贺大婚。于是这个树林的美貌哑姑娘做了该国的王后。

总主教在国王的身边说许多坏话，国王不听。国王一定要行结婚大典，总主教不得不替新王后加冕，他却心怀不良，把冕的窄圈用力向下压，使她头痛。但是还有一个更大的圈子箍住她的心，使她想到她的哥哥们的厄运就觉得心痛。她却不顾她体肤的痛。她仍然不开口，因为她一开口就会送了她哥哥们的性命。国王无不尽力要得她的欢心，她的两眼表示她深爱这个善良美貌的国王。她越久越爱他。呀，她只想能够对国王诉苦，把她的愁怀告诉他，她就能够觉得如释重负啦！但是她必不可以开口，她必得缄默不言以做完她的事。所以她常在晚上偷偷出了卧室走入那间装饰如山洞的小屋子，编麻制甲。

等到她起手制第七件甲的时候，没得麻了。

她晓得她所要用的荨麻长在教堂的院里，不过要她自己去拔，她却不晓得怎样能够到那里。

她想道："我手指所受的痛苦，哪里比得上我的心所受的忧虑的痛苦？我必得尝试冒险！上帝不会不伸手助我的。"有一天晚上有月亮，她果然偷偷地下楼，走入花园，走过几条长巷，走过几条寂寞的大街，到了教堂的院子。她一路很害怕，浑身发抖，好像是快要做一件恶事一般。她看见那里有一圈的女巫坐在一片最大的墓石上。这许多丑恶的女巫脱下她们的破衣服好像要洗浴，她们用瘦长手指挖新葬的墓，取出尸首，吃死人肉。伊理萨不能不在她们身边走过，她们满脸怒容看看她；她却暗自祈祷，拔了刺手的荨麻，带回家去。

她只看见一个人,这个人就是总主教。别人都睡觉,唯有他不睡,在外面走。他现在坚信王后不是个好人,是一个女妖,用魔术蒙蔽国王与全国的人。

总主教在忏悔室把他所见与所怕的事告诉君主。当他说出严酷的话的时候,雕刻的圣贤神像们摇头,好像说道:"这些话不确,伊理萨是个无罪的人!"但是总主教把神像抗议的意思全翻错了;他假意译称他们证她有罪,他们反对她的罪恶所以摇头。国王滴了两滴伤心泪。他回家,满肚疑团,当晚他假作睡着。他却睡不着,他晓得伊理萨起来。她每晚都起来,他每次脚步轻轻地跟随她,看见她走入小屋子。

他的面色越久越难看。伊理萨看出他变了面色,却想不出缘故,她心里很不安——况且她因为她的哥哥们心里已经是很痛苦的了!她热泪滴在国王的绒衣及紫袍上,如同几颗闪光的金刚钻,凡是看见金刚钻的光彩的无不想做王后。当下她快要把她的工作办完了。现在只有一件甲未制!她又没得麻了,一棵荨麻也没有了。她又要到教堂的院子啦,只要再去一次,采几掬的荨麻。她一想起她自己孤身一人出去走一次,一想起那些丑恶的女妖,她就害怕,但是因为她相信上帝,她的主意是很牢的。

伊理萨出宫，君主与总主教跟在她后头，他们看见她走入教堂坟地的大门，当他们快要走近她的时候，看见女妖们坐在墓石上，一如伊理萨所看见的，国王以为当天晚上头睡在他胸脯上的美人原是一个女妖，他掉头就走。

国王说道："国人必得判她的罪。"国人判她是个女妖，要受火烧。

于是从华丽的王宫把她送入一所黑暗潮湿的监牢里，只有铁窗通风；她向来穿惯丝绒与绸缎的，现在只给她几捆她所采来的荨麻——给她当枕头，她所自织的硬而刺肉的麻甲当她的被。她却极欢迎这几样东西——她一面祷告上天，一面作她的活计。街上的孩子们在她的监牢外唱歌挖苦她，并无一个说句好话安慰她。

快到晚上，她听见铁窗左右有天鹅拍翼声音。这只天鹅就是她年纪最小的哥哥，他找着他妹妹的监房，她虽然晓得明晚也许就是她的末日，她看见他却欢喜到落泪。但是现时她的事功几乎完成了，她的哥哥们都在那里。

总主教曾答应君主，所以当最后一个小时走来安慰她。她却摇头，用神色与手势求他走出去。因为今天晚上她必要完成她的事功，不然的话，她是枉然受了这许多痛苦，滴了许多眼泪，熬了许多无眠的晚上。总主教只好走出监房，嘴里还是喃喃地说毁谤她的话，但是伊理萨晓得她自己是善良无辜的，所以她还是制甲。

有许多小老鼠在地面跑，拖麻到她脚下，尽它们的能力帮她的忙；同时有一只画眉鸟立在铁窗不远唱顶好听的歌，唱了一夜，提起她的精神。

快到破晓，在日出前一点钟，那十一个兄弟到了宫门要见国王。守门的说不能见。那时候天还未亮，国王睡着未醒。他们哀求要见，他们说恐吓话，卫兵出见，后来国王自己出来问是什么事——这时候太阳升天，并不见十一个王子，只见十一只天鹅在宫殿上飞。

全城的人都出城看烧女妖。一条老瘦难看的马拖她所坐的囚车。她穿了一件粗麻制的短外衣，她的美丽头发拖在两肩上；她脸无人色，她的两唇微动，她的手指还忙着编绿色的麻。她虽是赴法场处死，她还是不间断地做她所担任做完的工作，她脚下放了十件甲，她正在要完成第十一件。人们嘲笑她。

人们喊道："看看那个女妖怎样喃喃地说些什么！她手上并无圣诗——没有呀！她忙了演她可恨的邪术，我们不如撕掉她所制的甲。"

他们果然全向前冲，正在要撕碎麻甲；这时候十一只野天鹅飞下来,在车上包围她,鼓他们的大翼。人们恐怖,退后。他们低声说道:"这是上天垂象!她必定是善良无辜的!"他们不敢大声说。

刽子手抓住她,她匆匆把十一件甲摔在十一只天鹅身上,立刻就有十一位王子出现于她的面前。

只有最年少的王子有一翼,因为她无时候,不能制完那件甲的一只袖子。

她于是说道:"我现在可以开口了。我是善良无辜的。"

群众看见这件异事,就对她鞠躬,当她是一位圣贤;她因为受尽极剧烈的忧患与悲伤,无力支持,就晕倒在她的哥哥们的手上。

最长的哥哥说道:"是呀,她是善良无辜的。"他把以往的事变对群众细说一番。当他说话的时候,满空中都是香气,好像是千万朵玫瑰花香——因为在烧人的柴堆里头每根干柴都长了根,出了小枝,那里有一道喷香的篱笆,又高又厚,篱上满是红玫瑰花;高出玫瑰花之上,却开了一朵花,如一颗星那么白,那么亮。国王摘了这朵花,插在伊理萨胸前,她随即醒了,心里是宁静的,欢乐的。

全数的钟自响,一长串的鸟排队飞向这里。庆贺大婚的人们回宫,这是无论什么帝王所未见过的!

影子

[丹麦] 安徒生

太阳在热带地方是很猛烈的;地方上的人如同桃花心木那样黄黑;在热带地方的人被阳光烧成黑鬼。有一次有一个博学人从一个寒冷地方旅行到热带地方。他以为在这个地方他可以散步如同在家一样;不久他才晓得这样的意向是错误的。他不能不躲在家里,如同全数明理的人一般,终天还要紧闭门与窗;好像全家都睡着了,又好像全家的人都出外了。但是他所住的那条街,房子是高的,街道却是窄的,房子盖得不合理,从朝至晚被阳光所晒;简直受不了!

从冷地来的博学家却是年少,又聪明。他觉得好像是向一座烧着大火的炉里看,他受了很深的印象,人变瘦了,连他的影子也缩小了,比在家时小得多;况且阳光把这个小影子夺去了,要到太阳下山之后才有影子。看他的影子原是一件乐事。只要一把灯送进房里来,全个影子就伸展在墙上,影子变得很高,高及天花板;身子很要伸几次才能恢复其气力。

这个博学人走出露台伸展身子;只要是星星从青天出

现,他就觉得精神多少复原啦。在热的地方凡有窗子必有露台,无论怎样惯受阳光晒黑,必得呼吸新鲜空气,所以现在人们起首走出露台,从房顶到最低一层全是人,热闹得了不得。鞋匠与裁缝及操同等手艺的匠人们都坐在街上;桌子椅子都搬出来,点了上千的蜡烛,这一个说话,那一个唱歌,逛街的人们走来走去,还有许多马车经过,骡子跳着走,蹄声与铃声相应;还有出殡的,人们一面唱挽歌,教堂一面鸣钟。街上其实是极闹忙的。

在这个有学问的外国人所住的房子对面却并不热闹,是很安静的。但是有人住在那里,因为露台摆着花,在阳光底下开得顶好看,若是无人浇水是不能开得这样好的;所以必定有人浇水;所以这所房子里必定有人。况且快到晚上,门是半开的;不过房里是黑暗的,至少前面的房子是黑暗的;有时还可以听见有音乐声从屋里出来。这个有学问的外国人以为这样的音乐尤其能迷人;这也许不过是他的胡思乱想;因为设使没有太阳他以为热地方无一事物不是顶适意的。他的房东说不晓得谁租住对过的房子;不曾看见有什么人,说到音乐他以为最讨厌不过。

房东说道:"对过的音乐好像是一个人不能奏这篇音乐却坐在那里练习,永远还是这一篇。我猜这个人说'到底我必能练习成功',无论他练习多么久,我看他还是不会奏。"

有一次这个有学问的人晚上醒了。他打开露台门睡,一阵风进来吹起他的帐子,他好像看见很奇异的一片光从对过房子的露台流到这边来。所有的花都好像颜色最鲜艳的火光,有一个美女站在花中。她也好像有光流出,很眩他的两眼;但是他不过是才睁眼,才从酣睡中惊醒。他一跳,从床上跳到地下,轻轻地走到窗帘后头;不料美女已看见,走了,花光也没了,那许多花虽然还在那里,还是同刚才那般美丽,却不发光了。露台门半开半掩,还有音乐从屋里吹过来,音乐还是极悠扬的,一片潺潺声音很可以使人入极乐的梦境。这片音乐好像魔术。有谁能够住在那里?这所房子的真实门口在哪里?——因为最下一层在大街上与在旁边的小弄上全是店铺,人们不能常从店房出进。

有一天傍晚,这个外国人坐在露台上。他后面的房子里点着灯;他的人影自然落在对过的屋子上;他原是坐在他的露台上的花中,所以他一动,他的人影也动。

这个有学问的人说道:"据我看来,住在对过房子的活东西其实只是我的人影。人影坐在对面的花中是多么好看呀!那边的门还是半开半掩,所以那个人影应该很聪明,会踏步进去,四围看看,随后回来,告诉我他看见些什么。"

他当作笑话说道:"你能这样做,就有点用处。我请你走进去,你肯么?"他于是对影子点头,影子也对他点头。他又说道:"你进去吧;不过你不要进去就永不回来。"

这个外国人站起来;在对过露台上的人影也站起来;外国人转身,影子也转身;假使有人留心细看,他就会很清楚地看见,当这个外国人回去他的屋里,把遮玻璃的帘子拉过来盖住玻璃门的时候,同时那个人影也进去对过露台的半开半掩的门。

翌日早上这个有学问的人走出去喝咖啡读报。

当他站在阳光中的时候,他说道:"这是怎么一回事呀?我丢失我的影子了!好像这个影子昨天晚上走了,还不曾回来。这是一件惨事呀。"

这件事令他难过,并不是因为影子走了不来,却因他晓得一段故事说的是一个人没有影子,在他本国里的人们都晓得这段故事;他回国对国人说他丢失影子,国人会说他不过是抄袭这段故事;他何必令人说这种话。所以他决计不说,这是很有知识的决定。

到了晚上,他又走出露台,预先留心把灯放在身后,因为他晓得一个影子常有他的主人遮护他;他却不能引诱他出来。他把自己缩小了,随后伸长,还是没有影子,影子不肯来。他喊道:"哈哈!"——喊了也不中用。

他很着急;但是在热带地方,无论什么东西都是长得很快的,过了一个星期,当他站在阳光里的时候,有一个新影子从他的两脚长出来,他就大乐;他晓得影子的根还在,他就满意。再过三星期,他有了一个很像样的影子,当他回去北方的时候,他在路上看见影子接连地增长;后来影子变得又肥又大,他很可以弃了一半不要。

这个有学问的人回了家,写了几本书,说的是世界上的真、美、善的事;日子过得如飞那么快;一连过了许多年。

有一天晚上他坐在书房里,听见有人轻轻地敲门。

他说道:"进来呀。"却无人进来。他于是开门,看见一个人站在他面前,这个人是非常地稀薄,他就觉得很奇怪的一阵毛骨悚然。他不过是身体稀薄,穿得却是很漂亮的,好像是一个极斯文的人。

我们这个书呆子说道:"我请问,你是谁呀?"

这个素未见过的斯文人说道:"呀,我曾想到你不会认得我。我已经变作具体的了,我居然有了肉体,能穿衣服了。你断不会想到我会有现在的情形。难道你不晓得你的旧影子么?你绝不相信我会回来的。我自从最后一次分手以来,我是非常地侥幸;无论哪一方面我都变作很富厚了;设使我有意要买我的自由,不随人俯仰,我手上很有钱财能够办到。"

他于是把挂在表下的值钱东西摇动得很响,用手玩弄挂在脖子上的一条粗金链;此外,他的手指全戴了发亮的金刚钻戒指,全是真的,不是假的。

这个有学问的人说道:"我实在是不能不诧异,这是怎么讲?"

影子说道:"确是一件非常的事。但是你自己却不是个常人;你要晓得自从你是个小孩子以来,我就跟随你,你步趋,我亦步亦趋。等到你晓得我年纪已长,可以独自一个人出去问世,你就随我设法混世,现在我所处的是最有光彩的环境。不过我很想当你未死之前来见见你,况且我很想再看看这个地方,因为一个人对于他所生长的地方是念念不忘的。我晓得你得了另一个影子——我且问你,我欠你钱么,我欠那个影子钱么?我请你告诉我。"

这个有学问的人说道:"你并不欠钱,原来真是你么?这是一件极可注意的事。我绝不曾想到一个人能够看见他的旧影子会变作一个人。"

影子说道:"我只要你告诉我,我欠你什么,因为我不愿意欠什么人的债。"

有学问的人说道:"你怎么能够说这样的话?你能欠我什么?你如同其余无论什么人一样,你是自由的。我看见你走好运我很高兴。我的老朋友,我请你坐下,我请你告诉我,你怎样会变作现在这个样子,当在热带地方的时候,你在我的对过房子里看见些什么?"

影子坐下,说道:"我肯告诉你,不过你得答应我,你不告诉本城的无论什么人,无论我们在什么地方会面,你不要对人说我是你的影子;因为我的资财足以养家而有余,我有意要娶妻。"

有学问的人说道:"你只管放心,我不告诉人你实在是个影子。我答应过你,你就可以放心。我你常年在此,我与你都是说话算数的人,这就够了。"

影子改正他的话,说道:"你该说一个说话算数的人与一个说话算数的影子。"从外表看来,他无一不是一个人的样子,这真是一件奇怪事。

他身上穿的是一套极好的黑呢衣服,脚上穿的是一双漆皮靴子,头上戴的是一顶折叠的大帽子,用手一压就变扁了,只看见帽顶与帽边;我们不必说他表上所挂的零碎东西、金链子及上文说过的好几粒金刚钻。这个影子其实是衣服穿得很漂亮;其实是衣服造成他完全一个人。

影子把他的穿上漆皮靴的脚，用尽他的气力，摆在这个有学问的人的新影子的臂上（这时候新影子如同一只狗一般趴在他的脚下），说道："你所要晓得的事我将告诉你。"他所以用脚踩新影子，也许是他要自鸣得意，也许是他不过强逼这个新影子依附着他的主人。新影子却伏在那里不动，以便留心听他说什么；因为新影子要晓得一个影子怎样能够脱离原主人，自己变作一个主人。

影子说道："你晓得什么人住在对过的房子里么？住在那里的原来是世上最快乐的，就是诗。我住在那里三星期，这就如同一个人能够活三千年，读遍世人所撰的诗与文。我还可以说，我无论什么东西都见过，无论什么东西我全晓得，这却是一句极其真实的话。"

这个有学问的人喊道："诗么！是呀，她往往如同一个隐士一般，住在大市镇里。诗呀！好吗，我只看见她一会子，不过我的两眼蒙眬睁不开。她站在露台上，如同一片北极光一般发异彩，四面有好像活火的花围住。我请你告诉我；你在露台上，随后你从玻璃门走过，随后你干什么？"

影子说道："随后我在前厅。你还在那里坐着，向对过的前厅看。那里虽然满屋子都是黄昏的光，却无灯火；但是全个套房的门全闭着，却是有灯光照耀的。设使我深入，走到那位姑娘的面前，那一片火光会置我于死地。好在我审慎，应该慢慢地走。"

有学问的人问道："随后你看见什么？"

"我将告诉你，我无论什么都看见了；我原是一个无依附的自由人，我又是一个博学的人，姑无论我在世上所处的地位与我的丰富财产，你同我说话，不要用这样亲狎腔，你有时须要记得对我说话要称先生，其实我并不是骄蹇自大。"

有学问的人说道："先生，我请你勿怪。我是习惯这样说话，不容易摆脱我这样的老习惯。你说得不错，我牢记着你这番话。先生，我请你继续说你看见些什么。"

影子说道："无论什么我全看见，因为我什么全看见，什么全晓得。"

有学问的人问道："屋里是什么样，像一个凉爽的丛林么？像一所神庙么？那几间房子是不是像人们在高山顶上所看见的罗列许多星星的天么？"

影子说道："那几间屋无论什么东西都有，我并不曾进去，我在前厅的黄昏光里，但是我在那里却很能看见许多事物。我什么全看见，什么全晓得。说句简单话，我曾到过诗的朝廷的招待室里。"

"既是这样，你看见什么来？古时全数的神曾在那几间大屋子走过么?曾否有可爱的孩子们在那里游戏,以梦境相告么?"

"我告诉你我曾在那里,所以你可以想到凡是该看的东西我全看见了。设使你也曾到那里,你不会仍然还是一个人,我却变作一个人。我立刻就学会悟解我内里的精华,我还悟解诗是我母亲的亲戚。当我同你在一起的时候,我诚然不曾注意于诗;你却能记得当日出与日落的时候我变作很大;你能记得在月光之下我比你显得更清楚——但是那个时候我还不曾悟解我的内里的精华;到了前厅,精华却现出来了,我就变作人!当我再出来的时候,我变作一个完全成熟的人,可惜这时候你已经离开热带地方了。我既变了人,我就觉得这样光着身子走来走去难为情;我要穿靴子,我要穿衣服,我要有外面的装饰,人家才认得我是个人;所以我就走我的路——你若不写在书本上,我就不妨告诉你,我穿了一件制茶食女人的长袍就往外走,我在这件长袍之下躲藏我自身,这个女人还梦想不到她遮盖了许多事物。到了晚上我才敢走出来。我在月光下满街走;我靠着墙把自己伸得直直的,使我觉得很得意;我跑上跑下,我在屋里的顶高窗子往外看,我从房顶的窗子往外看;无人能看见的地方我全看到了,无人看的地方我全看了,无人该看的地方我也看了。我们这个世界到底是个不好的世界,假使人在万物里头,不是被众人承认为颇重要的,我是不愿意做人的。我看见为人妻的,为人夫的,为人父母的,及无可与比的可爱的子女们做过许多令人不能相信的事。人所不能知的事我全知道,——我所知道的就是我们邻居所做的恶事,这是人人所乐知的。设使我写一张报纸,必定是人人所急于要读的。我并不登报,却直接写与本人,所以凡是我所到的市镇无不恐慌。他们都怕我,他们却很爱我!教授派我当教授;裁缝给我一套新衣服(我的衣橱里装满衣服);造币厂的监督替我铸许多钱;女人们说我美貌;所以我就做现在这样的人。现在我要同你告别啦。这是我的名片,我住在街上有太阳的那一边,落雨时我常在家。"影子说完就走了。

这个有学问的人说道:"这是奇怪的一件事。"

过了许久,影子又回来啦。他说道:"你好么?"

有学问的人说道:"可惜呀!我写了许多东西讨论真、美、善,无人要读这样的议论。因为我是很认真的,所以我是很绝望的。"

影子说道:"我向来不认真。所以我长得又肥又胖,人人都应该学我这样努力。你不晓得人情世故;你若这样做下去是会得病的——你该出外游历。我将在夏天游历,你肯陪我么？我想得一个游伴；你肯同我来，做我的影子么？你若肯陪我，我是很欢喜的。旅费由我给。"

有学问的人问道："你往远处去么？"

影子说道："远近是随各人的意思计算的。旅行会使你得益。你若肯做我的影子，我肯供给你的旅费。"

有学问的人说道："这是未免太不讲理啦。"

影子说道："世情原是这样的，永远是这样的。"说完他走了。

这个有学问的人诸事都不得意。他被忧患所乘，凡是他对于真、美、善所发的议论，无识的人毫不领略，说句俗话，他是在母猪面前撒珍珠。后来他果然病了。

人们对他说道："你当真像一个影子了。"这个有学问的人听了，浑身发抖，好像凉水浇身，因为他对于这个问题有他自己的见解。

影子走来探望他，说道："你必得到海边养病。你除此别无机会。我为老友起见，我带你同走。我给你旅费，你能写一篇游记，在路上我就得了消遣。我的胡子长得不好，这就是一种病，因为我必定要有好身体，所以我要往海边养病。你得听我劝，受我的供给，我们如好友一般同去游历。"

他们两人就起程。现在调换过来啦，本来是影子的现在变了主人，本来是主人的，现在变了影子啦。他们同坐马车，同骑同行，有时并肩，有时或先或后，一视太阳所在的方向。影子总是在前的，这个有学问的人并不因此伤心，因为他是一个心肠极好的人，又是极其和平，极讲交情的。所以有一天主人对影子说道："我们现在已经变作游伴，况且我们从小同长到这个时候，我们还不该举觞庆贺我们的好交情么？我们互以名姓相称，不更要好么？"

影子（这个时候其实是主人）答道："你所说的话，意思是很好的，又是很坦白的；我也用好意及坦白回答你。你原是一个有学问的人，你当深知人性是喜怒无常的，有人不能闻黄黑色的纸，一闻就会不好过；有人一听见有人用钉子刮玻璃声，就觉得浑身发抖；我呢，我一听见你同我说亲狎的话，我就觉得浑身发抖：我觉得好像被压在地，好像同从前一样我变了影子，你还是主人。你须晓得我并不是骄傲，不过是感觉。但是我虽不能容忍你以狎昵待我，我却很愿意用你的名字称你，你至少也可以得一半的满意。"

所以影子用名字称他的老主人。这个老主人想道，我要称他先生，他只称我的名字，这是很不好的——他却无法，只好忍受。

他们到一个有矿泉的地方。这里有许多外国人，其中有一个是国王的女儿,长得极美,她得了一种眼光太利的病,这是很可怕的。

她立刻就看出这个新到的外国人与众人很不相同。"人们都说他是来医治胡子的,我却能看出真实理由是因为他不能投影。"

她现在对于这件事很留心,所以有一天当她在岸边散步的时候,她就同这个外国人攀谈。她因为是一个公主,她不必拘礼,就很率直地对他说道:"你的病是不能投影。"

影子说道:"公主的病必定是快要痊愈啦。我晓得你所患的是眼光太利病;但是现在你的病好像是完全好了。我有的是极其非常的影子。你不看见那个常在我身边的人么?他人只有平常的影子,我却不能忍容平常的事物。有许多人往往要他们的奴仆穿好看的号衣,比他们自己所穿的好看得多,所以我喜欢如法把我的影子打扮起来,如同一个人一般——不独这样,你还可以看见我还给他一个影子,我孤行己意,却花了许多钱,不过我喜欢有非常的事物附属于我。"

公主想道:"难道是当真能够治好我的病么?这里必定是世上最好的矿泉;我们这时候有奇异的矿泉。我却还不肯离开这个地方,因为我起首觉得这个地方很有趣;我极喜欢这个外国王子——他必定是一个王子。我希望他的胡子长不出来，因为一长出来，他就要走。"

晚上公主与影子同在大会堂跳舞。她的身子很轻，他的身子更轻——她向未见过这样的一个跳舞人。她告诉他她是某国的公主，他晓得这个国；当她不在家的时候他曾在那一国，还从宫殿上下的窗子往里看；他对于这件事、那件事及别的事都晓得，所以能答公主的话，他所暗指的诸事，使她极其惊愕。她以为他必定是世上一个最有学问的人，她很敬重他有学识。等到她第二次同他跳舞的时候她就爱上他——影子立刻就晓得，因为她的两眼几乎看透他。她第三次同他跳，快要告诉他她恋爱他，但她是一个审慎人，想到她的本土，她的国家及将来有一天她所统治的人民。她对自己说道："他是一个聪明人，这是很好的；他跳得好，这也是很好的——但是我要打听，他究竟有无结实的学识？这是要紧的，应该论及的，我必得考试他。"

她于是问他一句极难答的话，连她自己也是不能解决的，影子一听，脸色变作很难看。

公主说道："你不能答我这一问。"

影子说道："我当年少时能够答你这一问；我猜我的影子，现时站在门口，会答你这一问。"

公主说道："你的影子吗？这更奇怪了。"

影子说道:"我并不确实地说他能够答,我不过意想他能答。他跟随我多年了,他听我说话听得很多了,我相信他能答。但是我要告诉公主,他变了人很自鸣得意,我们若要他好好地答这一问,必得先使他高兴,我们又必要当他是个真人看待,他才会高兴。"

公主说道:"我喜欢他的宗旨。"她走到这个有学问人的面前,同他谈日谈月,谈青绿的树林、地球上远处及近处的人,这个有学问的人对答得很有知识与判断。

她想道:"他既能有这样明智与有学问的影子,必定是一个极有学问的人!我若挑选这样的人,当然就是我的人民与国家的幸福——我决定选他。"

不久公主与影子都同意了,但是她要等到回到本国之后才宣布,事前不告诉人。

影子说道:"我不让无论什么人晓得,我连我的影子都不许知道!"他说这句话是有特别理由的。

现在他们到公主所统治的地方。

影子对这个有学问的人说道:"我说,朋友,我现在既是极其欢乐又极有势力,我要异常出力招呼你。我要你同我住在宫里,同我坐在御用的马车上出游,你每年领十万丹麦银圆;但是你在无论什么人面前,都要自称影子,永远不许揭露你一向都是人；每年一次，当我坐在露台的阳光中，现出我自己的时候，你必得伏在我脚下，这才像个影子。我现时可以告诉你我就要同公主结婚，今晚举行大典。"

这个有学问的人说道："不能，你所做背理的事，做得太过火啦。我不能且不肯忍受。如你所为岂不是欺骗全国与公主么？我要把真情和盘托出，我要说我原是一个人，你却是一个影子，不过披上人的衣服。"

影子说道："无人肯相信你的话。你得讲理呀，不然的话，我就要喊卫兵来。"

有学问的人说道："我立刻去见公主。"

影子说道："我先去见她，我的好朋友，你却先入监牢。"他果然随说随办，因为卫兵们晓得公主快要同他结婚，就服从他的命令。

当影子走入公主房里时候，公主说道："你好像通身发抖。曾有什么事体发生么？我们今天要行结婚大典，你必不可以得病呀。"

影子说道："凡是想象所能到的最可怕的情景，我也曾经历过。试想看！——我猜一个影子的脑海不能多所忍受——试想看！我的影子变疯了；他胡思乱想，以为他已经变作一个人，试想看！他以为我是他的影子！"

公主说道:"这是很令人惊骇的,曾把他监禁起来么?"

"自然监禁起来;我很难受地害怕他的疯病是永远不会好的了。"

公主说道:"可怜的影子!他是最不幸的。他在世上所处的是很小的局面,免他受苦其实是一件慈善事;我一想到在我们这个时代,人民很容易帮助小人反对大人,我以为安安静静地把他弄死了却是一个巧妙的办法。"

影子假作叹气,说道:"他是一个忠仆,这样处置他我觉得难受。"

公主对他鞠躬说道:"你却是一个光明磊落的人!"

到了晚上,全市到处张灯,放了许多炮,嘣嘣地响——军人们执枪行礼。这是一个大婚典礼!公主同影子走出露台令人民观看,赢得他们再喝一次彩。

可惜那个有学问的人不及听见这许多庆贺的呼声,因为他已经被正法了。

点头

———————————————————[荷兰] 玛尔登[1]

全个果园开遍了苹果花,是一片美景。头上是青天,脚下是绿草地,中间是一片粉红与白,成为许多团的娇嫩美色。

有两个爱人,都是少年,脸上是很好看的,在苹果林间慢慢走。在他们的左右前后,黄金色的太阳光从树枝间与在他们的脚下闪烁。有几只黄莺儿在苹果树边的矮树林上做工。这许多鸟在无论哪里都唱过飞过。在这个世界里头有千百万有感觉的心跳,充满了都是生子的音乐、配偶的音乐和恋爱的音乐。花苞开放要看了。

那个少年男子绝了希望地说道:"无用。不能办到。"他是一个身高的少年,长养得好,不过脸色灰白,身体瘦些,带着一副学者的严肃面目,他很用心研究他所选择的几种学问。

她说道:"哎,巴尔特呀!"他的名字叫巴尔特洛缪。

"你的父亲要留你在本村,你若不能办到就不许我们结婚。"

"除非他们举我当牧师,不然的话,我怎样能够在本村?他们是绝不会举我当牧师的,除非长老裴力克赞成我的经论。我却怎么能够希望讲一篇长老会赞成的经论呀?"

他带着惨然的得意掉过脸来看她。他一向说他自己的情形,绝不曾有过今日这样简洁。

她惨然答道:"是呀,是呀,我知道。但是——哎,巴尔特,你至少可以试试呀。"

"自从本教区的牧师出缺以来,我试过,我心里盘算过好几个星期及好几个月啦。尝试呀!天呀!我曾怎样尝试过呀!我这些日子总是为明天的经论努力。我润饰我的经论,转过来,拧过去,吹毛求疵找毛病,我忙碌了整个上午。有什么好处呀?读出来一点也不像长老裴力克的笔墨!"

她声音微微地说道:"也许他们不甚计较他的意思。"

"卡特林,你晓得更清楚。他们全在长老的长了厚皮的掌握中。五千人的宗教生活全靠这一个霸道的老的制谤普人的矫揉造作的神学及玄学的幻想。使徒保罗自己还敌不过长老裴力克。"

她深念地说道:"你须知我也是这样想。"

"他自然敌不过。你试拿正当改正的经文试他,我敢赌他会告诉你是伪经。"

"我的意思确不是这样。我的意思……巴尔特,我永远不能把我的意思告诉你。"

"为什么不能?"

她几乎附耳低声对他说道:"因为这个意思是很不好的;我到了晚上,无论怎样总摆脱不开这个意思,巴尔特,可惜是很不好的。"

"卡特林,你能够想不好的事物么?"

她答道:"设使你晓得!巴尔特,那个方法也许可以成功——却是很恶劣的方法。"

他大笑,一朵苹果花落在他脚下。

她的头靠住他肩,附耳低声对他说道:"譬如说,你拿一篇旧经论,一篇很旧很旧的经论,从第十七世纪的牧师们的著作中拿出一篇,他们讲圣贤们所最喜欢的无过于眼见被天谴的人们受痛苦,你试拿这句话做题目造一篇经论!"她不由自主地用不是绝对认真的腔调——有一部分有希望,有一部分毫无希望。

他答道:"我一面写我会一面糟蹋这个好题目。卡特林,你得小心,不然的话,老裴力克将来有一天会享受你所受的痛苦。"他随即拖她过来很热烈地、很凄惨地吻她,吻了又吻。她摆脱开了,并不微笑或哭起来。过了一会她擦她的两眼。

她看别处,说道:"这是很不好的,全数我们的欢乐——全个我们的前程都被这一个可怕老头子破坏了!"她快快地走入田舍,把脸躲藏在她的以慈母自任的母亲的怀里。

巴尔特·维西尔也回去找他的母亲,她是村里学究的寡妇,住在靠杉树林的一所更下级的小房子。

天快要黑啦,树影斜斜地向下啦。当他们吃五点钟的饭时,他不响,聚精会神地想念宗教会制度与神学的对比,还想念到宗教与前两事分道扬镳。

他的母亲很赞成他,脸上现出很得意的微笑,她相信他在那里考虑他明天的经论,她就由得他,不惊动他。当她坐在那里吃她的白菜和香肠的时候,她觉得这个世界并未剩下什么值得祈求的东西。她在从前过得很慢的那若干年里头诚然很祈祷过,又做过更多的工。她过了许多贫穷日子,很努力奋斗过,又曾渴想到绝望,她曾把她的独子拖到讲经台下,这个儿子现在预备登台啦。

造化的安排往往好像是与人反对的,现在却赐福与她,出乎她的最无理的希望之外。因为在荷兰国里头有许多讲经台,但是她乡人所晓得的却很不多。谁能够大胆预说这个少年试生的第一篇考试的经论就在这个教堂里宣讲，这所教堂从前见他当孩子的时候就来礼拜？她无一刻不相信这是上帝现出他的手，这只手把前任牧师挪走了，就会很平安指导这个考生进去那间无牧师的住宅。她会看见他安顿下来当她自己本村的牧师，看见他做了一个不是无钱的却是很可爱的女人的欢乐丈夫。她每次以为这件事必定成功，以为立刻就成功，她就高兴到两眼流泪。

吃过饭后他手拿稿子走到灯边。她坐在她的交椅上，手拿针线，预想将来的荣耀乐到发抖。他于是无间断地读他的稿子，读了差不多有一点钟。有时他的声音发抖。他却很着急地镇静他的声音。他读到一半，她抖抖地把针线放在盖住两膝的衣服上，坐在那里看他。她的全副精神都在他的脸上。

他读道："阿门。"读完不响，两眼并不看她，只是向前地看。她不说话，又不动。满屋里是严肃的寂静，母亲的眼神是崇拜他。

钟打八点，打得很响，惊醒他们。

他说道："我将永远不能当本地的牧师。"

她喊道："什么呀？"她的针线落在地板上。她说道："你惊吓我，巴尔特，你常是这样——无胆！"

他有点着恼,答道;"讲这篇经论要更大的胆子,大过摔在一边不讲。但是我若尝试,不能写得更好。"

母亲说道:"胡说!这篇写得很好。"

"母亲,好也罢,不好也罢,这篇经论不会合长老裴力克的意思。我晓得,你也晓得,余人总是留心看他的。他若不点头——他是不肯点头的——天呀,我可以用凡人的和天使的舌头说话,我若得不着长老裴力克点头,有什么用处呀?"

他很痛苦地说完之后许久,她坐在那里听。随后她喘气说道:"你的确晓得他会这样么?"

"是的;你也的确晓得。"

她用奇怪的声音接着说道:"我的意思并不是指他们以他的可否为可否。我的意思是说他为什么不赞成。"

"母亲,因为我走不近他的宗教上的曲折。他的宗教思想是很曲折的。当我读这篇经论的时候;难道你看不出我得不着他的曲折么?"

"我看不出。我只想着你所说的很好的话。"

"并不只是因为字句。"他接着说道(这是他对他自己说的,不甚是对他母亲说的),"只要我的良心能够过得去,我已经尝试用合乎他口味的字句。我始终不曾说——但是这个问题太过神圣不好说的。"他满肚子不高兴,动他自己。他指着说道:"这就是我的经论!我只好作孤注一掷啦!"

她声音抖抖地问道:"宝贝,什么呀?"

"席位是丢失了。我不能取我自己。"

"上帝肯取你。"

"求上帝也是无用。上帝不能取我。"

她的两唇预备好两个字,却不曾说出来。这两个字对她说道:"我肯。"

她几乎很严厉地喊道:"再读几部分给我听。你慢慢地读。你读你以为他必不赞成的那几部分。"

他说道:"我已经删了。还留着两倍。"他说话的时候原带着眨眼却变成皱眉。

她号令他道:"你读呀!"他遵命读。(中略)。读了一半她就止住他。

她说道:"当真不是邻居裴力克的宗教。这是基督耶稣的宗教。"

他不曾答,因为他不能答。他们于是坐在那里一言不发,后来有人敲门。卡特林站在他们面前。她的胸脯忽起忽落,她的脸红到发火。

他跳起来。"什么事?"

她倒在椅子上。她说道："我正在往这里来，展·展生跑来同我一路走。我相信他在那里等候我来。他问我——他呀！——他要我甩开你，嫁与他。"

这个寡妇脸色变作白布那么白，喊道："展·展生呀！"

考生喊道："裴力克的侄子呀！"这个发怒的女子喊道："他已经四十多岁啦，什么事都不会做，又是个好酒贪杯的！"寡妇气喘喘地说道："三十八岁。"他们两人都瞪眼看她。

寡妇恢复原状，悻悻地说道："不必说他更老，亦不必说他更坏。"

儿子说道："他是够老了，也够坏了。"

他的母亲说道："我的孩子，他足以做你一个危险的情敌。"

卡特林表示藐视大笑说道："也许是个仇敌——不是个情敌。我宁愿老死不嫁，也不嫁与这个醉汉，不嫁与这个发肿的畜生。"

寡妇好像心痛缩起来。她喃喃道："是呀，是呀。当真。卡特林，你必不可以老死不嫁。"这两个爱人于是惨然不乐地谈他们的前程，当下那个母亲低头作针线。

半点钟后，他送他的爱人回家，在睡着的草地上走，虽睡着却还呼吸。当天晚上是很温柔的——他们一路走,他一路恋爱她。

沟上有一木板,她在板边立住脚。她说道:"父亲许可以看见你!"她吻他,独自一人往前走。

她听见开了的街门有人说话声。原来是长老裴力克同她的父亲说告别的话。

长老裴力克说道:"呀,她在这里!很好,你可以告诉她我是为什么来的。"

她的父亲用爽快的咆哮声音答道:"你自己告诉她吧。"她父亲是一个凶暴、粗野、不讲理的人。他的鼻子如同雕琢过那么清楚,他的头是棉纸色的死人头,一双淡白色鳖鱼眼,与那个瘦子长老绝不相同。

长老果然宣布道:"我的宝贝,我来找你的父亲,求他把你嫁与我的侄儿。"

种地人说道:"他可以娶她。"

长老接着说道:"这个少年男子很真诚地亲爱你,他还有几个钱。"

种地人舌头作声,说道:"有一万五千银圆[2]。"

卡特林说道:"他好酒。"

长老说道:"吓,不难为情吗?"

她的父亲逼她,说道:"你必得嫁他。"

长老责备她道:"你的姑娘的羞耻在哪里?"

卡特林说道:"我不肯嫁他。"

她的父亲喊道:"我不许你嫁别人。"

她不响。在傍晚的黑暗中,她的全个态度表示反抗。

她说道:"我要嫁巴尔特。"

长老裴力克如同狗吠一般叫了一声。

她的父亲表示恶意大笑道:"很好!我会发誓,一定要你嫁展·展生。不然的话,你若不嫁她,也罢,——巴尔特!"他说这两句话的时候带着一种凶暴人的压下一半的大笑。他已经看见她得了那一万五千银圆啦。

长老说道:"巴尔特呀!呀,是的,自然是他,自然是他。"他的腔调塞满了恶意。他快快地走了,看不见了,他们两人还在黑暗里站在门口台阶上。他回去的路要经过一个小树林与短短的一排松树。他止住他的快步,有时跌一跤。

只有单独一颗星在黑暗中出现,在树顶间透出清光。

长老说道:"不要引我们入邪路!"他一面走,一面说这句话,说了又说。他立住脚说,说得更上劲。随后他在黑暗中跪下,跪在路边的苔上,祈祷。他祈求指导,他处于高位,应该秉公,他就祈祷他可以秉公。他从田舍门口走出来，避免他的人性的偏私。他的祈祷原有其诚实之处，上天听见是会晓得的呀！他站起来，心里大为满意，深信他在道德上得了胜利，决计要执行他的本务。教会问题——这是严肃的思想——该与婚嫁问题完全无关系。照管灵魂是不容无端干预的。况且有一万五千银圆作后盾。姑且勿论巴尔特得着得不着本区的牧师席位，两相比较，展·展生比他胜得多。

老头子到家的时候神色又是安静的，不然至少也是无所表示的。他的妻子见惯他这样的面目。他的未出嫁的女儿把他的星期六晚上的饮食送来，他的女人把他的星期日的东西摆出来，就是他的一套黑色衣服，及一尘不染的白内衣。他照常擦他的大眼镜，安排好了，读《以斯拉书》的一章。女仆照常打呵欠，尤其是在星期六晚上，洗洗擦擦辛苦到半死，这是人世的苦事及污秽的工作。

他正在慢慢地很决心地脱衣服，对着他的很谦下听话的女人讲解明天很许会发生的神圣的事，忽然有人摔了一把的小砂子打灯光所照的玻璃窗。

他正在说道："我相信那个少年也许是很有价值的，不过以我个人论，我怕这样好谈神学的不小心的少年。奥华司搭教授们全靠他们的才学不靠《圣经》。我要诘问，没得

《圣经》，神学算得什么？也罢，我们将见我们所将见的。但是学问不能造成一个经师。权力造成经师。什么是权力，还不是承认《圣经》么？他们说《圣经》在我们的心里写的。"

他的女人每天听他这番话，听过好些年的了，点头表示赞成，也打呵欠同女仆一样。

长老每星期洗浴一次，幸亏今天晚上他还不曾走入温水的浴盆，不然的话，事体的方向会变了的。现在他很郑重地开窗子，又很郑重地问出了什么岔啦。

有女人声音道："你下来，我有话对你说。"

长老把头缩回去，喊道："巴尔特的母亲！"

他的女人劝阻他说道："你不要下去，她只是麻烦你。"

裴力克已经穿好衣服，答道："我必得下去。"

他走下去，她还说水冷了；不料这个安详的人，忽然受了惊扰，他的心不会想到浴盆的。

他喊道："这样夜深她跑来做什么呀？"他匆匆让寡妇进来，关上门。他的声音发抖，预料祸事到了。

她说道："你不能说我屡次麻烦你，我们彼此不相说话有许久了——有多久啦？——几乎有四十年了。"

"所以我更有理由问你，晚上十点钟你为什么来找我，摔砂子打窗门。"

她答道:"我不要惊动你的儿女们,又不要惊动你的邻居。"她说话也是说得气喘喘的,流露出她的感情。她抓住靠喉咙的肩巾,扯了下来。

他说道:"请坐。"

她快快说道:"不坐。"如同一打击。她靠墙站着,喘不出气来,她很费事才接着说道:"我儿子的前程明天在你的掌握中。我是为这件事来的。你是晓得的。你必定选他当牧师。"

他答道:"这件事并不靠我徇私。主……"

她摇手,不要他说这句话。她说道:"四十年前你也曾说过这样的话。"

他很谦抑地答道:"我承认。但是四十年前我并无那样意思,现在我却有这个意思。"

她狠狠地驳道:"我也是嘴里说什么心里要做什么。既是这样我们不如商量。设使我们从前是这样岂不甚好?我说你既能办到,你必得替我的儿子巴尔特办。你听见么?你必得办。"

他喊道:"你对我不要用'必得'字眼。"他变作很凶地要反噬——却又怯懦,不是被困窘的狗要反噬,只像被困的猫要反噬。

她的脸上却有狗的决断。她说道:"我们彼此谅解。在这几乎四十年里头我不曾到过你的门口。最后一次我站在这里,站在同是那个地点,那时候我是一个十八岁的女子,我来为我的孩子说话。你把我轰走了。"

他悻悻地说道:"我曾照应那个孩子。"

"今日我又来啦。展·裴力克,若不是因为我做母亲的爱儿子爱到疯,我是永远不会到这个门口来的!我今天却不比从前,我今天不缩回去,不躲藏我自己和我的孩子不见你啦。明天我将在教堂里坐在你的对面。你在教堂里多么久,我察看你多么久。我要你点头,点你这个天谴的头,天使们对着你的点头大笑——或大哭;我要你坐在那里点头,我要你这个匪类点头同中国的土偶一般!"

他伸出一只手,带着哀求她的意思喊道:"你称我匪类呀!"

她不骂啦,她脸无人色,她止住她的一番痛骂啦:"我……不……称你匪类么?"

"玛理,那个时候我还不曾改奉宗教。现在我还不该胆敢称我自己改奉了宗教。但是那个时候我是一个少年。那就如同第二十五章圣诗所说:'不记我少年的过犯……'"

她很激烈地拦阻他说道:"我不记那些过犯。我躲避你,如你躲我一般。今日头上有天听见我所说的话。你得替我的儿子做这件事!"

他喊道:"难道那一个不是你儿子么?你忘记了这一个儿子的希望,就是那一个儿子的绝望?"

"我并不忘记什么。我但愿能够忘记了展·展生!那一天我在一条窄路上走,他从我的背后走来。他吃醉了,说道:'你走开,让我走!'他就在我的身边滚过去。我说道:'这是我的儿子。'我谢上帝无人晓得,只有你同我晓得!"她指着那个老头子的胸。随后她喊道:"他不是我的儿子,不是我的儿子。巴尔特是我的儿子,他是我的宝贝!巴尔特是我的儿子,他与那一个很不同,犹如我的丈夫与你很不同!"

"无论怎样,你无什么可以诉苦的理由。我的宝贝的所谓侄子令你惭愧的时候少,令我惭愧的时候多。全数我自己的儿女都是很能令人敬重的呀!哎哟!玛理,你听着(他的腔调变作高兴,变作像一个办事人说话),他同卡特林结婚就可以保全他。他要她要到发狂,他无论什么全肯答应。他肯答应。拯救一个作孽的人,好不好?那个人还是你的儿子。"

他细看她的脸。她也瞪着眼看他。

他又说道:"我承认他不如巴尔特那么好。你记得么,天上有更多的欢乐?他会安顿下来,会变作一个安分的人,如同许多人变作安分的人一般。"

她答道:"如你变作安分人一般。"

"我的罪孽如同大红色。我相信将来有一天这些罪孽可以变作雪那么白。"

她答道:"倘若不变白,却不是因为不刷白。"她痛恨他害她,到底误会这个人。"你得晓得你作些什么。我回去啦。你若不点头赞成明天的经论……"她住口不说。他很着急地看她。

"你若不点头……我等到礼拜完了我就站起来,对全体来教堂礼拜的人们说展·展生的故事。"

他仍然瞪眼看她。尝试减轻她的两眼的拿牢了主意的意思是无用的。

他气喘喘地说道:"我的妻呀!"

"你去瞧她。这是你的事,不是我的事。我一向不曾麻烦过她,亦不曾麻烦过你。我现在不愿麻烦她。你呀,"她握着拳头,"你要破坏我儿子的欢乐!"

他绝望地辩驳道:"你不明白。这不是要做或不要做的问题。我的信心……"

她答道:"你去同展·展生说吧。"她说完就走。

他跟她到门口,他接着说道:"主家的事托付与我……"

她在黑暗的晚风里只回头说道:"凡是我所要发誓的,我已经发过誓了。"

他同一个变糊涂了的人一般,摸索着走上楼,因为水变冷了,挨他的女人骂。自从他们结婚以来,这是第一次他在星期六晚上不洗浴就上床。洗涤有什么用处?他不能洗他的灵魂。旧时的罪孽并不重重地压住他的灵魂。老阿当的在所不能免的丧德,在他的宗教里头原无追悔的余地。罪孽实在是其基础。再没有别的事能够比认罪更满意的了,尤其是因为常是犯罪在先,认罪在后。你深信你自己的死罪或你邻居的生罪?但是你的过犯的忽然结果在你的前后左右复活过来在那里喊叫——这完全是另外一件事。

他在床上打滚,打到他不复能够再受啦。这种样的虔笃奉教不能躺在床上亦不能不明说出来祈祷的。他起来站在地板上,在寒冷的黑暗中跪在床边,接连哀告,求一条脱逃的路。他只管哀求却不希望,那个少年的经论可以真是正宗的,这是许多人得幸福的来源,又是可以合法地保荐与众人。有什么祈求能够比这个更合于宗教呀?设使不准他的祈求,他,这里的长老,就以身殉最神圣的人类的责任——他一想跌到这样深就发抖。他想到他的家庭生活,他为人夫又为人父,他的宗教职位,他照应他人的灵魂而享的名望!他接连祈祷,大声地哼。他的女人醒来,问他什么事。他答他同魔鬼奋斗。她翻过身就睡着了。他自己却觉得是同上帝角力。

但是现在的奋斗却是更显然的,有过于两点钟前他为展·展生而奋斗。现在他因为要救自己,被诱而对上帝说谎。他习惯于用他神学的理性,他把这件事看得很黑白分明。

到了早上,他的女儿看见他心不在焉。论到快要到头的职责的重要,她并不诧异。她看见他的两唇屡动,她就害怕起来。

全村的人都到了教堂,他所看见的第一个脸却是寡妇的脸。当风琴奏开章圣诗的响调时,当众人叫喊的时候,他与别的同事们从圣衣室出来,照着习惯,在牧师之前。他走入高坛里他的位子,在众人的旁边,他先略看看他的帽子里头(这是一种必不能免的形式),掉过头来,他的两眼一直看寡妇的两眼。她的两眼不停地看,很深透地看他的灵魂。他的妻子自然是在教堂里;他曾尝试稍微阻她,不要她到教堂,她莫名其妙地很诧异,瞪眼看他。

他安坐在他的角落听讲经。上帝看着他，在他的饿脸上必定有哀求上帝的痛苦神色。这是最后的拼命的哀求，为他自己，为来听经的人们哀求——不过是在无希望中求希望罢了。那个胆怯的少年考生说他的经题："但愿你的恋爱可以多所产生！"他说这句严重话的时候他的声音发抖。长老裴力克的两片薄唇好像沉下去了。这个题目预先表示不妥——他向来不曾见过有许多好处得自少年谈"恋爱"，《圣经》不是恋爱。

寡妇的两眼注视他。座中听讲的人有许多屡次往他那里看。他的同事们留心看他的众人所深知的赞成表示。他是个裁判员，很郑重地坐在那里。

讲经的人很严肃地往下讲，听讲的肃静恭听。这个少年牧师越讲越放胆，他所说的话从他的心直达听者的心。这却羞辱了一种宗教的发展，因为这样的发展要说者的头脑达到听者的头脑。虽是这样说，座中有许多人尤其是妇女们，很被他的平简的真诚所动。现在显然看得见感情的潮流有利于讲经人；听经的人全都赞成他；他也晓得凡是处于这种情形的一个讲经人必定晓得。他从讲坛上不能看见长老裴力克。现在轮到他在无希望中希望。

长老裴力克不敢希望了。他坐在那里露出绝望神色，他的头向后垂,座中人全看他,对着破坏。

只要稍微动动头!只要动一动!只要稍微表示他赞成这篇讲爱情、讲慈祥与良善的不中听的论感情的文章,诸事都会妥帖啦。他就得救啦;他的家庭就得了欢乐啦,他的地位不会动摇啦。其实这个少年所说的何尝不是有多少真实的。其中并无害处。并无害处么?这样伪解耶和华无害处么?与其这样半真半伪地谈恋爱,不如非基督教地说谎。

讲经人说道:"阿门!"长老跳起来,一种怪异声响从他的干喉咙逃出来。这最后的一个字宣布他的死刑。你有机会而不利用,与毫无机会,其间原有极大的分别。

他听不见末后的祈祷和歌唱。他也不曾见祈福;他却听见(当众人站起来的时候)寡妇喊道:"不要站起来!"她说得很响,说得很快,不甚像说话,极像叫喊。

她指着喊道:"这个人!"她站在她的座位上,同他挑战。座中全体的人,很好奇盼望着——全是熟人的脸——不整齐地三五成群,立在堆满人的廊路中及旁边的座位间,本来是一大群大声说话的人,现在忽然不响啦。

"你们选作你们宗教导师的这个人,你们如同羊群一般追随这个人,你们晓得他是什么?他是私生子的父亲,他是一个假道学,他是个恶棍!"

她这样侮辱圣地与神圣仪节,就激动许多人抗议;却又有其他许多人急于要晓得更多情节,就喊道:"不要响!不要响!"

寡妇喊道:"他说是他的侄子的展·展生,原是他的儿子。他为什么不赞成我儿子的经论?为的是宗教与道德么?其实为的是他要卡特林嫁与展·展生,又因巴尔特若当了牧师,卡特林就嫁他!"

另外一个长老已经举手叫众人不要吵。教堂的司事已经走过去要把这个滋事的寡妇轰出去,却有在她身边的两个男人把司事推回去。

这个考生站在他的讲坛上,脸色发白。他心里很痛苦,只能喊道:"母亲,不要说啦!"

那个老头子高举他的手说道:"你不要闹啦!你走你的路吧!"

不料这个时候裴力克的女人干预啦。她原在前面,满脸通红,怒到发抖。

她说道:"天呀!你不要走,你不要走,凡是听见这个女人说话的人们还要听人证实她所说的是谎话。"

寡妇掉过脸来看她,带着藐视的可怜神色。她说道:"你这个可怜东西,我替你愁。"

这个可怜的女人说道:"是谎话,裴力克,你得说这是谎话。"她说完有一会子不响。

裴力克看看座中人的脸。他的两唇不动。

她反诘寡妇道:"你有什么凭据证明展·展生是他的儿子?"

寡妇答道:"他是我的儿子,是他的儿子,又是我的儿子。"

全所教堂都震动了。巴尔特向前倒在垫子上,埋头祈祷。

寡妇说道:"那时候我是一个十八岁的女孩子,在奥华司搭佣工。我们秘密订婚。十年后我嫁与此地的教书先生。"

众人有许久不响,裴力克说道:"她所说的话是真的。"

他看见众人的神色不想严责他少年时所犯的罪孽,他很惊讶。他利用这个好机会。

他赶快说道:"我不能娶她,我却照应那个孩子。"

寡妇喊道:"是呀,他替孩子买了一张彩票,得了彩!"

他忽然体会一泄漏这个消息,这件官司他却要打输了。他们这里的教士们无买彩票的,买过的却不曾中过彩。

一片很响的、不以为然的喃喃穿过廊路。

与他同执教职的同事们都走开,离他远远的。他独自一个站着。他高举他的可怜的发抖的手向天。

他用响过附耳说话的声音说道:"我为上帝办事的热心却把我吃了!"

农人狄克曼站在教堂司事的座位前,挥一只大拳头。

他喊道:"你曾胡思乱想我肯把我的女儿嫁与一个酗酒的恶棍么?这个恶棍还不晓得他自己姓什么。"

牧师仍然向前倒着,很深地埋头于垫子上。卡特林当着众人面前登讲坛的小梯,低头一手搂住他的颈子。

注释:

1 玛尔登(Maarten Maartens,1858—1915),荷兰小说家。著有《乔斯特·爱维林》《各有所好》《上帝的愚人》《更大的荣誉》等及独幕剧《囚犯》。——编者注
2 指荷兰银圆。

拉柯尼柯杀人[1]

————————————— [俄] 陀思妥耶夫斯基

房门还是同从前一样,只开了一条小缝,又有两只尖利与多疑的眼睛,从黑暗中瞪着他。拉柯尼柯随即糊涂了,几乎做一件大错事。

他恐怕老婆子看见只是他们两个人,会恐怖,他又不曾希望她看见是他就会放心不疑,他拿住房门拖向自己,免得老婆子尝试再关。她一看见他拿住门,她就不再拖回去,她却抓住门把不撒后,他几乎连人带门拖她出来,拖到梯口。他看见她站在门口不许他走过,他就一直走到她面前。她害怕,缩回去,尝试说话,却好像说不出来,只是睁大眼瞪他。

他说道:"阿利安纳·伊万诺瓦,我同你请晚安啦!"他尝试从容不迫地说,但是他的声音不服从他,说得断断续续的,又是抖抖的。"我来……我带了些东西来……我们不如进去到有光……"

他撇开她,不等她请,就一直走进屋里。老婆子随后赶来,她的舌头得了解放,就说道:"天呀!什么事呀?你是谁呀？你要什么呀？"

"阿利安纳·伊万诺瓦，你认得我呀……我就是拉柯尼柯……我前几天答应把我要当的东西送来给你，我拿来啦……"他就把要当的东西拿出来。

老婆子看了一会子那件东西，立刻瞪眼看她的不请自来的客人。她很留心看他，两眼带着恶意与怀疑神气。过了一分钟；他以为她的两眼还带着嘲笑神色，好像她已经全猜着啦。[2] 他觉他好像糊涂了，好像很觉得惊慌，假使她总是这样瞪他，再过半分钟还是不说话，他以为他会逃走。

他带着怨恨腔调说道："你为什么瞪眼看我，好像不认得我呀？你若喜欢就拿去，如若不然，我就拿往别处去，我忙得很呀。"

他原不想说这两句话的，无奈这两句话忽然吐出来。这时候老婆子恢复镇静啦，她的客人的决绝腔调，显然使她放心相信她。

她问道："我的好先生，你为什么忽然走来呀……是什么东西呀？"她一面说一面看东西。

"你该记得，是一个银制的纸烟盒；我前次说过的。"

她伸出手来。

"你的脸为什么这样死白色呀，你的手为什么这样发抖呀？……你曾洗浴么，不然，为什么呀？"

他突如其来地答道："我害热病，你若无东西吃，你的脸也不能不发死白色。"他很为难才说出这句话来。

这个时候他又无气力啦。但是他的答话说得真实；老婆子就把他所要当的东西拿过来。

她又问道："是什么东西呀。"她一面问一面很留心看拉柯尼柯，一面把东西放在手上试试分量。

"是一件东西，香烟盒子……银的……你试看看。"

"不甚像是银的……他用多少纸裹起来呀！"

她尝试解绳子，走向窗子，走到有亮光地方（屋子虽然闷热，全数窗子都关了），有几秒钟她离开他，背着他。他解开外衣的扣子，放开挂斧子的活结，还不取出斧子来，不过用右手插入外衣底，拿着斧子。他的两手很无力，令他害怕，他觉得两手越变越麻木。他很怕他会让斧子溜下来，跌在地下……他忽然觉得头晕。

老婆子嫌麻烦，走向他，说道："他为什么用这许多绳子裹这件东西？"

他不能错过一分钟的机会啦。他把斧子全拔出来，两手挥斧，他几乎不觉得有他自己，几乎毫不用力，又几乎是不由自主地，把斧子的钝边在她头上打下来。他好像不用自己的气力。但是他既把斧子向下打,他的气力就回来啦。

这个老婆子常是光着头不戴帽子的。她的斑白稀薄头发,擦了许多油,辫成一条老鼠尾,用一个破的明角梳子插住,梳子垂在颈背上。她身材短,那一打正打在她头顶。她叫喊,声很弱,她忽然变成一团倒在地板上,高举两手摩她的头,一只手还拿住当的东西。他随后用斧子的钝边一连打她好几下,都是打那一处地方。她的血喷出来如同倾倒的玻璃瓶一般,身体向后倒。他退一步,随她倒,他立刻低头,看见她死了。她的两眼好像从眼眶突出来,她的额与脸颤动地抽缩。

他随即取她的锁匙,开她箱子,取了她许多首饰,塞在他的裤袋及衣袋里。他忽然听见有呜咽声,原来是老婆子的妹妹利沙维塔,两手抱着一大包东西,哭她的姊姊。拉柯尼柯用斧子的利刃把她劈死。他洗手,洗斧子,随即想到逃走。[3] 他开了闩,开了门,起首在楼梯口听细。

他听了许久。他听见远处,好像就是在大门口,有两个人大声尖声叫喊,相争相骂。"他们干什么呀?"他耐烦地等。后来全无动静,好像是忽然截断了;他们分头走了。他正在要出去,忽然听见在下一层楼上有人很响地开门,有人下楼,一面下楼一面哼一个调。他忽然想道:"他们为什么这样吵!"他又关门等候。后来全是寂静,并无人动。他正在要踏步走下楼梯,又听见新的脚步声。

脚步声是从远处来的,在楼梯底下,但是他却很清楚地很明白地记得他一听见第一次的声音,他就有理由起首疑心这是有人来这里,来第四层楼找老婆子。为什么?声音是不是有点特别的,有所表示的?脚步是重的,不慌不忙的。现在"他"已经走过第一层了,现时走得更高啦,脚步声音越来越清楚啦!他能听见他的重呼吸。现在他到了第三层楼啦。他往这里来!他忽然觉得他自己变成石头,好像做梦,梦见被人追赶,几乎被人捉了,将来会被杀的,好像长了根的一般站在那里,连膀子都不能动。

后来这个不知姓名的人正在登楼到第四层,他忽然惊了一跳,居然很快地溜回这一层楼面,溜得很麻利,进去就把门关了。他随即拿门钩轻轻地,不响地,钩好了门。本能帮助他。他既把门钩好,他蹲在门边,屏息不响。这个无名氏来客这时候几乎走到门口啦。现时他们面对面站着,如同刚才他同老婆子相对站着一般,只有一层门分隔他们,他在那里细听。

来客喘了好几次气。拉柯尼柯一手紧执斧子,想道:"他必定是一个大胖子。"这时候他很像在梦境。来客很响地按铃。

锡铃一响,拉柯尼柯好像觉得有东西在屋里动。他很郑重地细听几秒钟。那个不知姓名的人又按铃,等候,忽然很凶猛地,很不耐烦地,拉门把。拉柯尼柯看见门钩震动,很恐慌,他只是害怕,预料时时刻刻门钩会被他拉出来。他很撼动那扇门,诚然是可以拉出来的。他原想抓住门钩,他恐怕门外的人可以晓得是有人抓住。他又晕了。他忽然想道:"我快要跌倒啦。"但是那个不识姓名的人起首说话,他立刻又恢复原状啦。

他用很浊声音喊道:"出了什么事啦?她们睡着了么,抑或是被人杀死啦?天谴她们。喂,阿利安纳·伊万诺瓦,老妖精!利沙维塔·伊万诺瓦,我的美人!你开门呀!嗨!天谴她们!她们睡着了,抑或出了什么事啦?"

他发怒,尽力拉铃,拉了约有十几次。他必定是一个有权力的人,又是一个熟人。

这个时候听见不远有轻轻的快跑的脚步声,是在梯上走的声音。又有人走来啦。拉柯尼柯初时不曾听见。

新来的人喊道:"你不是说无人在家。"这个人对第一个来客(他还在那里拉铃)说话,声音是很高兴的,很响亮的。他又说道:"柯取,我同你问晚安啦。"

拉柯尼柯想道:"从他的声音看来,他必定是年纪很轻的。"

柯取答道:"谁能说有人在家没有?我几乎把锁打破了。你却怎样认得我?"

"什么呀!前天我在甘布列那店里一连赢了你三盘牙球。"

"哈!"

"她们不在家么?岂不是怪吗?这是很无为的。这个老婆子能够往哪里去了?我是有事来的。"

"是呀,我也是有事来找她的呀。"

少年说道:"既是这样,我们能够做些什么?我猜,不如回去。哎,哎!我原想来取些钱的。"

"我们自然只好不等她,但是她为什么约定这个时候?老婆子原是自己约定这个时候叫我来的!我来此原不是顺路。我不能想出她能够往哪里去了。老婆子终年坐在这里;她的两脚不良,她却忽然出去散步!"

"我们不如问看门的,好不好?"

"问什么?"

"问她往哪里去了,几时回来。"

"哼……天谴的……我们未尝不可以问……但是你是晓

得的,她一向无论哪里都不去的。"

他又拉门把。

"天谴的,这里无事可办,我们必得走!"

少年忽然喊道:"且慢!你不看见你若拉门,门怎样震动么?"

"震动便怎么样?"

"这就表明门是不曾锁的,只是用钩子钩住的!你不听见钩子的响声么?"

"有响声便怎么样?"

"什么呀,你不明白么?这就证实有一个在家。设使她们全出去了,她们必定在外面锁门,不会在里面用钩钩门的。[4]你听见钩子怎样响么?在里面钩住门,她们必在家。她们坐在里面不肯开门!"

柯取诧异,喊道:"可不是!她们必定在里面。她们在里面干什么!"他起首汹汹地摇动房门。

少年又喊道:"且慢!不要拉!里面必定闹了什么事啦……你在这里拉铃,拉门,她们还是不开!她们不是晕倒就是……"

"就是什么?"

"我告诉你怎么办吧。我们不如去找看门人,由他去惊醒她们。"

"好呀。"

两人下楼。

"且慢。你不如守住这里,我一面下楼找看门的。"[5]

"为什么?"

"你还是守住这里好。"

"好吧。"

"你须晓得,我是研究法律的!这里头显然是出了事啦!"这个少年说话说得很激烈,他就跑下楼。

柯取不走。他又轻轻地拉铃,铃响一声,随后他好像反省与四面看看,起首摸摸门把,先拉一拉,随即放松,再要晓得确实门是用钩钩住的。他随后气喘喘地把身子弯下去,起首从锁眼往里看:不料锁匙在里面放在锁眼里,他不能看见什么。

拉柯尼柯站着,紧紧抓住斧子。他有点精神错乱了。他预备好,他们一进来,他就同他们打。当他们敲门及说话的时候,他有几次想到大声同他们说话,以了结这件事。有几次当他们不能开门的时候他想骂他们,挖苦他们!他心里只想:"你们只要赶快!"

"他在那里干什么呀?"时光过得很快,过了一分钟,又过一分钟——还是无人来。柯取起首不安啦。

他忽然喊道："等什么呀？"他不耐烦，抛弃他的守门责任，他也下楼，他的厚靴在梯子作匆匆的踏步声。脚步声响听不见啦。

"天呀！我做什么是好？"拉柯尼柯放了钩子，开门——并无声响。他并不想过，就忽然走出来，尽他的能力把门关紧了就下楼。

他走下三层楼梯，忽然听见底下大声叫喊——他能够往哪里走呀！[6] 他正要回去第四层楼。

"喂！你们捉住野兽！"

有人从底下那一层楼面冲出去，大声喊叫，一面跌下楼去，并不是跑下去的，尽力大声喊：

"米特卡！米特卡！米特卡！毁了他！"大喊完了又很尖利地叫；最后的声响是从院子来的；全无动静。但是同时有几个人大声说话，说得很快，起首很吵地登楼。那里有三四个人。他认得那个少年的响亮声音。"他们呀！"

他满是绝望的了，一直走去会他们，觉得"无论什么祸害，要来就来！"他们若拦阻他——那就全完了；他们若让他过去——也是全完了；他们会记得他。他们向他走来；他们离他不过一层楼梯——忽然有救啦！在他的右边不过几步，有一层空的楼面，门是大开的，就是油漆匠所在做工的第二层楼面，匠人好像要利便他，才走了。刚才大声走下楼的无疑就是他们。地板才油漆完，屋子中间放了一个桶，与一个破瓶，有油漆有几个刷子。他立刻从大开的门溜进去，刚好来得及躲在墙后，他们已经走到梯口啦。他们转弯，登楼，往第四层，一面大声说话。他等着，用脚趾踏步出来，下楼。

楼梯上没得人，大门也没得人。他快快走出大门，向左转，到了大街。[7]

注释：

1　标题为编者所拟，节选自《罪恶与刑罚》第一部第七回。——编者注
2　这是写拉柯尼柯的心虚。
3　此段前三句为译者所加。——编者注
4　门里人听见岂不恐怖到要死。
5　又令拉柯尼柯捏一把汗。
6　至此又替他捏一把汗。
7　他受了许多恐怖逃出啦。

图书在版编目(CIP)数据

伍光建译作选/伍光建译;张旭编.—北京:商务印书馆,2019
(故译新编)
ISBN 978-7-100-17667-5

Ⅰ.①伍… Ⅱ.①伍…②张… Ⅲ.①伍光建(1867—1943)—译文—文集 Ⅳ.①I11

中国版本图书馆CIP数据核字(2019)第145914号

权利保留,侵权必究。

故译新编
伍光建译作选
伍光建　译
张　旭　编

商务印书馆出版
(北京王府井大街36号　邮政编码100710)
商务印书馆发行
上海雅昌艺术印刷有限公司印刷
ISBN 978-7-100-17667-5

2019年8月第1版	开本 787×1092 1/32
2019年8月第1次印刷	印张 11

定价:56.00元